争先果

쟁선계 4

2017년 5월 12일 초판 1쇄 인쇄
2017년 5월 17일 초판 1쇄 발행

지은이 이재일
발행인 이종주

기획 팀 이기헌 송윤성 왕소현
책임 편집 백승미

발행처 (주)로크미디어
출판등록 2003년 3월 24일
주소 서울시 마포구 성암로 330 DMC첨단산업센터 3층 314호
Tel (02)3273-5135 Fax (02)3273-5134
홈페이지 rokmedia.com E-mail rokmedia@empas.com

© 이재일, 2013

값 11,000원

ISBN 979-11-6048-604-9 (4권)
ISBN 978-89-257-3094-3 04810 (세트)

초선과

잼선계

4

| 이재일 장편소설 |

ROK
MEDIA

로크미디어

차례

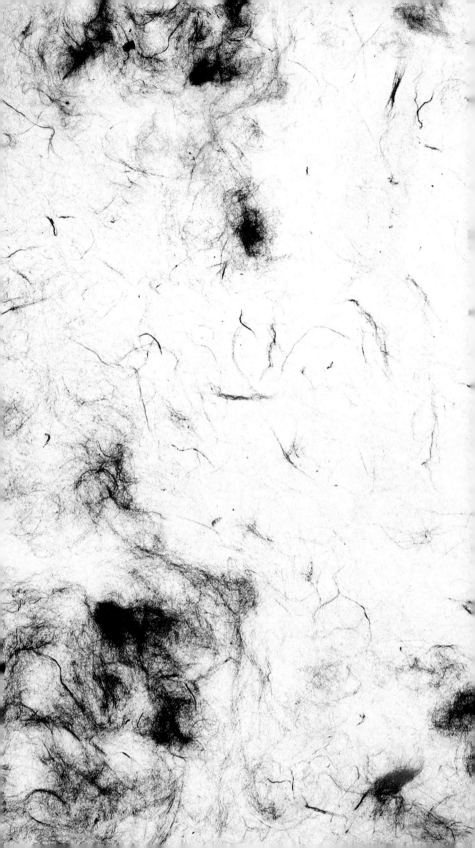

잠룡야潛龍爺

(1)

꽃가지 사이로 좁다란 길 하나.

그 위를 걸어가는 아이는 노란 화복華服을 입은 동자였다. 열두어 살가량을 먹었을까. 통통한 볼이 발그레하게 상기된 채로 걸음을 바삐 옮기는 것을 보면 뭔가 급한 일이 있는 것 같았다.

길이 끝나는 곳에는 노란 세상이, 황국이 흐드러진 화원이 펼쳐져 있었다. 무서리를 이겨 내며 고결한 자태를 피우는 인고의 덕으로써 매梅, 란蘭, 국菊, 죽竹 사군자 중 하나로 꼽히는 국화가 천여 평 너른 화원을 가득 메우고 있었다.

화원을 두리번거리던 동자의 눈이 반짝 빛났다. 그 눈길이 향한 곳에는 노란 덩어리 하나가 웅크리고 있었다. 그것은 주변의 황국들과 잘 동화되어 있어 웬만한 눈썰미로는 구별해 내기 힘들었다.

"노야老爺!"

동자의 앙증맞은 외침이 꽃잎을 흔들었다. 노란 덩어리가 움찔 흔들리더니 천천히 일어섰다. 일신에 노란색 장포를 걸친 백발의 노인이었다.

"해아海兒로구나. 무슨 일이냐?"

노인이 동자에게 물었다. 약간 과하다 싶을 정도로 살집이 붙은 체구에 불그레한 얼굴이 아무 걱정 없이 만년을 즐기는 복 많은 영감님을 보는 듯했다.

해아라 불린 동자가 노인을 향해 말했다.

"태원부에서 손님들이 오셨어요."

노인의 입가에 어린 미소가 조금 짙어졌다.

"누가 왔더냐?"

"작은 어르신과 문 선생님, 두 분입니다."

"그래?"

노인은 해아를 향해 천천히 걸음을 옮겼다.

본디 노란색은 밝고 경쾌한 느낌을 준다. 그런 까닭에 노란 옷과 어울리는 머리 허연 노인은 드물 수밖에 없다. 하지만 지금 국화 화원에서 걸어 나오는 이 살집 좋은 노인에겐 노란색 장포가 놀랄 만큼 잘 어울리고 있었다. 노인으로부터 자연스럽게 풍겨 나오는 느긋함이 그것을 가능하게 해 주고 있었다.

하늘이 당장 무너져도 여유를 잃을 것 같지 않은 태평한 분위기의 노인. 그는 손에 든 전지가위를 해아에게 건넨 뒤 혼잣말을 중얼거렸다.

"군영이는 왜 오지 않았을까?"

조카 건문제를 폐하고 황위에 오른 명나라의 세 번째 황제 영락제는 정변의 혼란이 대부분 수습된 1421년 나라의 수도를 금릉金陵(오늘날 남경)에서 북평北平으로 옮겼다. 북평은 그가 연왕燕王으로 있던 시절부터 본거지로 삼던 지역. 그는 자신에게 그리 호의적이지 않은 남부의 호족들로부터 거리를 유지함과 동시에 장성 이북에서 호시탐탐 재기를 노리는 유목 민족들을 견제하기 위한 수단으로 천도를 단행한 것이다.

새로운 수도가 된 북평, 즉 북경은 그때부터 명실상부한 제국의 중심지로 자리 잡게 되었다. 정치, 경제, 문화가 크게 번성함은 물론이거니와 권세 높은 고관들과 만금을 주무르는 거상들의 저택이 꼬리를 물고 이어져, 그 처마에 가려 사는 일반 백성들은 하늘을 제대로 올려다보기도 힘들 지경이었다.

그런 저택들 중에서 가장 크고 화려한 것을 꼽으라면 방귀깨나 뀐다는 이들만 모여 산다는 왕부정대가王府井大街에서도 가장 좋은 위치에 자리 잡은 왕고의 보운장寶運莊을 따라갈 건물은 없었다. 천하의 경제를 손바닥 위에서 가지고 논다는 이 거부, 거상의 집을 능가하는 규모를 가진 집은 황제가 사는 자금성뿐이라고 알려져 있었다.

하지만 가장 크고 화려한 게 아닌, 가장 운치 높은 집을 꼽으라고 한다면 얘기가 달라진다. 왕고의 보운장이 아무리 크게 화려하다 한들 남대로南大路 끝자락에 위치한 어떤 장원이 가진 운치만큼은 절대로 따라갈 수 없기 때문이다.

질 좋은 흑단목黑檀木으로 만든 정문은 그 자체로 하나의 예술품이었고, 적당한 높이로 둘러선 담벼락은 머리에 인 구리기와와 몸통을 타고 오른 담쟁이덩굴로 보는 이의 마음을 정겹게 해 주었다. 그러나 이 장원을 가장 운치 있게 만들어 주는 것은 뭐니 뭐니 해도 향기였다. 한여름 기승을 부리던 더위가 한풀 누그러질 무렵이 오면 장원의 담벼락 너머로부턴 이루 말할 수 없이 그윽한 국화 향이 피어올랐다. 그럴 때마다 그 앞을 지나던 행인들은 눈을 지그시 감고 발길을 멈춘 채 새로이 시작되는 가을의 정취를 즐기곤 하는 것이다.

그래서 붙은 이름은 국림장菊林莊.

사람들은 이 국림장의 주인이 누구인지 알지 못한다. 가끔 정문이 열리고 노란 사인교四人轎에 오른 노인이 모습을 드러낼 때면 사람들은 그 노인이 국림장의 주인이 아닐까 짐작해 보지만, 아쉽게도 그 노인의 정체를 아는 이는 아무도 없었다.

작은 인공 산으로 꾸며진 국림장의 후원.

인공 산의 정상 아래엔 사십 평 남짓한 평평한 공지가 있고, 그 한가운데엔 침대처럼 네모반듯한 돌 탁자 하나가 놓여 있었다.

밤하늘은 구름 한 점 없이 깨끗했다. 팔월 스무하루의 밤은 아직 완전히 이지러지지 않은 달빛 때문인지 그리 어둡다는 생각이 들지 않았다.

깨끗한 밤하늘과 하얀 달빛 아래로 한 줄기 향연이 환상처럼 피어오른다.

"생명을 받쳐 주는 대지와 만물을 생육하는 물과 더러움을 사르는 불과 천기 흐름을 변화시키는 바람과 우주를 가득 채우는 공기로부터 시작된 생명이여! 현묘한 윤전輪轉의 뜻을 받들어 다시 처음으로 돌아갔으니, 용자의 넋이여! 현자의 영혼이여! 후손들을 굽어살피소서!"

소리가 그리 높지는 않지만 엄숙한 위의에 가득 찬 제문祭文

이 밤공기 속으로 울려 퍼졌다. 목소리의 주인은 아까 국화 화원을 가꾸던 바로 그 노인이었다. 지금 그는 노란 장포를 입고 있지 않았다. 그가 입은 것은 짙은 회흑색 제의祭衣. 노란 장포를 입었을 때엔 그토록 밝고 경쾌해 보이던 그이건만, 칙칙한 제의로 갈아입자 밤 강물처럼 장중한 기운이 흘러나왔다.

"용자의 넋이여! 현자의 영혼이여! 후손들을 굽어살피소서!"

노인의 뒷전에 서 있던, 중년과 초로 사이의 연배로 보이는 두 사람이 한목소리로 제문을 따라 외우고는 허리를 깊이 숙였다. 한 사람은 탐스럽고 새카만 턱수염을 길러 관운장을 연상케 했고, 다른 한 사람은 안색이 희고 눈빛이 매우 맑아 제갈공명을 연상케 했다. 두 사람은 노인과 마찬가지로 회흑색 제의를 입고 있었다.

"마유주를!"

노인의 말이 떨어지기가 무섭게, 어른들의 곁에 공손히 서 있던 동자, 해아가 검게 칠한 고대의 나무잔을 받쳐 올렸다. 바닥에 세 개의 긴 다리가 달린 그 나무잔을 노인은 돌 탁자에 대고 천천히 기울였다. 걸쭉하고 탁한 유백색 액체가 탁자의 울퉁불퉁한 표면을 이리저리 흘러 다니다가, 이윽고 아래로 떨어져 흙 속으로 스며들기 시작했다.

때를 기다렸다는 듯이 누군가 낭랑한 목소리로 기도문을 읊기 시작했다.

"손을 듦과 발을 내디딤엔 밀인密印이 담기셨고, 입을 벌려 소리를 냄엔 진언眞言을 품으셨도다. 마음을 일으켜 생각을 움직임이 한 가지로 묘관妙觀이셨으니, 용자의 넋이여! 현자의 영혼이여! 후손들의 제사를 받으소서!"

기도문이 끝나자 곧바로 독경이 시작되었다. 밀교의 〈금강정경金剛頂經〉 중 망자의 영혼을 위로하는 송頌이 남남이 이어졌다.

작은 구리 향로를 가슴 앞에 받쳐 든 채 독경을 읊조리는 사람은 일신에 번쩍거리는 금란가사金襴袈裟를 걸친 승려였다. 삼십 대 후반쯤 되어 보이는 나이에 눈여겨보지 않으면 금방 잊히고 말 듯한 평범한 얼굴을 지니고 있었다.

독경은 제법 오랜 시간 이어졌지만 노인과 두 남자는 미동조차 없이 그것이 끝나기를 기다렸다.

"옴마니반메훔!"

밀교의 육자진언을 마지막으로 긴 독경이 끝났다. 금란가사의 승려는 들고 있던 구리 향로를 돌 탁자에 올려놓은 뒤 사람들을 향해 천천히 몸을 돌렸다.

"이 사람의 미천한 공력으로 야율 대공耶律大公과 같은 대영웅의 명복을 빌게 해 주다니, 참으로 고맙소."

금란가사의 승려가 노인에게 말했다. 유창하지만 성조에 약간의 미흡함이 있는 한어였다. 노인은 당치도 않다는 듯 손을 내저었다.

"교단의 가장 존귀하신 어른께서 이 무슨 감당키 어려운 말씀이십니까. 저승에 계신 선친께서도 대법왕大法王께서 자리해 주신 것을 아시면 크게 기뻐하실 겁니다."

"그렇게 말해 주니 마음이 조금 편안해지는구려."

두 사람의 대화는 조금 이상하게 들렸다. 나이가 어려 보이는 승려는 평대를 사용한 반면, 나이가 많아 보이는 노인은 존대로 일관하고 있으니 말이다. 그러나 실상을 안다면 조금도 이상한 일이 아니었다. 승려의 실제 나이는 노인보다 오히려 여섯 살이나 많았다. 천인지경天人之境에 이른 극고의 밀종 공력이 승려를 나이보다 훨씬 젊게 만들어 준 것이다.

"명明아, 강康아, 이리 오너라."

노인이 뒷전에 서 있는 두 중년인을 불렀다. 그들이 앞으로 나오자 노인이 말했다.

"인사드려라. 이분이 서장 밀교의 종통인 아두랍찰의 주지, 데바 님이시다."

중원 강호에서 흔히 말하는 서장 밀교란 대일여래大日如來를 섬기는 서장 여덟 개 종파의 연합체를 일컫는다. 그들 여덟 개 종파는 각각 한 명의 대법왕에 의해 다스려지는데, 서장에선 각 종파를 대표하는 여덟 명의 대법왕들을 통칭, 천룡팔부중이라 했다. 그 천룡팔부중 중 서열이 가장 높은 천신天神의 이름이 바로 데바였다.

두 중년인은 데바를 향해 차례대로 읍례를 올렸다.

"데바 님께 인사드립니다. 이명李明이라고 합니다."

"문강이라고 합니다."

데바의 눈썹이 잠시 꿈틀거렸다. 그러나 그는 금세 표정을 고치며 두 사람을 향해 합장으로 답례했다.

"본 법왕이 오늘 부처님의 도움으로 비각의 영웅 두 분을 뵙는구려. 반갑소이다."

"황송한 말씀입니다. 진작 찾아뵙고 인사를 올렸어야 하는데, 이곳에서의 일이 여의치 않아 차일피일 미루다 보니 이제야 존체를 알현하는 죄를 저지르게 되었습니다."

스스로 이명이라 소개한 검은 수염의 남자가 공손한 목소리로 말했다. 그가 바로 비영 서열 일 위인 일비영이었다. 강호에는 이름이 전혀 알려져 있지 않은 인물이지만 검왕 연벽제, 거경 제초온과 같은 강자들을 휘하에 거느리고 있다는 것만으로도 그 능력의 뛰어남을 능히 짐작할 수 있었다.

"연초에 보내 주신 제자 분들께선 본 각의 활동에 큰 도움을 주셨습니다. 늦게나마 감사를 드리겠습니다."

자신을 문강이라 소개한 문사풍의 남자가 청아한 목소리로 말했다. 비영 서열 이 위 문강. 비각의 모든 대외 작전을 계획하고 지휘하는 조직의 두뇌이자 핵심이었다. 이명 없는 비각은 상상할 수 있지만 문강 없는 비각은 상상할 수 없다. 이것은 비각 내 모든 각원들의 공통된 심정이었고, 그 점에는 이명 또한 동의하고 있었다.

문강의 말이 끝나자 곁에서 지켜보던 노인이 데바에게 말했다.

"데바 님께는 송구한 말씀입니다만, 저는 이 아이들에게 본교의 가르침을 강요하지 않았습니다."

만일 이명과 문강이 밀교의 제자라면 대법왕인 데바 앞에서 마땅히 오체투지五體投地의 예를 올렸을 것이다. 그런데 두 사람이 취한 행동은 단지 유교적인 읍례에 지나지 않았으니, 천신으로 불리는 데바로서는 탐탁할 리 없는 일. 이를 눈치챈 노인이 사정을 설명하고 나선 것이다.

"강물은 결국 바다에서 합쳐지는 법. 그 빠르고 늦음이 있을 따름이지요. 본 법왕은 신경 쓰지 않으니 각주閣主께서도 너무 개의치 마십시오."

데바는 노인을 '각주'라고 불렀다. 바로 이 노인이 비각의 주인이자 곤륜지회가 낳은 오대고수의 한 사람이기도 한 잠룡야 이악이었던 것이다.

둥근 얼굴에 둥근 체구. 이악에게선 마치 원을 대하는 것과 비슷한 느낌이 풍겨 나왔다. 모자라지도 남지도 않는 꽉 찬 보름달. 영원할 것만 같은 충만감이 그의 전신에 달무리처럼 어려 있는 것이다.

이악은 주위를 한 번 둘러본 뒤 돌 탁자 옆에 선 해아에게 말했다.

"천기가 맑고 달빛이 좋아 바깥도 괜찮겠구나. 해아야, 다과를 이곳으로 가져오라고 전하렴."

"예, 노야!"

해아가 종종걸음으로 아래로 내려갔다. 이악은 사람들을 이끌고 공터 구석에 자리 잡은 아담한 정자로 올라갔다.

부드러운 달빛이 망사 휘장처럼 얇게 드린 정자는 무척이나 운치 있어 보였다. 그곳에서 내려다보는 국립장의 전경은 벌레 소리, 국화 향과 어우러져 가을밤의 정취를 제대로 자아내고 있었다.

잠시 후 시비 하나가 상을 내왔다. 상에는 계절의 풍미가 담긴 국화차와 달지 않게 말린 세 가지 과일이 놓여 있었다.

한 모금 국화차로 입술을 축인 이악이 데바에게 말했다.

"아두랍찰에서 이곳 북경까지는 만 리가 넘는 길이지요. 오시느라 수고가 많으셨습니다."

데바가 가벼운 웃음으로 답했다.

"수고야 오히려 각주 쪽이 더 하셨겠지요. 각주의 도움이 없었다면 우리들이 이 땅을 어찌 밟을 수 있었겠소."

이악의 목소리가 조금 낮아졌다.

"귀비마마와 왕 태감에게 올릴 선물은 잊지 않으셨겠지요?"

"물론이오. 왕 태감에겐 따로 서역에서 구한 진귀한 향수를 여러 병 준비했소이다. 아마도 지금쯤이면 그 향기에 취해 혼백이 몽롱해졌을 거외다."

이악은 실소를 금치 못했다.

당금 황제인 영종의 총애를 입어 무소불위의 권력을 휘두르는 환관 왕진에게는 향수를 수집하는 취미가 있었다. 성기가 거세된 고자다운 기벽이라 아니할 수 없는데, 그 집착이 이미 취미의 정도를 넘어 편집광적이라고 해도 지나치지 않았다.

　"모든 것은 오이라트에 계시는 에센 타이시[太師]의 깊은 심기에서 나온 일이오. 타이시께선 이번 일에 지대한 관심을 보이고 계시오."

　"타이시께선 건강하시겠지요?"

　이악의 물음에 데바가 대답했다.

　"타이시의 건강함이야 원래 유명하지 않습니까. 오죽하면 검은 곰이란 별명이 붙었겠소이까. 물론 곰치고는 머리가 지나치게 좋긴 하지만 말이외다. 하하!"

　데바의 웃음을 들으며 이악은 한숨을 쉬듯 말했다.

　"세월은 참으로 빠르군요. 그 어리던 소년이 이제는 천하의 대세를 좌지우지하는 대장부로 자랐으니……."

　이악의 두 눈이 몽롱한 빛으로 물들었다. 곰처럼 미욱한 얼굴과 별처럼 반짝이는 눈동자를 가진 한 소년의 얼굴이 떠오른 것이다. 이악이 그 소년을 만난 것도 벌써 이십 년 전의 일이었다. 장성 너머 아득한 서북방, 눈 날리는 부르칸 산에서 사슴 사냥에 열중하던 그 소년이 장차 오이라트 부의 최고 실권자이자 몽고 제국의 영광을 재현해 줄 영웅으로 성장할 줄, 그는 미처 몰랐다.

(2)

　휘이잉─.

바람이 불었다. 중추절을 지나 한기를 품은 가을바람이었다. 물론 정자의 네 사람 중 한기를 느끼는 사람은 없었다.

"오늘은 제 선친의 기일이고 하니, 선친께서 생전에 이루신 업적에 대해 아이들에게 몇 마디 들려줄까 합니다. 지루하더라도 조금만 참고 들어주시기 바랍니다."

이악이 데바의 양해를 구했다. 데바는 웃으며 합장을 올렸다.

"야율 대공에 관한 이야기라면 본 법왕도 귀를 씻고 경청해야겠지요. 염려 말고 말씀토록 하시오."

이악은 가벼운 묵례로 데바의 배려에 답한 뒤, 두 남자를 바라보았다. 이명과 문강, 이들은 모두 이악의 아들이었다. 한 사람은 그의 피를 물려받았고, 다른 한 사람은 그의 영혼을 물려받았다.

이악의 시선이 우선 이명에게 향했다.

"명아, 너의 성은 무엇이냐?"

이명은 주저하지 않고 대답했다.

"소자의 성은 '이李'입니다."

이악은 고개를 끄떡인 뒤 다시 물었다.

"그러면 네 조상들의 성은 무엇이냐?"

"선조들께서는 '야율耶律'을 성으로 쓰셨습니다."

"그러면 너는 앞으로 어떤 성으로 살아갈 것이냐?"

"태조太祖(주원장)께서 하사하신 자랑스러운 이씨로 살아갈 것입니다."

이명의 눈빛은 공손한 가운데도 확고한 신념을 띠고 있었다.

이악의 둥글둥글한 얼굴에 감돌던 부드러운 미소가 일순 옅어진 듯했다. 그는 고개를 돌려 정자 난간 너머로 보이는 돌 탁자에 시선을 주었다. 그 위 우묵한 곳에는 아직 마유주가 고여 달빛 아래 검게 번들거리고 있었다.

잠시 후 이악의 입에선 낮은 신음이 흘러나왔다.

"으음, 아마도 네 할아버지께선 너의 그런 대답을 탐탁지 않게 여기실 게다."

이명은 아무 말이 없었다. 이악은 그러리라 여긴 듯 고개를 작게 끄덕인 뒤 말을 계속 이어 나갔다.

"아비인 나 역시도 혈통을 외면하고 한족으로 살아가려 하는 네가 반갑지는 않구나. 식물이든 인간이든 타고난 뿌리를 소중히 여겨야 함은 마찬가지겠지. 하지만⋯⋯."

잠시 말을 멈춘 이악의 통통한 볼에 다시 자그마한 살 우물이 파였다.

"네게 종교를 강요하지 않았듯, 야율이라는 성 또한 강요할 생각이 없다. 내가 이악이라는 한족의 이름으로 살아온 것이 벌써 팔십 년이 넘는데, 한족들 사이에서 자라 한족의 언어와 학문을 배우고 한족의 풍물이 몸에 밴 네게 새삼스럽게 몽고의 혼을 이야기한다는 것도 우스운 일이겠지. 따지고 보면 네 육대조이신 야율초재耶律草宰 공께서는 거란인契丹人이셨으니, 혈통의 순수성이란 아마도 우리 가계와는 거리가 먼 이야기인 듯싶구나."

"송구스럽습니다."

이명은 이악을 향해 머리를 조아렸다. 그는 부친의 마음속에 자리 잡은 회한을 조금은 이해할 수 있었다. 칭기즈칸 시대의 인물인 야율초재 공이 거란인과 몽고인의 과도기를 살았다면, 그의 부친은 몽고인과 한인의 과도기를 살고 있는 셈이었다. 경계에 선 자, 경계인은 어떤 방식으로든 선택을 강요받았고, 그에 따른 혼란과 책임을 감수해야 했다.

짝.

이악이 통통한 두 손바닥을 가볍게 마주쳤다. 작은 파장이 새처럼 정자 안을 가로질러 사람들의 주의를 환기시켜 주었다.

"자, 이제부터 네 할아버지 되시는 야율사耶律泗 공에 대해 이야기할까 한다. 이미 여러 차례 들은 이야기도 있을 것이고, 이제껏 한 번도 들어 보지 못한 이야기도 있을 게다. 그저 흥이 일어 하는 이야기인 만큼, 이미 안다 외면 말고 들어주길 바란다. 음, 이 자리에 군영이가 있었으면 더욱 좋았을 것을."

비각의 사비영 이군영은 이악의 손자이자 이명의 아들이었다.

"그 아이는 얼마 전 강호 활동 중 부상을 입어 지금 태원부에서 치료를 받는 중입니다."

이명의 말에 이악은 그리 염려하는 기색 없이 고개를 주억거렸다.

"철군도에서 벌어진 일에 관해선 나도 안다. 아마도 그때 입은 부상인 모양이구나."

"걱정하실 것 같아 그 아이에 대해 따로 보고를 올리지는 않았습니다. 선조의 제사에 참석하지 못한 죄, 그 아이를 대신해 용서를 구하겠습니다."

이악은 가볍게 웃었다.

"공무로 다친 아이를 누가 탓할까. 다만 후손 된 도리로 선조에 관한 이야기를 듣지 못하는 게 안타까울 뿐이지. 아비인 네가 잘 기억해 두었다가 그 아이에게 꼭 들려주기 바란다."

"명심하겠습니다."

이악은 미지근해진 국화차를 한 모금 머금은 뒤 잠시 생각에 잠겼다. 아마도 머릿속을 정리하는 듯. 이윽고 이악의 입이 열렸다.

"공께서 타계하신 지도 어느덧 반백년이 가까워 가는구나. 그분을 이곳에 장사지낼 때, 너희들은 막 걸음마를 뗀 꼬맹이들이었지. 아마 너희들 눈에는 고인의 시신을 돌 탁자에 방치하는 내가 이상하게 비쳤을 것이다."

"아닙니다. 그 당시에도 풍장風葬이 몽고의 오랜 풍습임을 알고 있었습니다."

이명의 말에 이악은 고개를 끄덕였다.

"몽고족은 시신을 땅에 묻지 않는다. 고인이 용사일 경우에는 특히 그렇지. 용사의 시신이 뜨거운 태양 아래에서 짐승의 먹이가 되어 흙으로 되돌아가는 것은 자연의 섭리이자 크나큰 축복이라고 여기기 때문이다. 어린 나이에 그 점을 깨우치고 있었다니 참으로 대견하구나. 어쨌거나 공께선 태조께서 붕어하신 지 두 달 만에 세상을 떠나셨다. 딱 두 달 만에 말이다. 전생에 무슨 업이라도 쌓은 것일까? 우리 가문과 주씨의 인연은 그토록 질긴 것이었단다."

쓰르륵— 쓰르륵—.

밤이 깊어 갈수록 벌레 소리가 한층 높아졌다. 이악의 입을 통해 흘러나오는 과거지사 또한 시간이 갈수록 점차 무르익어 가고 있었다.

"인연이라…… 그렇지. 인연도 보통 인연이 아닌 게지. 때문에 선친에 관해 이야기하려면 우선 태조에 관한 이야기부터 시작해야 할 것이다."

명나라 태조 주원장은 중국 역사상 가장 잔혹한 군주 중 한 사람으로 꼽힌다.

안휘 땅 봉양현鳳陽縣의 가난한 농가에서 태어난 그는 열일곱 살에 고아가 되어 천하를 유랑하던 중 홍건군紅巾軍의 부장 곽자 흥郭子興을 만나 그 휘하에 투신했다.

홍건군은 몽고족의 통치에 반발한 한족의 민중 봉기 성격을 강하게 띠는데, 그 계보를 거슬러 올라가다 보면 반드시 짚고 넘어가야 할 하나의 종교 결사를 만나게 된다. 바로 백련교 였다.

백련교는 남송 고종高宗 때 오군吳郡(현재의 소주) 연상사延祥寺의 승려 자조자원慈照子元이 창시한 종파로서, 13세기 페르시아로부 터 전해진 마니교摩尼敎의 영향을 받아 기존의 종교들과는 확연 히 구분되는 독특한 미륵 신앙을 이루었다. 미륵불이 세상에 내 려오면 명왕이 출현해 모든 악을 제거한다는 '미륵하생彌勒下生 명왕출세明王出世'의 여덟 진언으로 대변되는 현실부정적인 교리 가 바로 그 미륵 신앙의 핵심인데, 폭정과 기근에 신음하던 일 반 백성들에겐 가히 혁명적인 구호가 아닐 수 없어서, 송나라와 원나라 양대에 걸친 혹독한 탄압에도 불구하고 백련교의 교세 는 겨울 산불처럼 드세게 번져 나갔다.

홍건군은 백련교의 미륵 신앙을 정신적 뿌리로 삼았다. 한산 동韓山童의 뒤를 이어 홍건군의 수령이 된 한림아韓林兒가 자신 의 제호帝號를 소명왕小明王으로 삼은 것도 바로 그러한 이유 때 문이었다.

각설하고, 홍건군의 일원이 된 주원장은 곽자흥이 죽은 뒤 곧바로 병권을 장악, 세를 확장해 나갔다. 1356년 남경을 함락 함으로써 중원의 노른자위 땅을 거점으로 확보한 그는, 비슷한 시기에 군사를 일으킨 진우량陳友諒과 장사성張士誠을 각각 파양 호와 소주에서 격파함으로써 대륙 남부를 지배하는 유일한 패주의 자리를 굳혔다. 이제 그에게 남은 과제는 대도에 웅크리고 있는 원나라 황실을 무너뜨려 중토 수복의 숙원을 이루는 것밖에 없는 듯했다.

그러나 주원장에겐 중토 수복만큼이나 중요한 과제가 한 가지 더 남아 있었다. 그것은 홍건군 시절부터 그를 따라다니던 백련교의 망령으로부터 자유로워지는 일이었다. 소명왕 한림아가 살아 있는 한 그는 영원히 신하일 수밖에 없었고, 그것을 참아 내기에는 그가 심중에 품은 야망이 너무 거대했던 것이다.

이에, 소주가 함락되기 직전인 1366년 말엽, 주원장은 휘하 장수인 요영충廖永忠에게 지시를 내려 자신이 옹립하고 있던 한림아를 살해했다. 이후 요영충마저 제거한 주원장은 이 반역적인 사건이 비밀에 붙여졌음을 의심치 않았다.

하지만 그 사건은 곧 백일하에 드러나게 되었다. 한림아를 호위하던 백련교 출신 무사 중 하나가 구사일생으로 목숨을 건져, 여산에 있는 백련교 총단에 이 사실을 보고한 것이다.

그 여파는 엄청났다. 주원장을 지지하던 백련교도들은 권력욕에 눈이 어두워 주군을 살해한 주원장의 진면목을 알게 된 것이다.

백련교의 총단인 여산백련교가 백련교도들에게 미치는 영향은 소명왕 한림아에 뒤지지 않았다. 비록 홍건군의 봉기에 직접적인 개입은 삼가던 여산백련교였지만, 그들에게는 종교의 발원지이자 성지로서의 정통성이 있었다. 더욱이 여산백련교는 오래전부터 강호에 이름을 떨쳐 온 무공의 명문이었다. 비록 중원의 것과 이질적인 교리로 인해 사교邪敎라는 손가락질을 당하긴 했지만, 강호의 문파 중 단독으로 여산백련교를 상대할 만한 곳은 존재하지 않았다.

여산백련교의 십육 대 교주 서문호충西門昊忠은 주원장의 반역 행위를 전해 듣고 불같이 진노했다. 그는 여산백련교의 가장 권위 있는 교서인 광명령光明令을 선포, 만천하의 백련교도들에게 주원장을 처단할 것을 명하기에 이르렀다.

광명동도光明同徒 전前.

교조이신 광명대법신光明大法神 자원상인께서 오군에 초석을 십으시고 역대 광명선열들께서 피땀으로 이룩하신 우리 정토백련교淨土白蓮敎가 모든 백성의 숙원인 중토 수복의 기치를 내걸고 호적胡賊과 성전을 시작한 지 여러 성상이 지났도다.

우리에게는 천하를 굽어보시는 명존의 보살핌이 있으니, 이제 그 대업을 소명왕께서 이어 몽고의 도적 떼를 장성 밖으로 몰아낼 호기를 맞이하게 되었도다. 그러나 돌연 독사 같은 간흉이 나타나 천리를 거역하고 명존을 기만하니, 천하가 그의 간악함에 치를 떨도다.

위사 종 모鐘某가 전한 말에 의하면 우리의 소명왕께서는 이미 간흉의 해를 입어 세상을 떠나셨다 하니, 그 간흉은 다름 아닌 남경에서 취업臭業을 쌓고 있는 주원장이라.

오호라! 하늘이 노하고 땅이 울부짖도다. 본교가 이 땅에 뿌리를 내린 이래 이런 참사는 없었도다. 하늘은 어찌하여 그런 간흉에게 세력을 허락하시어 중토 수복의 대업과 본교의 천년지계를 흔드시는가.

이제 나 서문호충은 명존의 이름을 빌려 중토 각지에서 성전을 수행하는 광명동도 제위에 선포하노니, 주적朱賊의 목을 베어 비명에 가신 소명왕의 원혼을 달래고 흐트러진 교단을 바르게 하라.

여산백련교 십육 대 교주 서문호충.

−주적의 목을 베어 교단을 바르게 하라[以梟朱賊 定立敎壇]!

그 효과는 곧바로 나타났다. 주원장 휘하의 장수 중 여섯이 삼만 명의 군졸을 이끌고 반란을 일으킨 것이다. 이 반란은 오래가지 않아 진압되었지만, 그 일로 인해 주원장은 필생의 숙원이던 대도로의 진격을 석 달이나 늦춰야 했다.

서문호충의 진노는 거기서 끝나지 않았다. 서문호충은 군사로써 주원장을 처단하는 일이 쉽지 않음을 깨닫고 유능한 자객을 파견할 것을 계획하였다. 이에 서문호충의 밀명을 받은 호교십군 중 세 군장이 주원장의 목을 담아 올 비단 보자기를 품은 채 남경을 향해 출발했다. 어둠 속에서 날아드는 자객의 칼날은 방비하기 어려운 법. 더구나 호교십군으로 말하자면 여산백련교의 비전 절학을 익힌 희대의 무학 명인들이었다. 군졸들의 호위로는 절대로 방비할 수 없었으니, 바야흐로 주원장으로서는 목숨이 경각에 달리는 위기에 처한 셈이었다.

그러나 하늘이 주원장을 보살피심인가. 당시 여산백련교 내에는 이미 주원장이 심어 놓은 첩자가 있었으니, 여산을 떠난 세 군장의 행적은 곧바로 주원장에게 보고되었다. 결국 하늘 아래 두려운 것이 없던 세 군장은 주원장의 휘하 장수인 서달徐達과 이선장李善長의 매복에 걸려 황량한 산중에 뼈를 묻고 말았다.

서문호충의 진노를 어렵사리 막아 낸 주원장은 1368년 천지에 제사를 지내고 명나라를 건국했다. 그리고 곧이어 원나라의 수도인 대도를 함락시킴으로써 대륙의 소유권을 몽고족으로부터 되찾는 데 성공했다.

그토록 꿈꾸던 황제의 자리에 오른 주원장. 하지만 여산백련교가 존재하고 서문호충이 살아 있는 이상 그는 언제나 불안에 떨 수밖에 없었다. 그렇다고 당시의 정황이 여산으로 거병할 만큼 한가롭지는 않았다. 장성 이북으로 쫓겨 간 원의 잔당은 북원北元을 세워 호시탐탐 재기를 꾀하고 있었고, 운남의 토번국, 요동 너머의 고려국 등 주변국들과의 외교 문제가 건국 초기의 중대사로 남아 있었다. 게다가 주원장은 백련교의 저력을 누구보다 잘 알았다. 만일 그가 군사를 내어 여산을 토벌한다면, 중원 각지에 흩어져 사는 무수한 백련교도들은 결코 그를 대륙의 주인으로 인정하려 들지 않을 터였다. 민심의 이반은 이제 막 황제가 된 그에게 있어서 무엇보다 두려운 일이 아닐 수 없었다.

그러나 하늘은 주원장을 위한 또 한 번의 도움을 준비해 두고 있었다. 고민에 빠진 주원장의 앞에 어느 날 한 사람이 나타났다. 비영사秘影社의 수령 야율사가 바로 그 사람이었다.

비영사는 원 황실의 비밀 감찰기관으로서 무림에서는 이미 오래전부터 악명을 떨치던 곳이었다. 마흔아홉 명의 비영들로 이루어진 비영사의 임무는 몽고족의 지배에 불만을 품은 강호인들을 감시, 척살하는 것이었다.

대도가 함락되던 날 무수한 몽고군들과 함께 화마 속으로 사라졌다는 비영사. 그러나 세간에 알려진 것과 달리 비영사는 터럭 하나 상하지 않은 멀쩡한 상태였다. 비영사의 수령 야율사는 침몰하는 배와 함께 목숨을 버릴 만큼 고지식한 사람이 아니었다. 때문에 최후의 공성전이 벌어지기 직전, 세 불리를 깨달은 그는 수하들을 이끌고 비밀리에 대도를 탈출했던 것이다. 그후 몇 개월을 죽은 듯이 숨어 지내던 야율사는 천운이 이미 주씨에게 돌아선 것을 확인하고는 주인을 바꿀 것을 결심했다.

본디 야율사는 쓰임새가 많은 사람이었다. 비유하자면 솜씨 좋은 청소부와 같아서 쓰레기를 치우는 데에는 더할 나위 없이 훌륭한 인물인 것이다. 그리고 지금 야율사가 새로 섬기려는 주인에게는 매우 골치 아픈 쓰레기가 하나 있었다. 야율사는 그 사실을 잘 알고 있었다.

과연 주원장은 항서를 들고 자신의 앞에 나타난 야율사에게 비영사의 존속을 대가로 그 쓰레기를 청소할 것을 명했다.

-서문호충을 죽여라!

서장으로부터 전해 온 밀종 공부의 정수를 얻은 야율사는 당대 최고수로 알려진 서문호충에 비견될 만한 절대 고수였다. 또한 그가 거느린 마흔아홉 명의 비영들은 강호의 많은 강자들을 척살한 바 있는 유능한 살인자들이었다. 그러나 그들만으로 여산백련교와 싸운다는 건 자살행위와 마찬가지였다. 더구나 강호인들에게 있어서 비영사의 존재는 여전히 사갈과 다름없었으니, 마땅한 조력자를 구하기도 힘든 입장이었다.

며칠을 고심하던 야율사는 마침내 하나의 계교를 떠올렸다. 백련교를 이단시해 오던 기존 불교 종파들을 이용한 차도살인지계借刀殺人之計가 바로 그것이었다.

당시 중원의 불교는 건국 초의 혼란 속에서도 중흥을 시도하고 있었다. 몽고족이 대륙을 지배하던 시절, 밀교에 밀려 쇠퇴한 불교는 종파 간의 통합과 유교, 도교와의 교류를 통해 교세를 조금씩 확장해 나가고 있었다.

이러한 시기에 끔찍한 사건이 벌어졌다. 황산荒山 청진암淸進庵의 삼십여 비구니들이 일단의 괴인들에 의해 참혹하게 간살당하는 천인공노할 일이 발생한 것이다. 이것이 사서가 전하는 홍무불화洪武佛禍의 시작이었다.

개봉開封 천불사千佛寺, 등주登州 신안사身安寺의 장엄한 불전이 잿더미로 변했고, 아미파의 차기 장문인으로 내정된 철우鐵于 대사와 남소림南少林의 주지인 백견白見 대사가 자신의 방에서 목 없는 시신으로 발견되었다.

불과 한 달 사이에 벌어진 이 끔찍한 사건들의 이면에는 언제나 일단의 괴인들이 있었다. 괴인들은 언제나 똑같은 의복을 걸치고 있었다. 그것이 여산백련교의 교도들이 입는 성련복聖蓮服이란 사실이 몇몇 생존자들의 증언으로 밝혀졌다.

강호는 들끓었다. 희생자들과 친분이 있는 강호인들은 공공연하게 백련교를 대상으로 한 복수에 나섰고, 그에 맞서 백련교가 동원하는 무력의 수위도 점차 높아져 갔다. 백련교와 비非백련교로 양분된 강호의 분위기는 하루가 다르게 험악해졌다.

백련교 토벌의 구심점을 찾아 헤매던 강호인들은 마침내 당시 백도 제일의 고수로 추앙받던 신주대협神州大俠 소대진蘇代眞에게 몰려가기에 이르렀다.

천하제일 세가로 불리던 신주소가의 당대 가주인 소대진은 중후한 외모만큼이나 사려가 깊은 사람이었다. 그는, 서문호충이 비록 백도의 인사는 아니지만 인물됨이 굳세고 호방하여 이유 없는 혈겁을 자행할 악인은 아니라는 사실을 알고 있었다. 그래서 그는 강호 제 문파들의 빗발치는 요구를 무마시키는 한편, 사건의 진상을 파악하기 위해 백방으로 노력했다. 그러나 해산 일을 얼마 앞두고 친정으로 가던 소대진의 아내마저 성련복을 입은 괴한들에 의해 무참히 살해당하는 사건이 벌어지자, 평화를 위해 행한 소대진의 모든 노력은 한순간에 물거품이 되고 말았다.

이제 공존은 불가능했다. 여산대전廬山大戰이란 이름으로 후대에 알려진 여산백련교 토벌전은 이렇게 시작되었다.

"여산백련교는 강했다. 비록 홍건군 때와 같은 군세는 없지만 그들에겐 호교십군과 같은 뛰어난 고수들과 일만에 달하는 충성스러운 교도들이 있었지. 신주소가를 중심으로 한 토벌군들의 위세는 가히 노도와 같았지만, 그들을 쉽게 무너뜨릴 수는 없었단다. 토벌전은 장장 구 개월에 걸쳐 진행되었지. 그 과정에서 발생한 사상자들의 수가 무려 일만 육천에 달한다고 하니, 싸움의 치열함을 능히 짐작할 수 있으리라 본다."

여기까지 이야기한 이악은 말을 멈추더니 이제는 차갑게 식어 버린 국화차를 한 모금 마셨다. 그의 이야기는 곧 이어졌다.

"그러나 제아무리 강성한 여산백련교도 물밀듯이 몰려오는 토벌군의 물량전 앞에서는 어쩔 수 없었다. 토벌군에 의해 여산에 고립된 그들은 극심한 기아에 허덕이게 되었지. 미륵하생 명왕출세의 여덟 자 진언도, 하늘처럼 섬기는 교주 서문호충의 절절한 독려도, 굶주리고 지친 그들에게는 더 이상 효과를 발휘하지 못하게 되었단다."

토벌군이 여산을 오르던 날.

수만 교도들의 성금으로 건립된 백련교의 총단은 불길에 휩싸였고, 기품 있는 운치를 자랑하던 백련정白蓮井의 연꽃들은 호교를 부르짖으며 죽어 간 제자들의 피로 붉게 물들었다.

토벌군의 피해 또한 만만치 않았다. 여산의 익숙한 지세를 이용한 매복과 총단 곳곳에 설치된 함정은 많은 강호인들의 목숨을 앗아 갔다. 그리고 그곳엔 백련교의 수호신 호교십군이 있었다. 비록 그 수가 일곱으로 줄어들었지만 그들은 여전히 전설이라 불릴 만한 막강한 무공을 지니고 있었다.

무엇보다도 그곳엔 서문호충이 있었다.

당대 최고수로 알려진 서문호충의 무위는 가공할 것이었다. 호교십군을 이끌고 토벌군의 포위망을 뚫어 가는 그의 보도寶刀 앞에는 그 무엇도 남아나지 않았다. 무당파의 장문 사제인 파사진인破邪眞人, 개방의 장로인 벽력신개霹靂神丐, 심지어 신주대협 소대진의 친동생인 철권대협鐵拳大俠 소극경蘇克炅마저도 그의 칼 아래 목숨을 잃었다. 하지만 그 또한 인간인 이상 점점 지쳐 갈 수밖에 없었다.

그때 한 사람이 서문호충을 가로막고 나섰다. 토벌군의 주장인 신주대협 소대진이었다.

서문호충과 소대진의 대결.

그것은 후세의 사가들이 묘사한바, 두 마리의 용이 비바람 속에서 여의주를 놓고 싸우는 듯한 장관이었다. 서문호충은 약관의 나이로 백련교 교주의 자리에 오른 뒤 삼십 년이 넘는 세월을 수행과 수련에 매진해 온 무학의 대종사였고, 소대진은 숱한 강호세가 중 하나에 불과하던 소씨세가를 신주소가라는 영광스러운 이름으로 불리게 만든 백도의 거목이었다.

곳곳에서 난투를 벌이던 군웅도 평생에 두 번 다시 구경하지 못할 이 천외천天外天의 대결 앞에서는 병기를 거두고 숨을 죽여야만 했다.

무려 일천 초에 가깝게 이어진 서문호충과 소대진의 대결은 누구도 이득을 보지 못한 양패구상兩敗俱傷으로 일단락되었다. 두 사람은 상대가 펼친 개세신공蓋世神功에 내외를 크게 상한 채 서로를 향한 살기를 잠시 거두어야만 했다.

두 사람의 휴전을 전기로 토벌전의 양상은 잠시 소강상태에 접어드는 듯 보였다. 암중에서 기회만을 엿보고 있던 비영사가 모습을 드러낸 것은 바로 그때였다.

황제의 칙서를 앞세우고 전장에 들이닥친 비영사의 마흔아홉 비영들은 지치고 부상당한 백련교도들을 무차별적으로 도륙하기 시작했다. 호교십군 중 살아남은 군장들도 그들의 잔혹한 살수를 벗어날 수 없었다.

속수무책으로 죽어 가는 제자들의 모습에 서문호충은 하늘이 무너지는 듯한 노성을 터뜨리며 비영들에게 달려들었지만, 그런 그를 맞이한 상대는 설령 그의 몸이 정상적인 상태였다 하더라도 승리를 장담하기 어려운 비영사의 수령 야율사였다. 소대진과의 일천 초 결전을 통해 심각한 내외상을 입은 서문호충은 야율사의 경신읍귀驚神泣鬼할 밀종 공부를 도저히 당해 낼 수 없었다.

교주 서문호충의 허망한 죽음.

그것은 그대로 여산백련교의 멸망으로 이어졌다.

이후 서문호충의 손자 서문숭이 등장하여 교단의 재건을 부르짖을 때까지, 백련교는 사십 년에 가까운 기나긴 인고의 세월을 보내야만 했다.

"한 가지 여쭙고 싶은 것이 있습니다."

이제껏 묵묵히 듣기만 하던 문강이 이악에게 물었다.

"서문숭이 등장하여 '낙일평의 치'를 단행했을 때, 강호는 여산대전 때를 능가하는 혼란에 빠졌습니다. 그런데 왜 그때 움직이지 않으셨습니까? 비록 천선자라는 신비인의 등장으로 신무전과 무양문의 정면충돌이 무산되었다고는 하지만, 그래도 본각의 능력이라면 그 정도의 중재쯤은 얼마든지 무력화시킬 수 있었을 텐데요."

이악은 이명을 바라보며 물었다.

"명아, 너도 그 점이 궁금하냐?"

이명은 고개를 끄덕였다.

"그렇습니다."

무슨 이유에서일까? 이악은 낮게 한숨을 쉬었다.

"그 문제를 설명하기 위해선 우선 두 사람에 관해 이야기하지 않을 수 없구나. 천재……. 하늘이 내린 재목을 천재라고 부른다면, 그 두 사람이 바로 그런 천재였다."

여산백련교를 멸망시키는 데 결정적인 역할을 한 비영사는 수령 야율사와 마흔아홉 명의 비영들로 이루어져 있었다. 통치자를 위해 백성을 탄압하던 비밀 감찰기관의 속성상 비영들의 신분은 철저한 비밀에 부쳐졌고, 이러한 보안은 비영사가 비각으로 거듭난 뒤에도 여전히 유지되었다.

그러므로 마흔아홉 명의 비영들 가운데 이십 대 초중반에 불과한 한족 청년 두 명이 포함되어 있음을 아는 사람은 극히 드물었다. 오랜 기근에 부모 형제를 여의고 천애고아의 몸으로 지옥 같은 세상을 전전하다가 타고난 자질이 야율사의 눈에 들어 거두어진 인물들이었다. 그들의 이름은 석무경石武卿과 운리학暈理鶴이었다.

"석무경은 나보다 아홉 살 연상이었다. 내 소년 시절의 우상이라고도 할 수 있었지. 아마 선친보다도 그를 더 좋아하고 따랐을 게다. 선친께서도 입버릇처럼 말씀하셨다. 내게 만일 무경과 같은 자질이 있었다면 서문호충과 소대진이 한꺼번에 달려들어도 눈 하나 깜짝하지 않았을 것이라고. 밀교에서 제일가는 기재라 칭송받던 선친이셨다. 한데 그런 선친께서 내리신 석무경에 대한 평가는 이미 평자評者와 피평자被評者의 관계를 넘어선 것이었지."

이러한 찬사가 조금 과하게 들렸던지 이명이 드물게 토를 달았다.

"아무리 뛰어나다고 한들 이십 대의 어린 청년이 아닙니까. 한데 어찌 그런 과한 평을……."

이악은 빙긋 웃었다.

"방금 어리다고 했느냐? 하하, 여산대전이 벌어졌을 당시 석무경의 나이는 네가 말한 이십 대에도 미치지 못하는 열여덟 살이었다. 그런 그의 손에 백련교의 호교십군 중 세 명이 죽었다면, 그래도 어리다고 할 수 있겠느냐?"

이명은 굳은 얼굴로 입을 다물었다.

"고양이는 다 자라도 쥐밖에 잡지 못하고, 호랑이는 비록 어려도 사슴을 잡을 수 있지. 천재 이상의 천재. 석무경은 바로 그런 공전절후空前絕後한 인물이었다."

이악의 말에 문강이 고개를 갸웃거렸다.

"이상하군요. 그만한 인물이면 강호에 알려지지 않았을 리가 없을 텐데, 저로서는 처음 듣는 이름이군요."

"그럴 수밖에 없지. 그 이름을 아는 몇 안 되는 사람 중 하나인 나조차도 그 이름을 마지막으로 입에 담은 게 언제인지 기억나지 않으니 말이다. 하지만 이제는 그 이름을 말해야만 할 때가 온 것 같구나."

"때라 하오시면?"

"그의 후예가 다시 나타났기 때문이지."

물처럼 고요하던 문강의 눈빛이 흔들렸다. 최근 각의 행사에 가장 큰 골칫거리로 떠오른 청년. 그 청년의 성이 바로 석씨였다. 그렇다면 혹시……?

문강이 이런 생각을 떠올리는 동안에도 이악의 이야기는 계속 이어졌다.

여산백련교가 무너지고 서문호충이 사망한 뒤, 비영사는 그 공로를 인정받아 명나라의 직제에 정식으로 편입되었다. 앞서도 말했다시피 주원장은 내심 비영사와 같은 감찰기관을 간절히 원하고 있었다. 채 틀이 잡히지 않은 황권을 강화하기 위해서는 피비린내 나는 숙청과 잔혹한 공포정치가 불가피했기 때문이다.

비영사는 그런 주원장에게 있어서 입속의 혀 같은 존재가 되어 주었다. 비각이라는 이름으로 새롭게 태어난 그들은 지난 수십 년간 원나라 황실을 위해 지속해 온 감찰 업무를 이번에는 주씨 황실을 위해 수행해 나가기 시작했다.

그들은 대내 구석구석을 감시하고, 지방 호족들을 억눌렀으며, 개국공신들을 숙청하고, 강호의 동태를 살폈다.

그리고 그 과정에서 드러난 석무경과 운리학의 능력은 타의 추종을 불허하는 것이었다. 무공의 석무경과 지략의 운리학. 비각의 문무쌍전文武雙全이라 불리던 그들의 불가사의한 활약 앞에는 각주인 야율사마저도 벌어진 입을 다물지 못할 정도였다.

"그런데 각 내의 기록에선 왜 그 두 사람의 이름을 찾아볼 수 없습니까?"

문강이 다시 물었다. 이악의 눈가로 한 가닥 음울한 그늘이 드리웠다.

"선친께서 그들에 대한 모든 기록을 삭제하셨기 때문이지. 거기에는 드러나지 않은 내막이 있단다. 음…… 본 각으로선 실로 크나큰 손실일 수밖에 없었던 사건이었지."

1393년, 주원장은 개국공신의 한 사람인 양국공凉國公 남옥藍玉을 숙청했다. 무리를 이루어 모반을 기도했다는 것이 그 죄목인데, 물론 그것은 비각에 의해 조작된 죄목에 지나지 않았다. 실제 남옥에게 죄가 있다면 능력이 출중하고 덕망이 높아 추종하는 이가 구름처럼 많았다는 것뿐.

어쨌거나 남옥은 형장의 이슬로 사라졌고, 그에 연좌되어 처형된 사람들의 수는 자그마치 이만에 달했다. 이것이 바로 역사가 말하는 '남옥의 옥獄'이었다.

문제는 거기서부터 시작되었다.

당대의 명장으로 이름 높던 남옥은 강호의 인사들과 돈독한 친분을 유지하고 있었다. 그런 그가 황권 강화에 눈이 뒤집힌 주원장에 의해 처형당하자 강호의 여론은 급속도로 나빠졌다. 남옥의 무고함을 주장하는 벽보가 천하 곳곳에 나붙었고, 심지가 굴강한 일부 강호인들은 주원장에 대한 노골적인 분노를 감추려 하지 않았다.

여산백련교의 전례로 미루어 볼 때 이것은 주원장에게는 대단히 심각한 문제가 아닐 수 없었다. 그는 고심 끝에 엄청난 계획을 세우게 되었으니, 천자의 권위를 두려워하지 않는 무뢰배들의 세계를, 다시 말해 강호를 이번 기회에 깡그리 말살해 버린다는 것이 그 계획의 골자였다.

주원장의 지시를 받은 야율사는 내심 뛸 듯이 기뻐했다. 밀교의 독실한 신자인 그에게 있어서 중원 강호의 말살은 단순히 역학적인 차원의 문제만이 아니었다. 원나라의 패망과 더불어 중원에서 완전히 자취를 감춘 밀교. 그 밀교가 중원에 다시 자리 잡을 수 있다는 희망이 그의 마음을 부풀어 오르게 만들었다.

몽고족이 중원을 지배하던 시절에도 밀교가 민간 속으로 깊이 뿌리내리지 못했던 가장 큰 원인은 강호인들의 반발이었다. 특히 백도를 자처하는 문파들 중 절반 이상이 불교 혹은 도교와 관계를 맺고 있는 까닭에, 황실의 전폭적인 지원에도 불구하고 밀교의 민간 전파는 지극히 미미했던 것이다.

그런데 만일 강호가 사라진다면?

아두랍찰을 위시한 밀교의 모든 종파들은 무주공산이 되어 버린 중원 강호를 자연스럽게 차지할 수 있을 것이다. 사찰과 도관이 불타 버린 이름난 산, 이름난 봉우리에 밀교의 사원들이 들어설 것이고, 밀승들은 당당히 거리를 활보하며 대일여래의 가르침을 우매한 중원인들에게 전파할 수 있을 것이다. 그것은 야율사의 꿈이자 밀교의 꿈이었다.

그러나 이러한 꿈은 실제로 이루어지지 않았다. 그 꿈을 깨뜨린 사람이 바로 석무경과 운리학이었다.

석무경과 운리학은 야율사에게 거둬질 당시 어린 소년에 지나지 않았다. 그런 그들에게 있어서 야율사의 존재는 부친이자 스승이자 은인이었고, 그들은 무조건적인 충성으로 야율사의 은혜에 보답했다.

하지만 날이 가고 해가 지나 스스로의 삶을 돌아볼 수 있는 나이에 이르자 그들의 마음속에선 어린 시절 느끼지 못했던 갈등이 움트게 되었다. 황권 강화라는 명목하에 과거 한솥밥을 먹었던 공신들을 무참히 숙청하는 주원장의 잔인함, 밀교의 중원 진출을 위해 중원 강호를 말살하려는 야율사의 야심이 이제 성인이 된 그들의 눈에는 커다란 환멸의 대상으로 비치기 시작했다.

강호 말살만은 막아 보자!

석무경과 운리학은 이를 위해 백방으로 노력했다. 그러나 천재라고 해서 모든 일을 이룰 수 있는 건 아니었다. 두 사람의 힘만으로 막기엔 이미 구르기 시작한 파멸의 수레바퀴가 너무 무겁고 너무 거대했다.

정공법이 불가능하다는 것을 깨달은 두 사람은 극단적인 방법을 모색할 수밖에 없었다. 강호말살지계의 주창자인 황제의 암살이 바로 그것이었다.

"놀라운 말씀이군요. 황제를 암살하려 한 자들이 있었다니."

이명이 말했다. 이악은 고개를 끄떡인 뒤 이야기를 계속했다.

"물론 그 일은 이루어지지 않았다. 두 사람의 힘만으로 황제를 암살한다는 것은, 비록 그들의 능력이 아무리 뛰어나더라도 어려운 일이 아닐 수 없었겠지."

석무경과 운리학의 모의는 실행에 옮기기도 전에 발각되고 말았다. 그들의 모의를 사전에 발각한 곳은 공교롭게도 그들이 속해 있던 비각이었다.

야율사는 당황하지 않을 수 없었다. 황제의 명령 한마디에 수천수만 명의 목숨들이 날아가는 살벌한 시국이었다. 그런 시국에 황제 암살 모의라니!

물론 야율사는 석무경과 운리학의 모의를 백일하에 공개, 적법한 형규에 의거하여 그들을 치죄할 수도 있었다. 하지만 황제 암살 모의는 그들 두 사람의 목숨만으로 매듭짓기엔 너무나도 엄청난 대역죄였다. 그리고 야율사의 주위에는 굶주린 들개처럼 그의 허점을 노리는 무수한 정적들이 있었다. 만에 하나 이 일이 드러나는 날에는 야율사 본인 또한 목숨을 보전하기 힘들 것 같았다.

결국 야율사는 이 일을 불문에 부치기로 마음먹었다. 그렇다고 해서 이미 마음이 돌아선 석무경과 운리학을 붙잡아 둘 수도 없는 노릇이었다. 이와 같은 일이 다시 벌어지지 말라는 보장도 없거니와, 더 이상 신뢰할 수 없는 보검을 곁에 둘 수는 없었던 것이다.

고심하던 야율사는 두 사람에게 수뢰의 죄목을 씌운 뒤, 태형笞刑 삼십 장杖과 관직을 삭탈하는 것으로써 이번 일을 마무리지었다.

두 사람이 비각을 떠나던 날, 비각의 몇몇 간부들은 자객을 파견해 그들을 제거할 것을 주장했다. 두 사람이 초야에 묻혀 조용히 살다가 세상을 뜰 것이라 여긴 사람은 아무도 없었기 때문이다.

그때 야율사는 쓰게 웃으며 이렇게 말했다고 한다.

─석무경과 운리학이 함께 있는 이상 내가 직접 간다 한들 그들을 죽일 수 없을 것이다.

비각의 문서에 기록되어 있던 두 사람에 관한 모든 사항들은 야율사의 지시에 의해 즉시 삭제되었다. 덕분에 수십 년이 흐른 지금에 이르러서는, 당시 미수로 끝난 황제 암살 사건의 전모를 아는 사람은 거의 없었다.

"외람된 말씀이오나 심복지환을 살려 보내신 대공의 처사는 그리 현명하지 못한 것입니다."

문강이 말했다. 외람이라고 전제했지만 말투만은 단정적이었다. 이악은 문강을 돌아보며 빙그레 웃었다.

"너라면 그들을 반드시 죽였겠지. 왜냐하면 너는 냉정함을 가장 큰 덕목으로 삼는 책사이기 때문이다. 그러나 나는 선친의 마음을 충분히 이해할 수 있다. 석무경과 윤리학은 하늘이 내린 예술품. 당신께서는 그런 예술품을 자신의 손으로 망가뜨리는 일을 차마 하실 수 없었던 것이다."

문강은 동의하는 기색은 아니지만 뭐라 반박하지도 않았다. 그런 문강에게 이악이 물었다.

"서문숭이 등장했을 때 내가 왜 각을 움직이지 않았느냐고 물었지?"

"그렇습니다."

"이제 그 이유를 알려 주마."

이악은 고개를 돌려 아들 이명을 바라보았다.

"명아, 너는 이 아비의 가장 큰 장점이 무어라고 생각하느냐?"

이유를 알려 주겠다더니 참으로 엉뚱한 질문이 아닐 수 없었다. 이명은 조금 어리둥절해 있다가 자신이 생각하던 바를 밝혔다.

"아버님께서는 약점이 존재하지 않는 십전+全의 초인이십니다. 소자는 하늘 아래 아버님을 능가할 사람은 없다고 확신하고 있습니다."

신념이 담긴 이 말에 이악은 소리 내어 웃었다.

"하하! 데바 님이 계신 자리에서 별 광망한 소리를 다 하는구나. 어쨌거나 이 아비를 그리 높이 봐주니 기분은 나쁘지 않구나. 하지만 그건 틀린 말이야. 네가 석무경과 운리학을 만나지 못했기 때문에 그런 말을 함부로 할 수 있는 게지. 무공에 대한 나의 자질은 석무경의 절반에도 미치지 못하고, 지략에 대한 나의 자질은 운리학의 절반에도 미치지 못한다. 당연한 일이야. 나는 일개 범인이고, 그들은 하늘이 내린 천재이기 때문이다. 하지만 하늘은 나 같은 범인에게도 한 가지 장점을 내리셨단다. 바로 그 장점이 오늘날의 나를 존재하게끔 만들었지."

이악은 잠시 말을 멈추었다. 세 사람의 시선이 그의 입술로 모여졌다. 이윽고 이악의 입이 천천히 열렸다.

"그 장점은 바로 인내심이다."

세 사람은 묵묵히 고개를 끄덕였다. 이악은 이 국립장을 가득 메운 국화와 같은 사람이었다. 무서리를 이기고 아름다운 꽃망울을 터뜨리는 국화처럼, 그는 어떠한 고난이라도 이겨 낼 수 있는 굳센 인내심을 지니고 있었다.

이악의 이야기가 이어졌다.

"선친께서 그토록 갈망하신 강호말살지계는 아쉽게도 이루어지지 못했다."

야율사의 입장에선 참으로 원통한 일이지만, 그가 황제 암살 사건을 무마시키기 위해 동분서주하는 사이 주원장의 관심은 강호에서 대내로 돌아섰다. 연왕 주체朱棣(훗날의 영락제)를 포함한 주원장의 아들들이, 주원장이 나이 어린 손자를 황태손皇太孫(훗날의 건문제)으로 책봉한 데 대해 불만을 품고 노골적으로 세 불리기에 나섰기 때문이다.

야율사는 탄식했다. 황제도 늙었고 자신도 늙었다. 석무경과 운리학으로 인해 놓쳐 버린 호기가 자신이 살아생전에 만날 수 있는 마지막 기회였음을 예감했기 때문이다. 그리고 이러한 예감은 그대로 들어맞았다.

그로부터 얼마 뒤 주원장이 죽었다. 음모와 궤계, 살인과 폭력으로 점철된 음지의 인생을 살아온 야율사였지만, 죽을 때만큼은 충신열사를 닮고 싶었던 것일까? 주원장이 죽은 지 꼭 두 달이 되는 날 그 역시도 세상을 떠났다. 환갑을 일 년 앞둔 나이. 내외공이 두루 깊은 절세의 고수로선 참으로 드문 죽음이었다.

"선친의 뒤를 이어 각주의 자리에 오른 나는 인내심을 가지고 때를 기다렸다. 때란 곧 천시. 천시를 헤아리지 않고 무리하게 일을 진행시키면 어떤 결과가 벌어지는지를, 철마곡鐵馬谷의 참변을 통해 똑똑히 보았기 때문이지."

"음."

작은 신음과 함께 데바의 얼굴에 어두운 그늘이 드리웠다.

이악의 이야기에 등장하는 '철마곡의 참변'이란 태조 말엽에 있었던 서장 밀교의 중원 진출 시도를 가리킨다. 야율사로부터 전해 들은 강호말살지계에 한껏 부풀어 있던 밀교의 수뇌들은, 그것이 실행에 옮겨지지 않자 조급함을 이기지 못한 나머지 자신들만의 힘으로 중원 진출을 시도했다.

그러나 그것은 무모한 일이었다. 서장 밀교는 옥문관玉門關 남동쪽에 위치한 철마곡이란 이름의 골짜기에서 무려 일천팔백 명의 제자들을 잃어버린 뒤에야 자신들의 행동이 지나치게 성급했음을 깨달을 수 있었다. 당시 중원의 강호인들을 지휘하여 서장 밀교의 꿈을 무참히 짓밟은 장본인은 바로 북악 신무전의 전주 소철이었다.

"각주의 말씀이 옳소. 당시 요행히 소철의 벽을 넘었다고 해도 제이, 제삼의 벽이 계속 우리의 앞을 가로막았을 것이오. 중원 강호가 지닌 잠재력은 그만큼 무서운 것이었소."

데바의 말에 이악이 숙연한 표정으로 고개를 끄덕였다.

"당시 죽어 간 교도들을 생각하면 아직도 가슴이 아픕니다. 하지만 그 일로 인해 경거방동은 금물이라는 값진 교훈을 얻었으니, 교의 대계를 위한 밑거름이라고 생각해야겠지요."

이악은 다시 이명과 문강을 향해 이야기를 이어 갔다.

"그러다가 마침내 때가 찾아왔다. 맥이 끊긴 줄로만 알았던 서문호충의 후예 서문숭이 강호에 모습을 드러낸 것이다. 그것은 실로 꿈에서조차 생각해 본 적이 없었던 엄청난 행운이 아닐 수 없었다. '낙일평의 치'를 통해 백도인들에 대한 복수를 끝낸 서문숭이 다음에 누구를 노릴지는 뻔한 일이었지. 여산대전 당시 토벌군의 중심에 있던 신주소가, 그 후신後身인 신무전을 서문숭이 그냥 놔둘 리 없었기 때문이다. 아니나 다를까, 서문숭은 신무전주 소철을 향해 도전장을 보내더구나. 누가 보더라도 두 세력 간의 충돌은 절대로 피할 수 없는 필연적인 일로만 여겨졌다. 천선자라는 신비인이 등장하기 전까지는 말이다."

"맞습니다. 천선자가 개입하지 않았다면 신무전과 무양문, 소철과 서문숭은 양패구상을 면치 못했을 겁니다."

문강이 맞장구치자 이악은 빙긋 웃었다.

"천선자로 인해 두 세력 간의 충돌이 무산되긴 했지만, 사실

난 그리 심각하게 생각하지 않았단다. 강이, 네가 아까 말했지? 본 각의 능력이라면 천선자의 중재쯤은 얼마든지 무력화시킬 수 있었을 거라고 말이다."

이악은 고개를 끄덕이며 말을 이었다.

"맞는 말이다. 옛 원한을 잊지 못하는 젊은 호랑이를 충동질하기란 그리 어려운 일이 아니었을 테니까. 그런 생각은 천선자로부터 곤륜지회에 참가하라는 서찰을 받았을 때에도 변함이 없었다. 소철과 서문승에게 내 존재를 드러내는 일이 그리 달갑지는 않았지만, 사실 그런 것은 큰 문제가 되지 않았다. 한 번의 비무로 삭이기엔 누대에 걸친 소씨와 서문씨의 원한이 얼마나 깊은지를 잘 알고 있었기 때문이다. 그런데, 그런데……."

무슨 이유에서인지 이악은 뒷말을 좀처럼 잇지 못했다. 세 사람은 의아한 눈길로 그런 이악을 바라보았다.

굳은 얼굴로 허공을 응시하던 이악은 어느 순간 탄식 같은 목소리를 토해 냈다.

"나는 곤륜산 무망애에서 그 사람을 보았던 것이다."

세 사람은 일순 어리둥절한 표정을 지었다.

이악이 말한 '그 사람'이 누구인지 가장 먼저 알아차린 사람은 그들 중 가장 깊은 심기를 지닌 문강이었다.

"석무경?"

이악은 무겁게 고개를 끄덕였다.

"바로 그였다."

문강은 물론이거니와 강호인 모두가 당시 곤륜지회에 참가한 사람들의 면면을 알고 있었다. 그들 가운데 석무경일 수 있는 사람은 오직 하나뿐이었다.

"혈랑곡주……."

문강의 입에서 흘러나온 신음 같은 한마디는 이명과 데바를 깜짝 놀라게 만들기에 충분한 것이었다.

"설마!"

"혈랑곡주가 석무경이라고?"

그것을 확인시켜 준 사람은 이악이었다.

"비록 늑대 탈과 붉은 장포로 정체를 가리고 있었지만, 나는 한눈에 혈랑곡주가 바로 그임을 알아볼 수 있었다. 그 목소리를, 그 눈빛을, 그 기세를, 내가 어찌 잊을 수 있으랴!"

이악의 얼굴에 홍조가 어리기 시작했다.

"석무경! 내 젊은 시절의 우상! 그는, 그는 나로선 도저히 넘어설 수 없는 거대한 장벽이었다. 곤륜산에서 그를 만난 뒤, 나는 떨리는 마음을 도저히 진정시킬 수 없었다. 그가 살아 있다는 것, 그리고 시퍼렇게 뜬 눈으로 나를 주목하고 있다는 것은, 서문숭의 등장으로 인해 품었던 모든 희망과 기대를 송두리째 버리도록 만들기에 충분한 것이었다. 나는 참을 수밖에 없었다. 인내할 수밖에 없었다. 내가 석무경을 이길 수 있는 길이란 오직 그보다 오래 사는 것밖에는 없음을 알고 있었기 때문이다. 내가 지난 사십여 년간 혈랑곡의 존재를 확인하기 위해 그토록 노력을 한 까닭을, 그리고 그것도 모자라 수하들을 혈랑곡도로 가장시켜 강호에 혼란을 일으키도록 한 까닭을 이제는 알겠느냐?"

이악은 격동에 일렁이는 눈동자로 이명과 문강을 번갈아 바라보다가 확신에 찬 목소리로 무겁게 선언했다.

"나는 혈랑곡이 실제로 존재하는지를 반드시 확인해야만 했다. 혈랑곡이 우리 비각을 상대하기 위해 석무경과 운리학이 만든 조직이란 사실을 알기 때문이다."

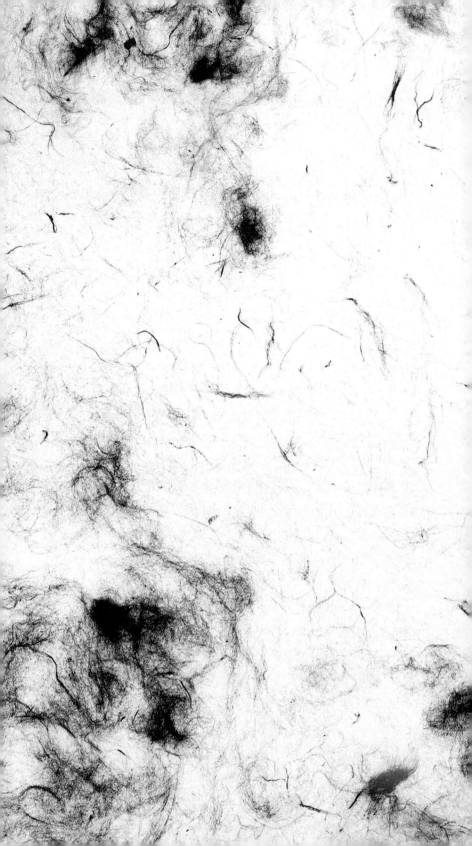

곡리穀里

(1)

농부의 얼굴에 흡족한 미소를 짓게 해 주던 황금빛 계절도 무심히 흘러가고 있었다. 가을 내 풍요로움을 뽐내던 대지는 아침저녁으로 부쩍 싸늘해진 기온 속에 조금씩 야위어 가고 있었다.

북경성과 팔달령八達嶺을 잇는 관도.

매미 날개처럼 얇은 서리를 자박자박 소리 내어 밟으며 새벽길을 걸어가는 두 남자가 있었다. 보는 이로 하여금 자신의 눈을 의심하게 만들 만큼 거대한 체구를 지닌 황의 청년과 북슬북슬한 턱수염이 보기 좋은 백의 중년인이었다.

각기 한 자루씩 검을 메고 있어 검객임을 짐작케 하는 이들 두 남자의 행보는 새벽길을 재촉하는 사람치곤 그리 빠르지 않았다. 특히 청년의 경우는 더욱 그러해, 보통 사람의 두 배가 넘는 보폭이 어색해 보일 지경이었다. 그런 사실이 스스로 못마땅한 듯 청년의 선 굵은 얼굴에는 엷은 짜증의 기색이 어려 있었다.

그렇게 얼마나 걸어갔을까?

청년은 걸음을 멈추고 뒤를 돌아보았다. 두 사내가 걸어온 길은 채 가시지 않은 야기로 어슴푸레했지만, 그 위에 아무도 없음을 확인하기란 그리 어려운 일이 아니었다. 청년은 한숨을 쉰 뒤 곁에 선 중년인을 돌아보았다.

"혹시 이런 얘기 들어 보셨습니까?"

거대한 체구에 잘 어울리는 낮고 굵은 목소리였다.

"무슨 얘기 말인가?"

중년인이 반문하자 청년은 그들이 걸어온 길을 턱짓으로 가리키며 말했다.

"주인을 길잡이로 내세우는 위세 등등한 종이 있다는 얘기 말입니다."

중년인이 웃었다. 이마에서 미간까지 이어진 굵은 칼자국이 가볍게 출렁거렸다. 하지만 청년은 별로 웃고 싶은 기분이 아닌 모양이다.

"아까는 그래도 따라붙는 시늉이라도 하더니만 이젠 아예 그림자도 보이지 않는군요. 이거야 도무지……."

이렇게 투덜거리며 주먹 쥔 오른손으로 볼을 툭툭 두드리는 거구의 청년은 바로 석대원이었다. 그리고 그 모습을 바라보며 실소를 금치 못하는 턱수염의 중년인은 검왕 연벽제와 더불어 검의 양대 산맥으로 불리는 절정 검객이자 무양문 호교십군의 수좌이기도 한 고검 제갈휘였다.

중추절 화산에서의 만남 이후 제갈휘는 석대원의 일행에 합류했다. 아니, 보다 정확히 표현하자면 석대원 일행이 제갈휘에게 합류했다고 해야 할 것이다. 행보를 결정하는 지도자 노릇도, 선두에서 인도하는 인솔자 노릇도, 그리고 그 과정에서 발생하는 모든 경비를 부담하는 물주 노릇까지도 제갈휘 혼자 도맡았기 때문이다.

졸지에 지도자와 인솔자와 물주를 한꺼번에 얻은 석대원 일행은 물론 행복했다. 그리고 졸지에 뻔뻔한 입 세 개를 떠맡게 된 제갈휘도 기분이 어떠냐고 묻는다면 그리 나쁘지 않다고 대답할 것이다. 그 대가로 얻은 것이라곤 석대원에게 형님 소리를 듣게 된 게 전부지만, 그는 그것으로 충분히 만족할 수 있었다. 백두여신白頭如新 경개여고傾蓋如故라 하여, 머리가 희도록 만나도 언제나 서먹한 사이가 있는 반면 수레 덮개를 기울여 한 번 마주쳐도 오랜 친구처럼 익숙한 사이도 있는 법. 첫 만남에 날벼락 같은 감정의 공유를 느끼는 건 비단 이성 간에 발생하는 일만은 아닌 것이다.

"내가 행보를 너무 서두른 게 아닌가 싶군. 두 분은 조금 더 주무시고 싶어 하던 눈치던데."

제갈휘가 말하는 '두 분'이란 뻔뻔한 입 세 개 중 석대원을 제외한 두 개의 주인들, 한로와 모용풍이었다.

석대원이 거구에 어울리지 않게 입술을 비죽거렸다.

"조금 더 주무시고 싶은 게 당연할 겁니다."

"당연하다니?"

"밤잠이 부족하니 아침잠이 많아질 수밖에요."

제갈휘는 미간을 찌푸렸다.

"초저녁만 되면 함께 자리를 뜨시는 게 그럼 주무시러 들어가는 게 아니란 말인가?"

"형님은 모르셨군요, 요즘 그 양반들 주사위 노름에 푹 빠졌다는 것을. 초저녁만 되면 도둑고양이처럼 슬그머니 자리를 뜨는 것도 다 도박장에 가기 위해서입니다. 지난밤엔 축시丑時(오전 두 시 전후)가 넘어서야 들어오더군요. 두 눈이 토끼처럼 새빨개져 가지고 말이죠."

잠시 멈춘 석대원은 제갈휘의 얼굴을 똑바로 바라보며 말했다.

"그들이 그렇게 된 데엔 형님 책임이 큽니다."

제갈휘가 또다시 미간을 찌푸렸다.

"그건 또 무슨 말인가?"

"정말 모르시겠습니까?"

"내가 뭘 어쨌기에?"

석대원은 답답하다는 듯 제 가슴을 탕 두드렸다.

"가진 거라곤 입밖에 없는 그들이 무슨 돈으로 도박장에 들락거릴 수 있겠습니까?"

제갈휘의 눈이 커졌다.

"그러면 어제저녁 모용 선배가 내게 빌려 간 돈이……?"

"말해 뭐하겠습니까."

"허, 허허……."

제갈휘로선 헛웃음밖에 나오지 않았다. 모용풍과 한로라면 강호의 고인 소리를 듣고도 남을 인물들인데, 그 둘이 작당을 지어 밤마다 하는 짓이 고작 주사위 노름이라니. 그것도 도둑고양이처럼 일행의 눈을 피해서 말이다.

"웃을 일이 아닙니다."

나무라듯 말한 석대원이 제갈휘를 향해 두 팔을 펼쳐 보였다.

"종이 본분을 외면하고 도박에 정신이 팔린 사이 주인의 옷꼴을 좀 보시라고요. 더럽고 냄새가 나도 빨아 주길 하나, 군데군데 해지고 뚫어져도 기워 주길 하나, 아예 나 몰라라 아닙니까? 게다가 이젠 밤잠을 설쳤다는 핑계로 길잡이 노릇까지 시키고 있으니, 천하에 이렇게 팔자 좋은 종이 어디 있을 것이며 이렇게 홀대받는 주인이 어디 있겠습니까. 이러다 밥 차려 오라는 말까지 나오지 않을까 심히 걱정됩니다."

사천에서부터 줄곧 입어 왔으니 낡은 것이야 어쩔 수 없다지만 그래도 냄새가 난다거나 해지지는 않은 옷이었다. 물론 오로지 한로의 살뜰한 보살핌 덕분인데, 얼마 전부터, 보다 정확히 말하자면 모용풍과의 밤나들이가 한로의 일상으로 자리 잡은 이후부터 사정이 달라졌다. 해가 있는 동안엔 줄곧 길을 가야 하는 처지로 밤 시간을 취미 생활에 쏟아부으려니 자연 젊은 주인 받들기에 소홀해질 수밖에 없었던 것이다. 늦게 배운 도둑질에 날 새는 줄 모른다더니 영락없이 그 짝이었다.

"원로에 지루하셨던 모양이지. 젊은 자네가 이해해야지 어쩌겠나."

제갈휘가 좋은 말로 위로했지만 석대원의 얼굴에 떠오른 불만의 기색은 좀처럼 가시지 않았다.

"윗사람에겐 아랫사람의 허물을 고쳐 줄 책임이 있는 법입니다. 이번 기회에 그 못된 버르장머리를 단단히 고쳐 놓을 작정입니다."

"진심인가?"

석대원이 한 눈을 짜부라트리며 반문했다.

"왜요? 제가 그러지 못할 것 같습니까?"

"그런 건 아니네만⋯⋯."

그러나 제갈휘의 표정은 '과연 그럴 수 있을까?'라고 묻는 듯했다. 그것을 놓치지 않은 석대원은 재차 뭐라 말하려다가 끙, 신음하며 입을 다물고 말았다. 그와 한로의 관계가 그랬다. 표면적으로는 주종 관계이되 그 속을 들여다보면 피보호자와 보호자, 나아가 제자와 스승의 관계이기도 한 것이다. 제갈휘는 그런 점을 정확히 파악하고 있었고, 그래서 저런 얄망스러운 표정을 짓는 것이 분명했다.

'하기야…….'

생각해 보니 한로의 심정을 이해할 수도 있을 것 같았다. 평생 외롭게 지내다 늘그막에 얻은 친구가 바로 모용풍이었으니, 어울려 다니며 노는 흥취가 어찌 새록새록 재미나지 않겠는가. 얼마 전까지만 해도 얼음으로 빚어 놓은 것 같기만 하던 한로의 표정에 제법 사람다운 온기가 흐르기 시작한 게 그 증거일진대, 그렇다면 반드시 나쁘다고만 할 수는 없을 터였다. 아니, 한로에게 혈육과 다름없는 정을 느끼는 석대원으로선 오히려 기뻐해야 할 일이 마땅했다. 물론 그 탓에 고단해진 육신이 그 마땅함을 거부하고 있긴 해도 말이다.

석대원의 이런 복잡한 내심을 짐작했는지 제갈휘가 그의 등을 툭 두드리며 말했다.

"옷이야 한 벌 사 입으면 그만 아닌가. 그 연배에 그만한 흥취를 느끼는 것도 쉽지 않을 테니 자네가 이해하게나."

그렇다고 당장 "알겠습니다." 하고 받아들이는 것도 쑥스러운 일이어서 석대원은 몇 마디 더 구시렁거렸다.

"한 번이라도 따 오면 노자에 보탬이라도 되지요. 매번 잃기만 하는 주제에 흥취는 무슨……."

"하하! 누가 자네더러 노자 걱정 하라던가? 돈 대는 사람이 괜찮다는데 따든 잃든 자네가 무슨 상관인가?"

웃으며 하는 얘기지만 제갈휘에게 들러붙어 사는 세 개의 입 중 한 개의 주인으로선 찔리는 구석이 없지 않았다. 결국 석대원은 너그러움을 발휘한 체하며 고개를 끄덕이고 말았다.

"뭐, 형님께서 정 그리 말씀하신다면 제가 참지요."

"고맙네. 하하!"

어둠침침하던 새벽 기운은 어느 결엔가 자취를 감춘 뒤였다. 하늘은 높푸른 비상을 준비하는 듯했고 동쪽 산하에는 보기 좋은 주황빛이 짙어져 가고 있었다. 그리고 두 사람이 바라보는 길 저편엔 두 개의 인영이 나타나 있었다. 흐느적흐느적 맥 빠진 걸음걸이가 흡사 물풀의 흔들림을 보는 듯했다. 졸린 눈으로 따라나선 새벽길이 못내 고역일 수밖에 없는 모용풍과 한로였다.

그들의 걸음걸이를 유심히 바라보던 제갈휘가 말했다.

"도박꾼이란 본디 날이 밝으면 맥을 못 추는 법이지. 보아하니 두 분은 며칠 사이에 진짜 도박꾼이 된 것 같군."

그 말에 석대원이 약간의 수정을 가했다.

"진짜 얼치기 도박꾼이겠죠."

두 사람은 서로를 마주 보고 싱긋 웃었다.

(2)

중국과 해동의 무역은 신라가 삼국을 통일한 7세기 말엽 이후부터 주로 해로를 통해 이루어져 왔다. 산동반도 이남으로 해안을 따라 발달한 여러 무역항들의 역사는 대개 그 당시부터라고 봐도 무방할 것이다.

이러한 해로 위주의 무역에 막대한 타격을 준 사람은 명나라 태조인 주원장이었다. 그는 치안 유지와 밀무역 단속 그리고 타국과의 분쟁 방지를 이유로 이른바 해금령海禁令을 선포했는데(1397년), 관이 주도하는 조공선 이외엔 어떠한 종류의 상선도 해로를 통해 들이지 않는다는 것이 그 주된 골자였다.

해금령 선포 이후 해상 무역이 크게 위축되었음은 당연한 일이었다. 물론 열 포졸이 한 도둑을 못 잡는다고 소수의 암상들에 의해 시도되는 밀무역까지 완전히 통제할 수 있었던 것은 아니지만, 해로를 통해 교역되던 물물의 대부분은 육로로 옮겨졌고, 그 결과 과거와는 전혀 다른 규모, 전혀 다른 방식의 육로 무역이 형성되었다.

변화는 새로운 권력을 잉태하는 법. 경제에 밝고 이재에 예민한 몇몇 이들은 시대의 흐름을 발 빠르게 이용, 막대한 부를 축적할 수 있었다. 그중 대표적이고도 독보적인 이가 북경상행北京商行의 주인이자 천하제일 거상으로 알려진 왕고王庫였다.

조금 과장하여 말하자면 해내 교역의 삼 할, 해외 교역의 오 할에 영향력을 행세한다는 왕고는 모든 방면에서 일반적인 무역상들과는 차원이 다른 행보를 보여 주었다. 그중 하나의 예가 중원 각지에 산재한 칠십이 개의 역소驛所였다.

역소란 왕고가 처음 도입한 조직으로, 교역에 나선 인마가 쉬어 가는 중간 거점을 의미했다. 교역으로 치부를 하는 무역상 치고 중간 거점의 중요성을 모르는 이 누가 있겠느냐만, 대부분 기존의 객사客舍를 이용하거나 그 지역의 군소 상인들과 제휴하는 수준을 벗어나지 못했다. 그러나 왕고가 창설한 역소는 그런 단순한 중간 거점이 아니었다. 아무것도 없는 허허벌판에 장원을 짓고, 많은 사람들을 고용함으로써 부락을 형성케 하고, 교역에 나선 상행단이 왕래할 때마다 시장을 개설함으로써 그 지역의 상권을 자연스럽게 끌어들이는, 수동적인 의미에서의 중간 거점이 아니라 능동적인 의미에서 지역 경제를 주도해 나가는 제이, 제삼의 북경상행을 만든 것이다.

오늘 석대원 일행이 방문한 장성 인근의 소도시 곡리殼里가 바로 그런 역소가 위치한 곳이었다. 이십 년 전만 해도 가호의 수가 오십에 미치지 못하던 곡리였지만, 역소가 들어선 뒤 나날이 번창해 작금에 이르러선 동북방에서 세 손가락 안에 꼽히는 알찬 상업 도시로 자리 잡게 된 것이다.

"휘이유!"

석대원은 자신도 모르게 휘파람을 불었다. 장원의 규모가 예상했던 것보다 훨씬 웅대했기 때문이다.

수천 평 대지에 도도히 자리 잡은 장원은 붉은 기와를 얹은 새하얀 담으로 빙 둘러싸여, 멀리서 보면 마치 한 마리 붉은 용이 흰 구름 속에 웅크리고 앉은 듯했다. 상행의 일개 지부라고는 믿기 어려운 대단한 위세라 아니할 수 없었다.

"황족이라도 사는 집 같군."

장원을 굽어보던 모용풍이 감탄하자 한로가 이죽거렸다.

"저게 다 졸부 근성이지. 가진 걸 드러내지 못해 안달을 내는."

모용풍이 어이없다는 표정을 지었다.

"졸부? 방금 졸부라고 했는가?"

"왜, 아닌가?"

"하! 천하에 왕고를 졸부로 여기는 사람이 있다니! 이보라고, 한 형. 자네는 태사공太史公(사마천)의 〈화식열전貨殖列傳〉도 읽어보지 않았는가? 천금을 모은 자는 군수를 상대하고 만금을 모은 자는 천자를 상대한다고 했네. 천자를 상대하는 자가 어찌 천박한 졸부겠는가?"

"힝! 그래 봤자 오십보백보지."

두 사람의 대화를 듣고 있던 제갈휘가 모용풍을 거들고 나섰다.

"장사치 중에는 눈앞의 이익을 좇기에 급급하다가 종래에는 스스로를 해치는 작은 상인이 있는 반면, 당장은 손해를 보더라도 소처럼 묵묵히 신의를 쌓아 나가 종래에는 천하 경제에 보탬을 주는 큰 상인도 있습니다. 북경 보운장의 왕고, 왕 대인이 바로 그런 큰 상인이지요."

뭐라 반박하진 않았지만 한로는 여전히 심드렁한 표정이었다.

'긴말해 봐야 내 입만 피곤하지.'

제갈휘도 잘 알고 있었다. 저 괴팍한 노인이 몇 마디 말로 생각을 뜯어고칠 수 있는 위인이 아니라는 사실을. 하기야 주판을 두드리는 족속이라면 일단 경멸하고 보는 것이 세상 칼 든 이들의 공통된 심정일지도 모른다.

"새벽부터 서둘러서 그런지 배가 출출하군요. 어서 갑시다."

석대원이 빙긋 웃으며 일행을 재촉했다.

사두마차 두 대가 나란히 통과할 수 있을 만한 커다란 정문에는 좋은 오동나무 판자로 만든 '동화장東和莊'이란 현판이 걸려 있었다. 해동과 화락和樂한 거래를 추구한다는 의미이리라.

물물의 왕래가 생명인 상가답게 정문은 활짝 열려 있었고 그 앞은 많은 사람들로 북적거리고 있었다. 그러나 정문을 가로막고 선 여덟 명의 건장한 수문 위사들은 그곳을 통과하기가 그리 만만한 일이 아님을 보여 주고 있었다.

상인들과는 확연히 구별되는 석대원 일행이 정문으로 다가가자 수문위사들의 얼굴에 경계의 빛이 어렸다.

"어디서 오신 분들이오?"

우두머리로 보이는 콧수염의 수문 위사가 일행을 향해 위엄 있는 목소리로 물었다. 일행 중 한 사람이 나서서 그의 물음에 답했다.

"나는 제갈휘라고 하오. 귀 장의 장주님을 뵙고 싶소이다."

수문 위사의 두 눈이 퉁방울처럼 커졌다. 그는 자세를 황급히 고치더니 제갈휘를 향해 포권을 올렸다.

"고검 대협께서 왕림하셨군요! 일찍 알아뵙지 못한 죄, 용서해 주시기 바랍니다!"

병장기를 든 사람치고 제갈휘라는 이름을 모르는 이 있을까마는 그래도 수문 위사의 반응은 너무 빠른 감이 있었다. 이를 기이하게 여긴 제갈휘가 물었다.

"내가 올 줄 알고 있었소?"

수문 위사는 포권을 풀지 않은 채로 공손히 대답했다.

"상부로부터 지시가 있었습니다. 가까운 시일 안에 고검 대협께서 방문하실 테니 결례를 범하는 일이 없도록 주의하라고요. 장주님께선 안에 계십니다. 어서 들어오십시오."

이 말이 끝나기가 무섭게 남은 일곱 명의 수문 위사들은 양쪽으로 갈라서서 일제히 허리를 숙였다. 이 서슬에 놀랐는지 어수선하던 주변이 한순간에 조용해졌다.

수문 위사들 사이를 걸어 정문을 통과하며 석대원이 제갈휘를 향해 속삭였다.

"유명한 사람과 다니니 대접이 괜찮은걸요."

제갈휘는 픽 웃었다.

"부러우면 자네도 유명해지라고."

"부럽긴요. 재상보다 재상집 머슴이 더 떵떵거린다는 걸 모르시나 보군요."

그 말을 들은 한로가 혀를 차며 말했다.

"상전이 하인을 자처하고 다니니 그 밑에 하인은 어찌할꼬."

모용풍이 실실 웃으며 깐죽거렸다.

"상전의 상전은 태상太上 상전이니 하인의 하인은 태하太下 하인쯤 되겠군."

한로가 무서운 눈으로 째려보자 모용풍이 짐짓 두려운 체 걸음을 재촉했다.

내원 입구까지 마중 나온 동화장의 장주는 예상외로 평범한 외모를 지니고 있었다. 마흔 언저리쯤 되어 보이는 나이에 중키. 살찌지도, 그렇다고 마르지도 않은 체구. 입고 있는 의복도 무척 수수한 편이어서 고대광실의 장원과는 어울리지 않아 보였다.

"아침나절에 까치가 요란하게 울더니만 귀빈의 왕림을 알리기 위함이었나 봅니다. 잘 오셨습니다. 저는 이 장원을 관리하는 박선동朴善同이라고 합니다."

동화장주 박선동이 친근한 웃음을 지으며 일행을 맞았다. 제갈휘가 대표로 나서서 박선동을 향해 포권을 올렸다.

"허명뿐인 무부를 이토록 환대해 주시니 몸 둘 바를 모르겠군요. 제가 제갈휘입니다."

"겸양이 지나치십니다. 고검 대협의 명성이 허명이라면 천하의 그 어떤 이름이 허명이 아니겠습니까?"

이어 박선동은 시선을 슬쩍 돌려 제갈휘와 함께 온 석대원 등을 바라보았다. 제갈휘를 상대할 때와는 달리 먼저 인사를 건네지 않는 것으로 미루어 하인이나 수행원쯤으로 여기는 듯싶었다. 그것을 눈치챈 제갈휘가 세 사람을 소개하려 하는데, 모용풍이 재빨리 나서서 말했다.

"우리는 제갈 대협의 친구들로서 나는 모용풍, 이 사람은 한로, 그리고 저 청년은 석대원이라고 하오. 불청객이라고 내치지나 않았으면 좋겠소."

박선동은 눈을 크게 뜨고 손을 홰홰 내둘렀다.

"내치다니요? 당치도 않습니다. 고검 대협의 친구 되는 분들이라면 귀빈 중에서도 귀빈, 버선발로 마중 나와 영접해야 마땅하겠지요. 아무 염려 마시고 내 집처럼 편히 지내시기 바랍니다."

박선동의 언행에선 한 점의 가식도 찾아볼 수 없었다. 진심이라면 호인일 것이요, 설사 꾸며 낸 것이라도 대단한 사교술이 아닐 수 없었다.

제갈휘가 박선동에게 물었다.

"제가 오리란 걸 사전에 알고 계셨다고요?"

박선동은 제갈휘를 향해 빙긋 웃었다.

"사흘 전 북경으로부터 고검 대협께서 조만간 방문하실 거라는 전서가 당도했지요."

"북경에서요?"

제갈휘의 미간에 잔주름이 잡혔다. 나름대로는 보안에 신경을 쓰며 움직인 행보였건만 그가 곡리로 오리라는 것을 아는 사람은 대체 누굴까?

그런데 곰곰이 생각하니 떠오르는 얼굴 하나가 있었다.

'양진삼, 그 친구가 공연한 수고를 했군.'

제갈휘가 곡리로 간다는 사실을 아는 극소수의 사람 중에서 일정까지 엇비슷하게 맞출 수 있는 사람은 오직 하나, 화산에서 헤어진 양진삼뿐이었다.

중추절 화산에서 석대원과 두 차례의 내기—석 잔에 뻗어 버린 술내기도 내기 축에 낀다면—를 벌인 양진삼은 다음 날 공무가 급하다며 인근 관아에서 쾌마를 빌려 북경으로 올라갔다. 가는 길이 비슷하니 동행하지 못할 이유도 없으련만, 뒤도 안 돌아보고 부리나케 올라가 버린 것을 보면 무명소졸—그는 석대원을 그렇게 여기는 것이 분명했다—과의 내기에서 연패한 것이 못내 자존심 상했던 모양이다. 하지만 그렇게 올라간 뒤에도 나 몰라라 하지 않고 제갈휘의 일을 돕기 위해 백방으로 애를 썼으니, 의형 제갈휘에 대한 양진삼의 살가운 마음을 짐작케 해 주는 대목이라 할 수 있었다.

"총수께서 신신당부하시더군요. 고검 대협의 대접에 소홀함이 없도록 만전을 기하라고 하시더군요."

박선동이 말한 총수란 북경상행의 주인인 왕고였다. 제갈휘의 미간에 일순 어두운 기색이 어렸다.

"왕 대인께선 좀 어떠십니까? 충격이 이만저만이 아니었을 텐데……."

박선동의 표정도 덩달아 어두워졌다. 그는 안타까움이 담긴 목소리로 말했다.

"애지중지하던 자제분을 잃은 슬픔이야 말해 뭐하겠습니까.

겉으론 드러내지 않으신다지만 속으로는 하루에도 몇 번씩 피눈물을 흘리고 계실 겁니다.”

“으음!”

제갈휘는 침음했다.

대개의 상인이 그러하듯 왕고 또한 칼 밥을 먹고 사는 강호인을 무척이나 혐오했다. 그럼에도 불구하고 제갈휘가 왕고의 사업체인 이곳에서 환대받는 이유는 오직 하나, 그가 왕고의 아들 왕삼보와 절친한 사이였기 때문이다.

왕삼보.

천하제일 거부의 둘째 아들로 부친을 도와 가업을 돌보는 형 왕금王金과는 달리 일찌감치 강호인의 길에 들어선 그는 부잣집 자식답지 않게 진솔하고 충후한 성정을 지닌 무척이나 괜찮은 청년이었다. 제갈휘는 그런 왕삼보를 아꼈고, 왕삼보 또한 제갈휘를 극진한 마음으로 받들고 존경했다.

그러나 왕삼보는 죽었다. 지난여름 용봉단을 토벌하기 위해 형산으로 출병했다가 차디찬 시신이 되어 돌아온 것이다. 그 토벌전을 통해 무양문이 입은 피해는 적지 않았다. 호교십군의 한 사람인 관산귀전 대적용이 목숨을 잃었을 뿐만 아니라 삼군과 오군의 전력 대부분을 소실한 것이다.

각설하고, 왕삼보를 죽인 자는 강이환이라고 했다. 용봉단의 수뇌이자 강호 일절로 꼽히는 형산검문의 추뢰검법을 계승한 그에게는 왕삼보를 죽일 만한 능력이 충분히 있었을 것이다. 자신보다 강한 자와 싸워 죽임을 당하는 것은 강호인의 숙명이라고 할 수 있었다. 그러니 왕삼보의 죽음에는 애통과 복수의 맹세는 따를지언정 의혹이 따라서는 안 되었다.

그러나 과연 그런가? 그저 슬퍼하고 복수를 다짐하는 것만이 왕삼보를 위해 해 줄 수 있는 전부일까?

제갈휘는 아니라고 생각했다. 왕삼보의 죽음에는 어딘지 모르게 미심쩍은 구석이 있었다. 아니, 보다 정확히 말하면 용봉단 토벌의 원인을 제공한 서문숭의 셋째 제자 장민의 피살 사건부터가 미심쩍었다. 정확히 꼬집어 말할 수는 없지만, 제갈휘는 서문숭의 제자들을 대상으로 벌어진 일련의 흉사들 이면에 모종의 음험한 악의가 도사리고 있다는 기분을 떨칠 수 없었다. 중추절 화산에서 사부를 배알한 그가 무양문으로 복귀하는 대신 이 북변으로 온 까닭은 바로 그 악의의 실체를 파헤쳐 보기 위함이었다.

제갈휘가 이런 상념에 빠져 있는 동안, 분위기를 바꿔 볼 요량이었는지 모용풍이 박선동에게 얘기를 걸었다.

"박씨라면 관내關內에선 흔한 성이 아닌데, 혹시 해동에서 오셨소?"

박선동이 고개를 끄덕였다.

"그렇습니다. 개성 출신이지요."

"오! 개성이라면 고려인삼으로 이름난 고장이 아니오?"

순풍이의 잡다한 지식은 관외의 이방까지 이르러 있었나 보다. 박선동의 눈이 반짝 빛났다.

"잘 아시는군요. 그곳에서 스무 살까지 살다가 우연한 기회에 총수님을 만나 이 나라로 들어왔지요. 줄곧 북경대포점北京大布店에서 일했는데, 하는 짓을 미련하게 보지는 않으셨는지 작년에 이곳의 운영을 맡기시더군요."

묻지도 않은 이력까지 술술 풀어놓는 걸 보면 고향을 알아주는 모용풍에게 새삼스러운 친밀감이 일어난 모양이었다. 그리고 모용풍은 그 친밀감에 솔솔 부채질을 했다.

"해동과의 교역에서 가장 많이 거래되는 물건이 바로 고려인삼과 비단이 아니오. 그런데 고려인삼의 고장에서 태어나 비단으로 장사를 배운 박 공에게 그 책임을 맡기다니, 이야말로 제갈공명도 울고 갈 용병술이 아니겠소. 이래서 큰 상인은 뭐가 달라도 다르다니까. 북경의 왕 대인은 참으로 적재적소란 말뜻을 아는 분인 것 같소."

박선동의 입가가 절로 벌어졌다. 무조건 추켜올려 준다고 좋은 아첨은 아니었다. 상대의 마음을 헤아려 그 여린 부분을 강하게 꾸며 주고 약점으로써 장점을 만들어 낼 수 있다면, 가히 극상의 아첨이라 할 터였다. 곁다리로 따라온 모용풍은 이 한마디로 말뿐만이 아닌 진정한 의미에서의 귀빈 반열에 오를 수 있었다.

"천한 장사치의 얼굴에 너무 금칠을 하시는군요. 총수께 누가 될지도 모르니 부인할 수도 없고, 이거 꼼짝없이 염치없는 놈이 되어야겠습니다. 하하!"

기분 좋게 웃던 박선동이 돌연 제 이마를 치며 말했다.

"아차차! 내 정신 좀 보게. 먼 길을 오신 귀빈들을 이렇게 세워 두다니. 여기서 이럴 게 아니라 어서 들어가시지요. 조촐하나마 음식을 마련하라 일러두었습니다."

이런 종류의 수인사가 생경해 곁에서 잠자코 듣기만 하던 석대원이 음식이란 말에 입맛을 쩝쩝 다시는데, 곁에 있던 한로가 모용풍을 향해 이죽거렸다.

"저 재주 어디서 배웠누? 하여간 혓바닥 공력 하나는 알아줘야 한다니까."

모용풍은 목소리를 낮추라는 듯 눈을 부라린 뒤, 앞서 가는 박선동의 뒤를 잰걸음으로 따르기 시작했다.

"차압! 얍!"

박선동의 안내를 받아 내원으로 들어가던 석대원은 야트막한 담 너머로 들리는 야무진 기합 소리에 발길을 멈췄다. 앞서 가던 제갈휘도 흥미를 느낀 듯 걸음을 멈추고 담 너머로 시선을 주고 있었다.

그 기색을 알아챈 박선동이 멋쩍은 웃음을 지으며 입을 열었다.

"제 아들놈입니다. 아비처럼 상인이 되는 게 싫다고 날마다 검을 들고 설치는 천둥벌거숭이 같은 놈이지요."

"하하, 왕 현제 같은 아이가 또 있었군요."

가볍게 웃은 제갈휘는 석대원을 일별한 뒤 박선동에게 말했다.

"검이라면 저나 여기 있는 석 아우가 조금 휘두를 줄 아니, 혹시 도움을 줄 수 있을지도 모르겠군요."

사람 좋은 제갈휘는 박선동의 환대에 어떤 식으로든 보답하고 싶었던 모양인데, 검객들 사이에서 우레 같은 명성을 떨치고 있는 고검의 이런 제의는 박선동의 입장에선 감격스러울 수밖에 없었을 것이다. 박선동은 제갈휘와 석대원을 향해 번갈아 허리를 깊이 숙이며 기쁨을 감추지 않았다.

"우매한 아들놈에게 가르침을 내려 주신다면 소생의 가문으로선 다시없는 광영이지요."

일행은 박선동의 인도로 작은 월동문을 들어섰다. 문 안쪽으론 각종 화초들이 자라는 넓은 화원이 자리 잡고 있었고, 그 한쪽에 사방의 길이가 삼 장 반쯤 되는 아담한 연무장이 마련되어 있었다. 연무장 한가운데엔 아래위로 흰옷을 입은 사내아이 하나가 두 자 길이의 검을 이리저리 휘두르며 겅중거리고 있었는데, 어찌나 열심인지 사람들이 다가오는 것도 알아차리지 못하는 눈치였다.

"용아, 이리 오거라!"

박선동이 큰 소리로 부르자 사내아이가 검을 멈추고 고개를 돌렸다. 결코 덥지 않은 날씨임에도 불구하고 어린 티를 벗지 못한 얼굴은 땀으로 범벅이 되어 있었다.

"어서 인사드려라. 이 어른이 바로 고검 대협이시니라."

사내아이는 눈이 동그래지더니, 냉큼 달려와 땅바닥에 고개를 조아리는 것이었다.

"박인용朴仁容이 고검 대협을 뵙습니다!"

"허! 이런……."

난데없이 큰절을 받은 제갈휘가 조금 민망해하는데, 아이는 몸을 발딱 세운 뒤 제갈휘의 얼굴을 똑바로 올려다보았다. 초롱초롱한 눈망울 가득 기이한 열기가 일렁거리고 있었다.

"고검 대협의 무용담은 제가 제일 좋아하는 이야기예요. 촉잔蜀棧에서 열두 명의 도적을 물리치시면서도 관운장처럼 따라 놓은 술이 채 식지도 않았다지요? 절강, 복건의 여섯 검객들을 연파하시는 데엔 한 식경도 걸리지 않았고요. 어디 그뿐인가요? 장강 하류에서는……."

폭포수처럼 쏟아지는 찬사. 아이는 마음에 차곡차곡 쌓아 둔 제갈휘에 대한 지식을 한꺼번에 드러내 보이지 못하는 게 못내 한스러운 기색이었다.

제갈휘는 빙그레 웃으며 아이의 말을 잘랐다.

"애야, 숨이나 쉬면서 얘기해라. 그러다 무슨 일 나겠다."

"저, 저는 이다음에 꼭 고검 대협 같은 검객이 될 거예요!"

숨이 가빠 헐떡거리면서도 이 말만은 꼭 해야겠다는 듯이 외치는 박인용. 그 모습을 지켜보며 석대원은 일말의 부러움을 느끼지 않을 수 없었다. 소년의 우상이 된다는 것은 강호인으로서 참 멋진 일이었다. 그것은 수문 위사들에게 대접을 받는 것과는 차원이 다른, 당사자로 하여금 순수한 기쁨과 자긍심을 느끼게 하는 일이 될 것 같았다. 부러움이 일지 않는다면 거짓일 터.

'그나저나 근골이 좋은 아이구나.'

석대원은 아이의 전신을 훑어보며 나름의 평가를 내려 보았다.

박인용이라는 아이는 나이답지 않게 어깨가 두툼했고 팔다리가 길쭉한 편이었다. 빛나는 눈동자는 총기 있어 보였고, 야무진 입매는 끈기 있어 보였다. 저런 체형과 성정의 소유자가 어린 시절부터 열심히 수련한다면 능히 상승의 경지를 이룰 수 있을 것이다.

"해동의 검법을 익히는 모양이지?"

제갈휘가 물었다. 아이가 쥐고 있는 검은 폭이 좁다는 점을 제외하면 오히려 도에 가까워 보였다. 유려하게 휘어진 검신의 곡선은 병장기라기보다는 예술품을 보는 듯했다. 바로 해동검이었다.

"예!"

아이는 눈을 반짝거리며 대답했다.

"네가 익힌 검법을 우리에게 보여 주지 않으련?"

제갈휘의 요청에 아이는 박선동의 눈치를 살폈다. 박선동은 슬쩍 고개를 끄덕였다.

"그럼 미욱한 재주나마 펼쳐 보겠습니다."

아이는 연무장 한가운데로 걸어 나갔다. 그러더니 쥐고 있던 해동검을 등에 멘 검집에 집어넣은 뒤, 구경하는 사람들을 향해 두루 두 손을 모아 보였다. 그 모습이 제법 늠름해 보였다.

"출出!"

힘찬 기합과 함께 해동검의 요요한 검광이 다시금 대기 중으로 뿌려졌다. 하단에 옮겨 둔 검극을 잠시 노려보던 박인용은, "얍!" 하는 야무진 기합과 함께 몸을 솟구쳐 휘돌리며 그간 수련한 투로套路를 전개하기 시작했다.

나이에 맞게 제작된 것으로 보이는 짤막한 해동검은 때로는 나비가 되어 가볍게 유영하기도 하고, 때로는 번갯불이 되어 드세게 무찔러 가기도 하며, 때로는 무지개가 되어 두루 뒤덮어 버리기도 했다.

'이것 봐라?'

검을 부리는 세기와 외부를 압도하는 기파는 미진한 감이 없지 않았지만, 그것은 어디까지나 시전자가 어린아이이기 때문이었다. 검법의 원리에 담긴 현기玄機만큼은 고금 제일의 마검법을 익힌 석대원으로서도 낱낱이 헤아릴 수 있다고 자신하기 힘들 만큼 고고했다.

석대원은 고개를 돌려 제갈휘를 바라보았다. 이심전심이었을까? 제갈휘도 석대원을 돌아보고 있었다. 눈길이 마주치자 제갈휘가 눈썹을 위로 올리며 고개를 살짝 갸우뚱해 보였다. 그 모습이 마치 놀랍지 않느냐고 묻는 듯했다.

"후우!"

열두 식에 이르는 투로를 모두 전개한 뒤 아이는 해동검을 허리에 갖다 댄 채 호흡을 조절하는 것으로써 반각에 걸친 시전을 마무리했다. 시작과 끝이 여일하게 절도 있었다.

제갈휘는 아이를 손짓으로 불렀다.

"무척 좋구나. 네 나이에 진검을 무리 없이 다루는 것만 보아도 네 기량의 훌륭함을 짐작할 수 있구나.”

마음속의 우상으로부터 들은 칭찬인데 어찌 기쁘지 않겠는
가. 아이의 표정이 모란꽃처럼 활짝 피어났다.

“정말요? 고맙습니다!”

물론 그것이 전부는 아니기에 제갈휘는 부드러운 목소리로
아이에게 물었다.

“궁금한 점이 있는데 대답해 주겠느냐?”

“물론이죠. 무엇이든 여쭤 보세요.”

“네 움직임 속에는 이 아저씨조차 파악하기 어려운 부분이
있구나. 아무래도 네가 수련한 검법의 원리에 관련된 문제 같은
데, 어느 분께 지도를 받았는지 알려 줄 수 있겠느냐?”

이는 석대원이 하고 싶은 질문이기도 했다. 박인용이 제아무
리 뛰어나다 한들 기껏해야 또래 중 발군 소리를 들을 수준에
지나지 않았다. 그런 아이가 시전한 검법이 제갈휘나 석대원 같
은 절정 검객에게 불가해不可解한 느낌을 준다는 건 상식에 맞지
않는 일이었다. 그런데 석대원은 분명 그런 느낌을 받았다. 두
사람이 함께 느낀 것이니 착각일 리도 없었다.

아이를 대신해 제갈휘의 질문에 대답한 것은 박선동이었다.

“소생의 가문엔 해동검을 수련하신 어른이 한 분 계십니다.
그분께서 이삼 년 전엔가 저희 집을 다녀가셨는데 아마도 그때
저 아이에게 몇 수 가르침을 내려 주신 모양입니다.”

“그분의 함자를 알 수 있을까요?”

제갈휘가 물었다. 이제까지의 분위기로 본다면 대답하지 못
할 이유도 없으련만, 박선동은 뜻밖에도 곤란한 기색을 띠
었다.

“그게…… 명리에 초탈하신 어른인지라 소생 같은 후대들이

함자를 입에 담는 것을 달가워하지 않으실 겁니다. 다만 알려 드릴 수 있는 것은 '절심絶心의 문하'라는 정도로군요. 죄송합 니다."

박선동은 답변을 못한 것이 못내 송구스러운지 거듭 사과를 올렸다.

"절심, 절심의 문하라……."

제갈휘는 가슴에 담아 두려는 듯이 반복해서 뇌까리더니 탄 식하듯 말했다.

"해동은 은자의 나라라고 하더니 과연 속진에 찌든 눈으로는 가늠할 수 없는 신룡 같은 고인들이 계시나 봅니다. 제가 어찌 감히 선장仙長의 함자를 끝끝내 알기를 고집하겠습니까. 다만 그 자취를 엿본 것으로도 만족해야 마땅하지요."

"그런 말씀을……! 소생으로선 오직 황감할 따름입니다."

박선동은 못내 송구스러운지 거듭 머리를 조아렸다. 제갈휘 는 아쉬운 표정을 거둔 뒤 다시 아이를 바라보았다.

"네가 배운 것은 이미 그 자체로 완전한 상승 검도란다. 본디 나는 네게 몇 가지 초식을 알려 줄 생각이었지만, 이제는 아 니다. 속된 재주로 큰 가르침을 어지럽힐까 두렵기 때문이다."

석대원은 제갈휘의 심중을 이해할 수 있었다. 박씨 성을 지 닌 해동 고인의 경지가 얼마나 높은지는 정확히 알 수 없지만, 제갈휘도 천하가 알아주는 검도의 고수. 자신의 능력이 그 해동 고인에게 처진다고 여기지는 않을 것이다. 그러나 능력과 가르 침은 별개의 문제였다. 호랑이는 독수리가 잡는 것보다 더 큰 동물을 사냥할 수 있지만, 독수리 새끼에게 호랑이의 사냥술은 아무런 도움이 되지 않는 것이다.

석대원과는 달리 아이는 제갈휘의 심중을 헤아리기 힘들었나

보다. 얼굴 가득 떠오른 실망감이 그 증거였다. 하지만 이어진 제갈휘의 말에 아이의 얼굴은 조금 밝아졌다.

"하지만 초식이 아닌 다른 것이야 선배 되는 입장에서 가르쳐 줄 수 있겠지. 자, 이 손가락에서 눈을 떼지 말거라."

제갈휘는 오른손 인지를 세웠다. 당사자인 아이는 물론이거니와 주위에 있던 모든 사람들의 시선이 그 손가락에 집중되었다. 강하고도 유연해 보이는 손가락. 천하를 떨쳐 울리는 대검호의 손가락이었다. 하지만 그게 전부였다.

대체 뭘 하려는 생각일까?

사람들의 얼굴에 의문의 기색이 떠오를 무렵, 별안간 "악!" 하는 비명과 함께 아이가 얼굴을 감싸 안으며 그 자리에 주저앉는 것이었다. 제갈휘의 손가락은 미동조차 없었는데도 말이다.

"용아!"

아끼는 아들에게 무슨 일이라도 생긴 줄 알았는지 박선동이 대경해 외쳤다.

제갈휘는 곧게 세운 손가락을 아래로 내리며 부드러운 목소리로 말했다.

"놀란 모양이구나. 이제 됐으니 일어나렴."

아이가 주춤주춤 몸을 일으켰다. 고개를 들자 두려움으로 꽁꽁 얼어붙은 창백한 얼굴이 드러났다.

"바, 방금 그게 뭐였죠?"

"이거 말이냐?"

제갈휘는 다시금 오른손 인지를 세웠다. 자라 보고 놀란 가슴 솥뚜껑 보고도 놀란다고, 아이는 겁먹은 기색으로 어깨를 움츠리며 뒷걸음질을 쳤다.

"용아, 대체 뭘 보았기에 그리도 놀랐느냐?"

박선동이 묻자 아이는 눈을 크게 뜨며 외쳤다.

"못 보셨어요? 고검 대협의 손가락이 제 얼굴을 똑바로 찔러 왔잖아요!"

박선동은 어리둥절해졌다.

"무슨 소리냐, 고검 대협은 손가락을 조금도 움직이지 않으셨는데?"

제갈휘가 빙긋 웃으며 박선동에게 말했다.

"제가 잔재주를 조금 부렸습니다. 아드님을 탓하진 마십시오."

정황인즉슨 제갈휘는 무형의 검기로써 아이를 위협했던 것인데, 그것을 알아본 석대원으로선 고소를 짓지 않을 수 없었다. 그 또한 화산의 찬청에서 제갈휘로부터 비슷한 시험을 당했기 때문이다. 물론 기세로 강약을 논하자면 비교할 수조차 없겠지만.

제갈휘가 아이를 향해 말했다.

"검객에게 있어서 눈이란 검을 휘두르는 손만큼이나 중요한 부위란다. 검로가 바르고 운신이 영활하기 위해선 반드시 좋은 눈을 지녀야 하지. 예부터 검을 수련하는 이들은 좋은 눈을 얻기 위한 노력을 게을리하지 않았다. 이를 일러 안공眼功이라고 한다. 만일 네가 안공을 열심히 수련했다면 방금과 같은 경우, 장님이 될지언정 눈을 감으려 하진 않았을 것이다."

부드러운 가운데에도 준엄함을 담은 제갈휘의 가르침에 아이는 귓불까지 화끈 달아올랐다.

"아까 네가 연무하는 광경을 지켜보노라니 시선의 움직임이 조급하다는 느낌을 지울 수 없더구나. 그것은 안 좋은 일이야. 아차 하는 사이에 모든 것이 끝나 버리는 게 바로 검객이지. 안공을 게을리하다가 찰나를 놓치는 날엔 드높은 검법도 무용지물이 되고 만단다. 신神을 눈에 모아 미혹과 욕심 없는 마음으로 평직平直하게 바라보는 것. 그럴 때만이 바른 눈, 좋은 눈을 이루었다고 할 수 있을 것이다."

제갈휘가 말을 마치자 박선동이 아들의 옆구리를 쿡 찔렀다.

"뭐 하고 있느냐? 너는 지금 일생에 두 번 다시없는 좋은 가르침을 받은 것이다."

아이는 제갈휘를 향해 황급히 머리를 조아렸다.

"가르침에 감사드립니다!"

제갈휘는 흐뭇한 미소를 지은 뒤 뒷전에 팔짱을 끼고 서 있던 석대원을 슬쩍 돌아보았다. 이제 자네 차례라는 뜻이리라.

석대원은 한 발짝 앞으로 나서며 제갈휘에게 투덜거렸다.

"형님도 참 재미없는 분이십니다. 이렇게 좋은 재목에게 눈 깜빡이는 거나 가르치고 있다니, 원……."

제갈휘는 껄껄 웃으며 뒤로 물러섰다.

"재미있는 재주는 자네가 가르쳐 주면 될 게 아닌가."

"염려 마세요. 안 그래도 그럴 작정이니까."

싱긋 웃은 석대원은 아이를 마주 보고 섰다. 그의 그림자가 아이의 머리를 뒤덮었다.

"아."

아이의 입이 저절로 벌어졌다. 눈이 달린 이상 석대원이 큰 사람인 줄은 알고 있었겠지만, 이렇게 가까이서 마주 서니 그 느낌이 새로웠기 때문이리라.

"뜨내기 사부라도 이름 정도는 알아 두는 게 도리겠지? 내 이름은 석대원이라고 한다. 어디 네 검 좀 구경해 볼까?"

석대원은 이렇게 말하며 아이를 향해 손바닥을 내밀었다. 아이의 시선이 그 손바닥으로 옮아 왔다. 아이라면 딛고 올라서도 괜찮을 만큼 커다란 손바닥이었다. 꿀꺽, 침을 삼킨 아이가 해동검을 뽑아 칼날을 제 쪽으로 돌린 상태로 석대원에게 내밀었다.

석대원은 해동검을 한두 번 휘둘러 보았다. 아이에겐 버거워 보이던 해동검이 석대원의 손에 들어가자 마치 젓가락으로 변해 버린 느낌이었다.

"네가 익힌 검법이 훌륭하다는 점에는 이의가 없구나. 열심히 수련해서 극의를 깨우치게 되면 당해 낼 사람이 없을지도 모르겠다. 하지만 그렇지 않은 상태로 실전에서 사용하기엔 너무 부드럽더구나. 쉽게 패하지는 않을지언정 상대를 꺾기에는 어려운 면이 있지. 해서 나는 네게 실전에서 당장 써먹을 수 있는 수법 세 가지를 가르쳐 줄 생각이다."

석대원은 연무장 가운데로 걸어 나갔다. 아이는 두 눈에 잔뜩 힘을 주고 석대원의 모습을 바라보았다.

"첫 번째는 전방에서 우방!"

석대원은 전방을 향해 검을 내려친 직후 오른쪽으로 허리를 틀며 검을 올려쳤다. 방위를 바꾸는 그의 동작은 기묘할 만큼 빨라 그토록 거대한 체구가 그저 뿌옇게 번져 보일 뿐이었다. 그러고는…….

"두 번째는 전방에서 좌방!"

같은 방법으로 전방과 좌방의 연속 공격을 보여준 뒤,

"마지막으로 정면에서 후방!"

전방을 벤 해동검이 불가사의한 각도로 꺾이며 후방에 매서운 호선을 만들었다. 처음부터 후방을 겨냥한 듯 한 치의 흔들림도 찾을 수 없는 균형 잡힌 검격이었다.

시전을 마친 석대원은 손짓으로 아이를 연무장 가운데로 불러냈다.

"바닥을 봐라."

아이의 눈이 커졌다. 잘 다져져 돌처럼 단단하던 연무장 바닥엔 십여 개의 발자국들이 칼로 새긴 듯 선명히 남아 있었던 것이다. 어른 손바닥 두 개가 동시에 들어갈 만큼 무지막지한 크기로 미루어 누구의 것인지 고민할 필요도 없었다.

"이것, 이것, 이것이 첫 번째 초식을 위한 보법이지. 그리고 이것, 이것, 이것은……."

석대원은 발자국을 세 종류로 구분해서 각각의 순서를 일러 주었다. 마음씨 좋은 훈장님이 아이들에게 천자문을 가르치는 것처럼 자상하고도 상세한 설명이었다.

"보법의 진행을 따라 하다 보면 무릎과 허리의 움직임을 알 수 있을 것이다. 간단한 동작이지만 숙달되면 실전에서 유용하게 쓰일 테니, 하루에 일백 번씩 이 발자국을 따라 움직이도록 해라."

아이는 한참 동안 발자국을 들여다보다가 기쁨에 젖은 얼굴로 석대원에게 머리를 숙였다.

"감사합니다, 사부님!"

"이런, 이런, 아까 한 말을 진담으로 받아들인 게냐? 밥 한 끼 마음 편히 얻어먹자고 한 짓을 가지고 사부 소리를 듣는다면 내가 너무 염치없지 않겠느냐."

석대원은 아이의 머리를 쓰다듬었다. 그 큰 손이 정수리를 몇 차례 오가자 아이의 머리카락은 금방 까치집처럼 변해 버렸다.

"다음에 강호에서 만나면 그냥 아저씨라고 불러라. 나보다 강해지거든 좀 봐주기도 하고 말이야."

석대원은 아이에게 눈을 찡긋해 보인 뒤 제갈휘가 있는 연무장 밖으로 걸어 나왔다. 제갈휘가 그의 어깨를 툭 치며 말했다.

"자네답군. 아이에게 딱 필요한 수법을 가르쳐 주니 말이야."

석대원도 제갈휘의 어깨를 치며 대꾸했다.

"형님은 어떻고요? 아이에게 딱 필요한 무공 이론을 가르쳐 주지 않으셨습니까."

두 사람은 서로를 마주 보며 빙긋 웃었다.

원로에 지친 손님들을 위해 박선동이 마련한 식탁은 절대로 조촐하지 않았다. 북동 지역의 해산물이 주가 된 맛깔스러운 요리들을 바라보노라니 제갈휘 같은 진중한 사람조차도 군침이 넘어가는 것을 참을 수 없었다. 말하기 좋아하는 모용풍은 곡리의 풍성한 산물을 치켜세우느라 여념이 없는데, 위장이 큰 만큼 허기도 컸던 석대원은 한마디 말도 없이 음식을 해치워 나갈 뿐이었다.

"궁벽한 곳이라 거친 음식밖에 없습니다. 귀인들의 입맛을 어지럽히지나 않았으면 좋겠군요."

박선동의 겸양에 제갈휘는 황급히 손을 내저었다.

"그런 말씀 마십시오. 무양문에서도 받아 보지 못한 과분한 식탁입니다."

"아무렴! 이런 해물 요리는 광동에서도 맛보기 어렵지. 장주께선 괜한 말씀으로 먹는 사람 마음을 불편하게 만들지 마시구려."

모용풍이 질세라 입을 놀렸다.

"그리 말씀해 주시니 고마울 따름입니다. 필요한 것이 있으시면 돈이든 사람이든 말씀만 하십시오. 제 능력이 닿는 한 무엇이든 협조해 드리겠습니다.”

비단 왕고의 지시 때문만은 아니었다. 자식을 이끌어 준 고마운 손님들이기에 박선동은 진심으로 이렇게 말할 수 있었다.

제갈휘는 요리로 가져가던 젓가락을 멈추고 박선동을 바라보았다. 그의 표정이 이제까지와는 달리 조금 진지해졌다.

“이번에 제가 이 곡리에 오게 된 까닭은 한 가지 사안을 조사하기 위함입니다. 해서 이곳 사정에 밝은 사람이 있다면 소개해 주셨으면 합니다.”

궁금해할 법도 하련만 박선동은 노련한 상인답게 그 사안이 무엇인지 알려 들지 않았다.

“지금 당장 누구라고 말씀드리긴 힘들지만 찾아보면 분명 적당한 사람이 있을 겁니다. 늦어도 내일 오전 중으로는 결과를 알려 드리겠습니다.”

제갈휘가 젓가락을 내려놓고 포권을 올렸다.

“정말 여러모로 신세를 지는군요. 고맙다는 말 외엔 드릴 말씀이 없습니다.”

박선동은 당연히 손사래를 쳤다.

“이 정도 일로 신세라니요, 당치도 않은 말씀입니다.”

그때 모용풍이 젓가락을 치켜들며 호들갑을 떨었다.

“히야! 이거 정자鯹鮓가 아니오?”

모용풍의 젓가락 사이엔 노란 윤기가 흐르는 큼직한 조갯살이 끼워져 있었다. 박선동이 웃으며 고개를 끄덕였다.

“그렇습니다.”

한로가 눈살을 찌푸리며 모용풍에게 물었다.

“정자가 뭔데?”

모용풍의 대답에는 거침이 없었다.

"정자란 조갯살을 깨끗이 씻은 뒤 소금에 절여 물기를 제거하고, 몇 가지 향신료를 넣어 발효시킨 것이지. 신선하고 통통한 조갯살이 생명이라서 내륙 지방에서는 천금을 주고도 구하기 힘든 게 바로 정자라네. 가위, 해중진미海中珍味라고 할 수 있지."

박선동이 감탄한 목소리로 모용풍을 칭송했다.

"박식한 분이란 건 짐작했습니다만, 음식에 관해서까지 달통하신 분인 줄은 몰랐습니다. 소생은 그저 경탄할 따름입니다."

모용풍은 히죽 웃으며 말했다.

"내가 음식에 대해서도 남보다 많이 아는 건 사실이지만, 이 정자에 관해서라면 절대로 잊어버릴 수 없는 사연이 있어서 그렇소이다."

"호! 무척이나 재미있는 이야기일 것 같군요. 수고로우시더라도 소생의 귀를 즐겁게 해 주지 않으시겠습니까?"

말하기 좋아하는 사람이게 말할 기회가 주어졌는데 어찌 마다할까? 모용풍은 헛기침을 터뜨린 뒤 이야기를 늘어놓았다.

"아는 도사가 한 명 있소. 강호에선 이름만 대면 모르는 사람이 없을 만큼 유명한 도사지. 아래 거느린 제자들도 구름처럼 많아서 모르긴 몰라도 그가 한번 산문을 나서면 온 강호가 떠들썩해질 게요. 난데없이 웬 도사 얘기냐고요? 허허! 중이건 도사건 출가한 사람이라면 모름지기 비린 음식을 멀리해야 마땅하지 않겠소. 그런데 그 도사가 제일 좋아하는 음식이 무엇이냐 하면 바로 이 정자였소. 식수행食修行이란 그럴듯한 말로 꾸며대고는 있지만, 그가 식사를 혼자 하는 이유는 바로 아무도 몰래 정자를 먹기 위해서라오. 그걸 어떻게 아느냐고? 세상 사람들이 다 몰라도 나만은 아는 수가 있지. 흐흐!"

과거 모용풍의 신분은 정보 상인들의 결사 조직인 황서계의 계주였다. 비린 음식을 좋아하는 유명한 도사의 얘기는 아마도 그 시절 손에 넣은, 잡스럽다면 잡스럽고 중요하다면 중요한 정보 중 하나일 것이다.

　　"그 유명하고도 뻔뻔한 도사가 누군지 알고 싶군요."

　　석대원이 뜨악한 표정으로 물었다. 비록 도사는 아니지만 도관에서 십일 년 동안이나 생활한 그였다. 많은 제자를 거느린 신분으로 작은 계율 하나 지키지 못하는 도사에게 좋은 감정이 들 리 없었다.

　　"공짜로 말해 주면 안 되는 얘기인데…… 에라, 모르겠다! 석 공자에겐 특별히 인심을 쓸 테니, 대신 어디 가서 말 옮기지나 말아 주시구려. 그 도사가 누구냐! 바로 무당파의 장문 도장인 현학진인玄鶴眞人이라오. 어떻소, 놀라운 일 아니오?"

　　모용풍의 예상대로 제갈휘는 "어!" 하며 놀랐고, 석대원과 한로는 코웃음을 쳤지만 조금 놀라는 기색이었다. 그런데 무당파 장문진인의 이름 앞에서도 전혀 놀라지 않는 사람이 있었다. 아니, 놀라기는커녕 오히려 분노해하는 것 같았다.

　　"그 도사의 호사도 이제는 끝났습니다."

　　이 장원에 들어온 뒤 한 번도 들어 본 적이 없는 독기 어린 말투에 사람들의 이목이 박선동에게로 집중되었다.

　　"끝나다니, 그게 무슨 말씀이오?"

　　모용풍이 묻자 박선동은 이제까지와는 딴판인 굳은 표정으로 대답했다.

　　"총수께서는 둘째 아드님을 살해한 패악 무도한 무리에 대해 전쟁을 선포하셨습니다."

　　"전쟁?"

"대상도 이미 정해졌지요. 형산검문과 화씨세가를 전신前身으로 하는 용봉단과 소림, 무당을 위시한 구파일방의 대부분, 그리고 특정 문파에 적을 두지는 않았지만 백도 명숙을 자처하는 몇몇 인간들이 그 대상입니다. 총수께서는 설령 북경상행과 보운장의 기둥뿌리가 뽑히는 한이 있더라도 영웅인 체하는 그 위선자들에게 황금의 무서움을 똑똑히 가르쳐 주겠다고 선언하셨습니다. 그러니 무당파의 현학이 값비싼 정자를 구경하는 것도 이젠 며칠 남지 않은 셈입니다."

제갈휘의 이마에 깊은 주름이 파였다. 왕삼보의 부음을 전해 들은 순간부터, 아니 용봉단의 창설 소식을 처음 접한 순간부터 우려했던 일들이 현실로 드러나고 있었다.

제갈휘가 사부와 사문의 지극한 기대를 저버리면서까지 무양문에 투신한 이유는 일신의 영달을 꾀함이 결코 아니었다. 그는 무양문과 백도 무림 사이에 깊게 가로놓인 원한과 증오의 골을 어떻게든 메우고 싶었다. 강호의 은원이란 게 그리 간단히 지워지지 않는다는 것을 모를 리 없는 그이지만, 그래도 다른 도리가 없었다.

제갈휘는 강호의 역학적인 판도에 대해 공정한 시각을 지닌 사람 중 하나였다. 또한 백도 무림과 무양문의 전력을 객관적으로 비교할 수 있는 몇 안 되는 사람 중 하나이기도 했다.

백도 무림의 저력은 물론 만만치 않았다. 그들은 광범위하게 분포되어 있고, 많은 제자를 보유하고 있으며, 결정적으로 '낙일평의 치'를 통해 형성된 복수심으로 시퍼렇게 날이 서 있었다. 그래서 그들은 낙관하고 있었다. 우리가 하나로 뭉칠 수만 있다면 해묵은 원한을 설욕할 수 있다는 달콤한 희망에 사로잡혀 있었다.

그러나 그들로서는 몹시 불행히도, 무양문은 '최강'이었다. 이것은 제갈휘가 지난 이십여 년에 걸쳐 몸소 체험한 사실이었다. 북악남패라는 네 글자로 무양문과 쌍벽을 이루고 있는 신무전조차도 백도 무림이 보내는 유형무형의 지원 없이는 결코 무양문의 적수가 될 수 없었다. 하물며 '낙일평의 치'로 인해 한 차례 정기가 꺾인 백도인들만으로는 결코 무양문을 이길 수 없었다. 잘해야 공멸. 그것은 백도의 비극이요, 무양문의 비극이요, 나아가 천하의 비극이었다. 그런 비극이 빤히 보이는데 아무것도 하지 않을 수는 없는 일 아니겠는가.

　　제갈휘는 무양문에 투신한 이후 이십여 년이란 긴 세월 동안 무양문주 서문숭으로부터 많은 양보를 받아 낼 수 있었다. 백도인들은 그런 그를 서문숭의 개라 부르며 손가락질했지만, 그가 바라는 건 칭찬이 아닌 평화였고, 그가 피하려는 건 비난이 아닌 파멸이었다. 만일 그의 노력이 없었다면 외나무다리에 마주 보고 선 두 마리 염소는 벌써 서로를 향해 돌진했을 터. 그것을 막을 수 있다는 것만으로도 그는 자신에게 쏟아지는 모든 비난을 감수할 용의가 있었다.

　　그런데 용봉단이 등장한 육 년 전을 기점으로 해서 상황은 안 좋은 방향으로 흐르기 시작했다. 용봉단 하나가 두려운 것은 아니었다. 제갈휘가 진정으로 두려워하는 것은 용봉단이라는 이름의 뇌관으로 인해 격발될지도 모르는 백도 무림 전체였다. 용봉단의 영웅적인 투쟁에 소리 없는 지지를 보내고 있을 수많은 백도인들이었다.

　　용봉단이 기승을 부릴수록 무양문도들의 희생이 늘어났고, 그에 따라 무양문 내 강경파들의 목소리도 높아져 갔다. 제갈휘는 백도인들이 흔히 하는 말처럼 무양문을 마귀굴이라고 여기지는 않았지만, 마귀에 버금갈 만큼 흉포한 자들이 아주 없지만은 않았던 것이다. 백도 무림을 자극할 만한 전면전만은 피해야 한다는 제갈휘의 주장은 날이 갈수록 입지가 줄어들었다.

그러던 어느 날 서문숭의 셋째 제자 장민이 죽었다. 유일한 목격자는 그 흉수가 용봉단의 강이환이라고 증언했다. 제갈휘의 필사적이라 할 만한 노력에 힘입어 육 년간 유지되어 오던 서문숭의 인내심이 제자의 죽음 앞에서 마침내 무너졌다. 용봉단이 발호한 이래 최초로 대규모 토벌대가 조직되었다.

이제 제갈휘가 바랄 수 있는 것은 오직 하나. 무림 전체로 퍼져 나간 이번 토벌전이 바람직하지 않은 반향으로써 되돌아오기 전에 문제의 용봉단을 신속하고 완전하게 제거하는 것뿐이었다. 삼군과 오군의 연합군이라면 능히 압도적인 무력이라 이를 만했고, 거기에 무인답지 않게 사려 깊은 왕삼보까지 보조하니, 그의 바람은 큰 무리 없이 이루어질 것 같기도 했다.

그러나 제갈휘의 바람은 무참히 깨졌다. 제거된 쪽은 오히려 토벌대였고, 백도 무림은 서문숭과 무양문에 최초이자 최악의 패배를 안겨 준 영웅의 출현에 열광적으로 환호하기 시작했다. 용봉단이라는 이름의 위험하기 짝이 없는 뇌관에 마침내 불이 당겨진 것이다.

"전쟁은 이미 시작되었습니다."

박선동이 말했다.

"북경상행의 금력은 여러분께서 상상하시는 것 이상입니다. 이 땅을 딛고 사는 상인들 중에 총수님의 뜻을 거스를 사람은 그리 많지 않지요. 백도인들에겐 곧 재앙이 닥칠 겁니다. 그들의 주머니엔 먼지만 남을 것이며 그들의 곳간엔 생쥐만 돌아다닐 겁니다. 그들의 아내들은 헐벗게 될 것이며 그들의 자식들은 굶주려 울부짖을 겁니다. 무공이 있으니 자신들을 배척하는 상인 몇몇쯤은 해칠 수 있겠지요. 아니, 그 이상의 희생이 따를지도 모릅니다. 그러나 그게 전부입니다. 상인들은 더욱 그들을 배척할 것이며, 그들은 더욱 빈곤해질 겁니다."

낮고 조용한 목소리로 백도인들에게 닥칠 재앙을 예언하는 박선동에게선 전쟁터에 나선 장수와도 같은 비장한 기운이 느껴졌다. 이 자리에 앉은 사람치고 담대하지 않은 이 아무도 없었지만, 일 초 반 식도 모르는 일개 상인의 이 담담한 예언 앞에는 하나같이 돌처럼 굳은 얼굴로 입을 다물 수밖에 없었다.

이러한 침묵이 얼마나 흘렀을까?

"귀빈들을 앞에 두고 소생이 너무 재미없는 이야기만 꺼냈나봅니다. 죄송합니다."

박선동이 굳은 표정을 누그러뜨리며 사람들을 향해 머리를 조아려 보였다.

"아닙니다. 솔직하신 말씀, 많은 도움이 되었습니다."

제갈휘가 답하자 박선동은 시선을 돌려 사창 밖을 바라보았다. 어느 결엔가 사창 밖엔 땅거미가 짙게 깔려 있었다.

"부탁하신 것을 알아보려면 서둘러야겠군요. 잠자리는 시녀를 보내어 안내해 드리도록 하겠습니다. 주인 된 몸으로 먼저 자리를 비우는 결례를 용서해 주십시오. 그럼……."

박선동은 다시 한 번 머리를 조아린 뒤 자리에서 일어섰다. 젊은 시절부터 상인의 길만을 걸어온 그의 뒷모습은 강호인의 그것과는 비교할 수 없을 만큼 유약해 보였다. 그러나 사람들은 그 뒷모습으로부터 어떤 힘을 읽을 수 있었다.

바로 상인의 힘, 돈의 힘이었다.

비분悲憤

(1)

기린은 영물이다.

경방京房의 〈역전易傳〉에 의하면 사슴의 몸에 소의 꼬리, 발굽과 갈기는 말의 것을 닮았으며 다섯 가지 상서로운 빛깔을 띠고 있다고 한다. 살아 있는 것은 밟지도, 먹지도 않는다 하여 성군의 탄생을 알리는 전조로 숭상되기도 하는 전설 속의 인수仁獸 기린. 그래서 사람들은 기린을 영물이라 부른다.

그러나 '기린원麒麟院'이라는 간판을 내건, 곡리의 서쪽 구석에 자리한 조그만 학당은 이름만큼 영묘해 보이지 않았다. 곰보 얼굴처럼 군데군데 파인 흙벽에 정겹다기보다는 지저분한 느낌을 주는 초가지붕, 넓지 않은 마당을 온통 점령하고 있는 뻔뻔스러워 보이는 잡초들.

개울 건너편에 번듯한 학당이 들어선 뒤론 학동들의 발길마저 완전히 끊겼으니, 소일거리를 찾아 헤매던 인근 노인들이라도 모여들지 않았다면 이 기린원은 이미 오래전에 폐가로 변해 버렸을 것이다. 하기야 겉모습만 놓고 본다면 지금도 폐가와 별반 다를 바 없지만.

"기방妓房이 어디냐고?"

기린원의 주인이라고 했다. 고희를 오래전 넘겼다고 하니 귀가 시원치 않을 거라는 생각은 했다. 아무리 그렇기로서니 '이곳 출신 사람에 대해 여쭙고 싶습니다.'는 말을 어떻게 '기방이 어디냐'는 말로 알아들은 건지…….

제갈휘는 조금 큰 목소리로 다시 물었다.

"기방이 아니고 사람 말입니다, 사람! 이곳 출신 사람에 관해 여쭙고 싶습니다!"

안 그래도 쭈글쭈글하던 기린원의 주인 공孔 선생의 얼굴이 힘주어 구겨 놓은 것처럼 더욱 쭈글쭈글해졌다. 공 선생은 들고 있던 등 긁개를 치켜들며 꽥 고함을 질렀다.

"떽! 아무리 이 모양 이 꼴로 산다고 젊은 놈이 노인을 놀려! 신성한 학당에 와서 기방은 왜 자꾸 찾아!"

천하의 고검이 시골 훈장의 등 긁개를 어찌 두려워하랴마는, 맞기 싫으면 별수 없었다. 제갈휘가 한 걸음 물러서는데, 공 선생의 뒷전에서 누군가 몸을 슥 내밀었다. 지난밤 내린 찬 서리에 고뿔이라도 들었는지 솜옷을 두껍게 껴입은 구부정한 노인이었다.

"젊은이가 뭘 모르는구먼. 공 영감에게 뭘 물어보려면 그렇게 해선 안 되네."

제갈휘는 반색을 하며 솜옷의 노인에게 물었다.

"하면 어떻게 여쭤야 할까요?"

"공 영감은 냄새를 맡기 전까지는 귀머거리나 마찬가지지."

"냄새요?"

"끌끌, 젊은 사람이 참 답답하구먼. 척 하면 알아들어야지."

혀를 차며 자신을 위아래로 훑어보는 노인의 시선 속에서 속된 욕심을 발견한 제갈휘는 쓰게 웃었다. 하기야 경쟁 업체가 생겼다고 모든 가게가 망하는 것은 아니었다. 망한 가게에는 그럴 만한 이유가 있을 터. 기린원의 쇠락 이면에는 나이를 잘못 먹은 추한 늙은이들의 탐욕이 자리 잡고 있었던 모양이다.

어쨌거나 지금 제갈휘가 조사하고자 하는 것은 시골 글방이 몰락한 사유가 아니었다. 제갈휘는 품에서 비단 주머니 하나를 꺼냈다. 귀머거리 흉내를 내던 공 선생도, 바람잡이로 나선 솜옷의 노인도, 비단 주머니를 대한 순간 눈빛이 달라졌다.

"약소하지만 이걸로 약주라도 한잔 드십시오."

제갈휘가 솜옷의 노인에게 비단 주머니를 건네려는데, 공 선생이 마치 구렁이를 채 가는 수리처럼 날쌘 손길로 비단 주머니를 낚아채는 것이었다. 솜옷의 노인은 쓰게 입맛을 다셨지만 어쩔 수 없었을 것이다. 바람잡이의 몫이란 게 원래 우두머리 마음이기 때문이다.

비단 주머니 안을 슬쩍 들여다본 공 선생은 찔끔 놀라는 기색을 보이더니, 점잖은 웃음으로 말문을 열었다.

"허, 허, 허. 배우고 또 익히는 즐거움을 실천할 줄 아는 젊은이로다. 그래, 아까 물은 게 뭐였지?"

제갈휘는 더 이상 목소리를 높일 필요가 없어졌음을 깨달았다.

금방이라도 떨어져 나갈 것만 같은 기린원 문을 나서는 제갈 휘는 무슨 생각엔가 골몰해 있는 것처럼 보였다. 바깥쪽 낡은 담벼락에 등을 기댄 채 석양이 비끼기 시작한 하늘을 바라보고 있던 석대원이 제갈휘를 향해 다가왔다.

　"수확이 있었나요?"

　석대원의 물음에 제갈휘가 숙이고 있던 고개를 들었다. 제갈 휘의 입가로 엷은 미소가 떠올랐다.

　"있었네. 그것도 제법 큰 수확이지."

　이 대답에 석대원의 입가도 벙긋 벌어졌다.

　박선동이 아침나절에 들고 온 명단에는 세 사람의 이름이 적 혀 있었다. 너무 적다는 생각이 들지 않은 건 아니지만 충분히 이해할 수 있었다. 곡리가 이만큼 번성하게 된 까닭은 북경상행 의 역소가 들어섰기 때문이다. 그 이전에는 호수가 오십에도 미 치지 못하는 소촌小村이었다 하니, 남아 있는 토박이가 몇 명 안 되는 것도 당연한 일이었다.

　사람을 쓰게 해 주겠다는 박선동의 배려를 마다한 채 제갈휘 와 석대원은 동화장을 나섰다. 쉰내 풍기는 노인들을 상대로 뭔 가를 탐문하는 일은 내키지 않았지만, 기밀을 유지해야 하는 사 안이기에 직접 발로 뛸 수밖에 없었다.

　우려했던 대로 일이 쉽게 풀리지 않았다. 약재상을 한다는 심尋 노인은 노망기가 있어 횡설수설이었고, 묘지기를 한다는 이李 노인은 며칠 전 세상을 떴다고 했다. 그리하여 마지막으로 찾아온 사람이 바로 기린원의 늙은 훈장 공 선생인데, 하늘이 도왔는지 수확이 있었던 것이다.

　"이곳 주인이 그를 알던가요?"

　석대원이 확인하듯 물었다.

"알다 뿐이겠는가. 초당에 대해 자신보다 잘 아는 사람은 없을 거라고 큰소리치더군."

초당이라고 했다.

제갈휘가 이 위태로운 시기에 문파로의 복귀도 미룬 채 곡리를 찾은 까닭은 바로 초당의 뒤를 캐기 위함이었던 것이다.

초당.

나이 칠십이 세.

무양문 호교십군 중 삼군장.

장성 동북부 인근의 소도시 곡리 태생으로, 삼십구 세에 무림에 처음 나와 하북과 산동에서 명성을 떨침.

사십삼 세에 백련교에 귀의, 이듬해에 무양문에 입문.

오십구 세에 최초로 호교십군의 반열에 오른 뒤 승진을 거듭, 육년 전인 육십육 세에 삼군장으로 임명됨.

동자공의 일종인 마단동자공을 수련하여 심후한 내공과 도검불침의 신체를 지니게 되었지만 그 대가로 남성의 기능을 잃어버리게 되었다고 함. 외모 또한 어린아이의 것으로 돌아가, 불로불유 비남비녀의 별불가라는 별호를 얻게 됨.

심계에 능하고 신중 침착한 성격의 소유자로서 사교성이 좋지 않아 조카인 초가뢰와 삼군의 심복 삼사를 제외하곤 가까이 지내는 사람이 없음.

이상은 제갈휘가 사전에 조사한 초당에 대한 인적 사항이었다.

제갈휘가 초당을 주목하게 된 계기는, 실패로 끝난 용봉단 토벌전의 직접적인 원인이 되기도 한 장민의 변사 사건이었다.

서문숭의 셋째 제자 장민은 넉 달 전 몇 사람의 수행원만을 거느리고 동정호 부근을 외유하던 중 용봉단주 강이환에 의해 피살되었다. 그리고 그러한 사실을 증언한 사람—장민의 수행원 중 유일한 생존자이기도 했다—은 바로 초당의 조카인 초가뢰였다.

제갈휘가 직접 검시한바 장민의 몸에 새겨진 상흔은 위력적인 양강검법에 의한 것이었고, 강이환은 양강검법의 정화라 할 수 있는 추뢰검법의 전승자였다. 이 결과만 놓고 본다면 초가뢰의 진술엔 어떠한 문제도 없는 것 같았다.

그러나 정말 그럴까?

아니었다. 사건의 정황을 찬찬히 살펴보면 석연치 않은 점이 몇 가지 드러났다. 우선 풍류와는 거리가 먼 장민이 어울리지도 않는 동정호 유람에 나섰다는 점도 석연치 않았고, 다음으로 용봉단이 기승을 부리는 지역으로 들어가면서 달랑 수행원 몇 명만을 데려갔다는 점도 석연치 않다. 무엇보다도 가장 석연치 않은 점은, 장민에겐 서문숭으로부터 하사받은 비장의 암기가 있었는데, 그 암기가 한 번도 사용되지 않은 채 시신의 팔뚝에 그대로 채워져 있었다는 사실이었다.

'초가뢰의 진술은 거짓이다!'

제갈휘는 이러한 심증을 굳혔다.

초가뢰가 왜 거짓 진술을 했을까? 그자의 마음속을 들여다볼 수 없으니 거기까지는 알 수 없었다. 다만 짐작 가는 것은 초가뢰가 자신의 의지로 거짓 진술을 하지는 않았으리라는 점이었다. 초가뢰는 괴뢰였다. 조종하는 사람의 뜻대로 움직이는 괴뢰. 그리고 그 괴뢰를 마음대로 조종할 수 있는 사람이 바로 초당이었다. 제갈휘가 초당의 뒷조사를 하기로 마음먹은 데엔 이러한 곡절이 있었다.

제갈휘는 노을이 절정에 이른 서산을 힐끗 쳐다본 뒤 석대원에게 말했다.

"여기서 이럴 게 아니라 가면서 이야기하세."

"그러지요."

석대원은 제갈휘를 좇아 걸음을 떼어 놓았다.

하지만 앞서서 빠르게 걸음을 옮기는 제갈휘는 좀처럼 말문을 열려 하지 않았다. 아까 기린원의 문을 나설 때와 마찬가지로 뭔가를 깊이 생각하는 눈치였다.

'아마도 생각을 정리하는 것이겠지.'

이렇게 생각한 석대원은 재촉하지 않고 제갈휘가 스스로 입을 열기를 기다렸다.

노을이 거의 가시고 땅에 길게 드리운 그림자들이 희미해질 무렵, 제갈휘가 마침내 입을 열었다.

"초당의 이력 중에 한 가지 특이한 점이 있다고 한 말, 기억하는가?"

석대원은 고개를 끄덕였다.

"강호에 모습을 처음 드러낸 게 다른 이들에 비해 상당히 늦다는 말씀을 하셨죠."

"그렇지. 자네만 해도 강호초출로 이른 편이 아닌데, 초당은 자그마치 서른아홉 살이나 되어서야 강호에 나왔네. 그리고 나오기가 무섭게 이름을 떨쳤고. 흥미 있는 일이 아닌가? 고수란 본디 하늘에서 뚝 떨어지는 게 아닐세. 고수가 되기 위해선 그럴 만한 토양이 조성되어야 하는 법이지. 명문 출신의 경우엔 좋은 사문을 토양으로 삼을 테고, 흑도나 낭인의 경우엔 목숨을 담보로 한 살벌한 경쟁을 토양으로 삼을 테지. 그런데 초당은 이도저도 아니었어. 어느 날 갑자기 나타났는데 그게 고수였다, 이런 셈이지. 마치 자네처럼 말일세. 자네의 경우는 어떤가? 어떻게 강호에 나오자마자 고수가 되었지?"

석대원은 슬쩍 웃으며 대답했다.

"제가 고수인지 아닌지는 잘 모르겠지만, 나오자마자 이렇게 된 건 아닙니다. 나오기 전에 이렇게 되어 있었지요."

"물론 그렇겠지. 그렇다면 초당의 경우는 어떨까?"

석대원은 잠시 생각하다가 말했다.

"그러니까 형님께선 초당이 강호에 나오기 전 이미 고수로서의 실력을 갖추고 있었다, 이 말씀을 하고 싶으신 거군요."

제갈휘는 고개를 끄덕였다.

"바로 그걸세."

"그렇다면 문제는 서른아홉 살 이전의 초당이 어디에 있었느냐 하는 것인데……."

"과연 자네는 말이 통하는 친구야. 운만 띄워 주면 알아서 찾아가니 말이야."

제갈휘의 칭찬에 석대원은 픽 웃었다.

"하지만 더 이상은 찾아갈 수 없는걸요. 어서 말씀해 보세요. 기린원 주인이 뭐라고 하던가요?"

제갈휘는 누가 엿듣기라도 하는 양 목소리를 낮춰 말했다.

"사실 난 오늘 아침나절에만 해도 이번 조사에 대해 조금 회의적이었네. 워낙 오래전의 일이기도 하거니와, 초당의 고향이 이 정도로 바뀐 줄은 예상하지 못했거든. 그런데 다행히 기린원의 주인은 초당을 기억하고 있더군. 아니, 오십여 년 전 이 고장을 뜬 초씨 성을 가진 청년을 기억하고 있다는 쪽이 정확하겠지. 기린원 주인의 기억에 남아 있는 그 청년의 인상은 과히 좋지 못했네. 왜인지 아는가?"

물론 대답을 바라고 한 질문은 아니었을 것이다. 제갈휘는 곧바로 답을 밝혔다.

"그럴 수밖에. 부귀영화를 위해 거세를 한 놈을 오활한 유생이 어찌 달갑게 여기겠는가."

석대원의 발길이 우뚝 멎었다. 부귀영화를 위해 거세를 하는 경우는 오직 하나밖에 없었다.

"초당이 환관이 되었단 말씀입니까?"

제갈휘는 눈을 빛내며 고개를 끄덕였다.

"초당은 약관 이전의 나이에 환관이 되기 위해 고향을 등졌지. 다시 말해 초당은 동자공을 익혔기 때문에 남성을 잃어버린 것이 아니었네. 남성을 잃어버렸기 때문에 동자공을 익힐 수 있었던 것이지."

"부귀영화를 위해 환관이 되었다면 황궁에나 있을 것이지 왜 강호로…… 아!"

석대원의 두 눈이 어느 순간 부릅떠졌다. 나라의 권세를 등에 업은 채 지난 수십 년간 강호에서 암약해 온 어떤 집단의 이름이 떠올랐기 때문이었다.

근자에 혈랑곡도를 사칭하며 이유 없는 혈겁을 자행한 집단!

검왕 연벽제를 포함한 무수한 강자들이 웅크리고 있는 집단!

그 집단이라면 근골이 뛰어난 젊은 환관 하나를 차출하여 고수로 키워 내는 일쯤은 식은 죽 먹기일지도 모른다. 그렇게 고수로 키워 낸 환관을 강호로 내보내 한 문파에 침투시킨 뒤, 삼십 년에 가까운 긴 세월 동안 발화할 때만을 기다리는 시한폭탄으로서의 삶을 살도록 조종할 수 있을지도 모른다. 그 막강하고도 끈질긴 집단의 이름은 바로…….

"……비각."

석대원의 입술 사이로 바위에 짓눌린 듯한 한마디가 흘러나왔다. 제갈휘는 이미 비각에 대한 이야기를 석대원에게서 들은 바 있었다.

"나로서도 비각 외엔 초당 정도 되는 위인을 부릴 만한 곳이 없다고 보네."

석대원의 표정은 이미 납덩이처럼 무거워져 있었다. 참으로 공교로운 일이 아닐 수 없는 것이, 이번 곡리행은 제갈휘의 뜻에 의한 것이었다. 초당에 관련된 사안은 전적으로 무양문 내부의 문제였기 때문이다. 그러므로 이번 일에 관한 한 석대원은 좋든 싫든 국외자일 수밖에 없었던 것인데, 초당의 뒤를 캐다 보니 뜻밖에도 자신의 숙적인 비각의 흔적을 발견하게 된 것이다.

부웃! 부웃!

부엉이 울음소리가 음산하게 울렸다.

퍼뜩 정신을 차려 보니 사위는 이미 어두워져 있었다. 석대원은 눈살을 살짝 찌푸렸다. 목덜미 솜털을 곤두서게 만드는 불쾌한 기운을 감지한 것이다. 칼날을 딛고 사는 강호인에게 있어서 이런 종류의 기운은 결코 낯선 것이 아니었다. 바로 살기.

"손님이 있는 모양이군."

제갈휘가 주위를 둘러보며 낮은 목소리로 말했다.

싸늘한 늦가을 바람이 추수가 끝난 벌판 위를 황량하게 달려가고 있었다. 주위를 덮어 가는 어둠은 조금씩 두께를 더해 가고 있었다. 그러던 어느 순간, 그 어둠의 일부가 허물어지며 한 무리의 검은 그림자가 두 사람을 향해 다가오기 시작했다. 그림자와의 거리가 가까워짐에 따라 두 사람을 압박하는 불쾌한 기운은 점점 뚜렷해지고 있었다.

석대원의 두 눈이 가늘어졌다.

(2)

"그 염소수염 자식이 분명 속임수를 썼다니까 그러네. 아니면 어떻게 아홉 판이나 내리 십 점을 넘긴단 말인가? 그 빌어먹을 놈, 주사위를 던지는 품이 영 수상했다고."

열 배로 불릴 테니 두고 보라며 있는 호기 없는 호기 다 부리며 간 길이었다. 그러나 돌아오는 길에 남은 것이라곤 벌게진 얼굴과 그보다 조금 더 벌게진 눈 그리고 텅 빈 전대뿐이었다.

"맞아, 그 우라질 자식, 주사위를 던지는 품이 영 수상했다니까. 한 형, 자네도 봤지? 겨드랑이 밑으로 이렇게 끌어당겼다가 던지는 것 말일세. 아! 세상 참 각박해졌도다! 이런 변두리 도박장까지 그런 사기꾼들이 횡행하다니…… 벼락 맞아 뒈질 놈 같으니라고!"

다섯 냥이 넘는 금원보를 깡그리 날리고 빈털터리 신세로 돌아가는 길, 모용풍의 입에선 욕설과 저주와 개탄이 끊임없이 쏟아져 나오고 있었다. 그와 어깨를 나란히 하고 걸음을 옮기던 한로는 인내심에 한계를 느꼈다. 말 많은 늙은이인 줄 아는지라 웬만하면 참고 견디려 했는데, 그러기엔 도박장에서 동화장까지의 거리가 너무 멀었다.

"신안자 주두진과 친구라고 했지?"

한로가 불쑥 물었다. 강호오괴의 하나인 신안자 주두진은 눈썰미가 좋기로 천하에서 으뜸으로 꼽히는 사람이었다. 한로의 이 질문에 쉴 새 없이 나불거리던 모용풍의 입술이 딱 달라붙었다.

"주두진이 주사위 놀음을 그렇게 잘한다고 했나?"

침묵.

"그게 알고 보면 모용 형한테 배운 솜씨라고?"

침묵.

"내가 모용 형을 따라다니면서 주사위 놀음 구경한 게 벌써 열두 번쨴데, 바보라도 그 정도 하면 한 번은 따겠다. 애먼 사람 탓하지 말고, 입 다물고 길이나 가자고."

"하, 하지만 그 염소수염 자식이……."

"명색이 강호 고인이라는 위인이 뒷골목 야바위꾼의 재주에 속았다고 동네방네 소문내고 다닐 작정인가? 나라면 낯 뜨거워서라도 그런 소리 못 하겠네."

"끙!"

무안으로 얼굴이 더욱 벌게진 모용풍이 할 수 있는 일이라곤 한로의 말대로 입 다물고 걸음을 옮기는 것뿐이었다.

그렇게 얼마나 걸었을까? 모용풍이 다시 입을 열었다.

"한 형."

한로는 심드렁하게 대꾸했다.

"왜?"

"저기 말일세, 내일 또 돈을 달라고 하면 박 장주가 줄까, 안 줄까?"

한로는 기가 막혀 대꾸할 마음조차 일지 않았다. 황금 다섯 냥이면 석대원과 함께 청류산에 살 적엔 일 년치 생활비가 넘는 거금이었다. 오늘 아침 박선동은 그런 거금을 용돈이나 하시라며 예쁜 비단 주머니에 넣어 내밀었던 것이다. 그런 거금을 하룻밤 사이 깡그리 날려 먹고도 모자라 비단 주머니까지 푼돈에

잡혀 잃어버린 인간이 바로 저 모용풍인데, 염치란 게 뭔지 안다면 결코 저따위 소리는 할 수 없는 것이다.

그런데 모용풍은 한로의 침묵을 긍정의 뜻으로 받아들인 모양이었다.

"하기야 박 장주 같은 부자가 그깟 돈 몇 푼에 안색을 바꿀 리야 없겠지. 내일은 조금 더 많이 달라고 해야겠네. 노름꾼이란 게 말이야, 원래 자금이 넉넉하지 않으면 제 실력을 발휘하지 못하는 법이거든."

만일 벼락 치는 날이라면 멀찌감치 떨어져 가고 싶은 인간이 아닐 수 없었다.

바로 그때, 한로의 발길이 우뚝 멎었다.

'음?'

어둠에 덮인 언덕 너머에서 쇠붙이 부딪치는 소리가 은은히 울려왔기 때문이다.

한로는 모용풍을 돌아보았다. 주두진의 별호가 신안자라면 모용풍의 별호는 순풍이. 귀 밝기로 말하자면 천하가 알아주는 사람이었으니, 한로가 들은 소리를 그가 듣지 못했을 리 없었다. 한로를 돌아보는 모용풍의 얼굴에는 한로의 것과 비슷한 의혹과 경계의 기색이 떠올라 있었다.

"가세!"

누가 먼저랄 것 없이 외친 두 사람은 쇳소리가 들려오는 언덕을 향해 경신술을 전개하기 시작했다.

<hr />

석대원은 싸움에 끼어들지 않았다. 싸움이 벌어지기 직전에

남긴 제갈휘의 엄한 당부 때문이었다. 혈랑검법은 고금 제일의 마검법이란 소리를 들을 만큼 살기가 강한 무공이었다. 핏물과 살점이 난무하는 실전에서 그러한 살기를 억제하기란 결코 쉬운 일이 아닐 터. 제갈휘는 형제의 의를 맺은 석대원에게 의미 없는 살인을 시키고 싶진 않았다.

제갈휘의 앞에는 이미 두 명의 남자가 복면을 쓴 얼굴을 땅바닥에 박은 채 널브러져 있었다. 명호를 밝히라는 제갈휘의 요구에 일언반구 대꾸도 없이 다짜고짜 달려든 자들이었다. 용두도龍頭刀와 철곤鐵棍을 다루는 솜씨가 여간내기가 아니었지만, 천하의 고검을 도모하기엔 턱없이 부족하다 아니할 수 없었다. 제갈휘는 단지 수실이 달린 검자루의 끝부분만으로 그들을 제압해 버리는 신기를 보여 주었다.

이렇듯 선봉으로 나선 두 명이 너무도 맥없이 쓰러지자 제갈휘를 둘러싼 무리의 움직임이 눈에 띄게 신중해졌다. 하나같이 복면 차림. 그들이 뿜어내는 기세는 그래서 더욱 음험하게 느껴졌다.

"당신들은 누군가?"

제갈휘가 검을 허공에다 한 번 뿌려 매서운 바람 소리를 만든 다음 다시 한 번 물었다.

처음과 마찬가지로 대답은 없었다. 그 대신 두 자루 병기가 아까보다 한층 더 매섭게 짓쳐들어왔다. 이번에는 파풍도破風刀와 연자창鍊子槍이었다.

제갈휘의 눈썹이 꿈틀거렸다. 그는 자신을 향해 밀려오는 두 자루 병기의 중앙을 향해 검을 찔러 넣었다. 정념검正念劍. 주인을 닮아 그 이름부터가 올곧은 삼 척 철검이 두 자루 병기 사이의 공간에 작은 파동을 일으켰다. 그리고 그 파동은 생성과 동시에 무섭게 팽창함으로써 두 자루 병기를 양쪽으로 밀어내 버렸다.

"헉!"

"이런!"

파풍도와 연자창의 주인들이 헛바람을 들이켰다. 다음 순간, 두 사람은 더 이상 파풍도와 연자창의 주인임을 자처할 수 없게 되었다. 그것들은 이미 그들의 수중을 떠났기 때문이다. 마음에 맞는 병기를 얻어 그것과 함께하려는 마음이야 모든 무인의 공통된 심정일진대, 그들이 어찌 부끄러움을 느끼지 않겠는가. 그러나 뒤이어 밀려든 북풍한설 같은 검풍은 그들로 하여금 부끄러움을 느낄 여유조차 앗아 가 버렸다.

허둥지둥 물러나는 그들을 제갈휘는 더 이상 핍박하려 들지 않았다.

"멀쩡한 물건을 버리는 건 나쁜 버릇이지."

제갈휘는 정념검을 하방으로 내밀어 가볍게 원을 그렸다. 바닥에 떨어진 파풍도와 연자창이 둥실 떠오르더니 각각의 주인을 향해 날아갔다. 눈으로 보고도 믿기 어려운 검기섭물劍氣攝物의 고명한 재주였다.

"야밤에 복면이라, 하늘을 제대로 볼 수 없는 자들인가?"

병장기 한 번 부딪치지 않고 연달아 네 명을 격퇴한 것도 모자라 적의 병기를 챙겨 주는 여유까지 부린 제갈휘가 빙긋 웃으며 말했다. 그러나 겉으로 드러낸 것과는 달리, 그는 긴장을 늦추지 않고 있었다. 지금 모습을 드러낸 사람의 수는 모두 스물두 명. 하지만 이들이 전부가 아니었다. 보이지 않는 어딘가에 더욱 무서운 적들이 도사리고 있음을 그는 직감적으로 알아차리고 있었다.

"간적奸賊! 입을 함부로 놀리지 마라!"

복면인 중 하나가 크게 고함을 지르며 달려 나왔다. 큼직한 쌍장이 힘차게 뒤집어지는 순간, 억센 경력이 제갈휘의 정면으로 맹렬히 밀려들어 왔다.

제갈휘는 검으로써 대응하는 대신 옆으로 세 걸음 비켜섰다. 그의 대응이 이렇듯 계속 모호한 까닭은 정체가 드러나지 않은 자들을 상대로 독수를 펼치고 싶지 않아서였다.

후웅!

하지만 이번에 밀려온 장력은 제갈휘의 예상보다 훨씬 넓은 범위를 점하고 있었다. 한 번의 장력으로 이렇게 넓은 범위를 점할 수 있는 것은 평범한 내력으로는 어려운 일이었다.

"좋군."

제갈휘는 나직한 탄사와 함께 오른손에 쥔 정념검을 짧게 끊어 내리쳤다.

짝!

흡사 회초리를 내리친 듯. 구부렸던 팔꿈치가 탄력 있게 펴지는 순간 검봉에서 피어난 날카로운 기운이 장력의 한복판을 수직으로 가르고 들어갔다. 흡사 잘 삶아진 달걀이 팽팽한 실에 의해 잘리는 형국이었다.

"억!"

복면인은 한 줄기 형용하기 힘든 기운이 정수리부터 사타구니까지 일직선으로 훑고 지나가는 듯한 느낌에 자신도 모르게 경호성을 토해 내고 말았다. 정념검의 궤적과 복면인 사이에는 본디 일 장이 넘는 거리가 존재했다. 그러나 그 거리를 뛰어넘어 날아든 검기는 복면인으로 하여금 실제로 베인 듯한 착각을 불러일으킨 것이다.

복면인은 허겁지겁 뒤로 물러서며 뒤이어 전개될 제갈휘의 반격에 대비했지만, 제갈휘는 이번에도 뒤쫓으려 하지 않았다. 그저 그 자리에 우두커니 선 채로 고개를 갸웃거릴 뿐이었다.

"이 기세는 복호장伏虎掌을 닮았군. 아미파라면 강호에 유서 깊은 명문이거늘, 그 문하가 무엇이 부끄러워 복면을 쓰고 다니는 것이오?"

제갈휘의 말에 물러서던 복면인의 걸음이 우뚝 멎었다. 그는 어깨를 부르르 떨더니 돌연 광소를 터뜨렸다.

"으하하! 내가 못나 사문의 이름이 간교한 혓바닥 위에서 조롱당하는구나! 오냐! 제갈휘 이놈, 너 죽고 나 죽자!"

복면인이 미친 듯이 고함을 지르며 제갈휘를 향해 몸을 날렸다. 솥뚜껑 같은 쌍장이 어지러이 휘날리는가 싶더니 동귀어진도 불사하는 무지막지한 장력이 제갈휘의 전면으로 밀어닥쳤다.

"송 형, 우리가 돕겠소!"

조금 전 파풍도와 연자창으로 공격했던 두 복면인도 이에 질세라 제갈휘를 향해 다시금 달려들었다. 이야말로 개평 받고 물러난 노름꾼이 그 개평을 밑천 삼아 다시 노름판에 끼어들겠다는 형국이었다. 제갈휘의 눈썹 끝에 매서운 기운이 어렸다.

"경우 없는 자들이구나!"

제갈휘는 노성을 터뜨리며 그들의 공세에 정면으로 맞서 갔다. 좌하방으로 늘어뜨렸던 정념검이 빙글 돌아가는 순간, 시퍼런 빛의 기둥이 검봉으로 쭉 솟구쳤다. 검강이라고 불리기도 하는 검기성형劍氣成形의 절정 검공이었다.

"덤비는 것이야……."

정념검이 비스듬히 휘둘렸다. 가장 먼저 제갈휘를 엄습해 온

복호장의 장세가 푸른 번갯불 같은 검강에 의해 두 쪽으로 갈라져 버렸다.

"당신들 자유지만……."

정념검의 검봉이 우하방에서 빠르게 돌아 올라오더니 전방을 향해 힘차게 밀려 나갔다. 둔탁하게 뭉쳐진 공기 덩어리가 마치 보이지 않는 망치처럼 복호장을 발출한 복면인의 가슴을 후려쳤다. 복면인은 비명조차 제대로 지르지 못하고 뒤로 날아가 버렸다.

복호장의 배후에 몸을 감춘 채 제갈휘를 향해 날아들던 파풍도와 연자창의 복면인들은 갑자기 날아든 동료의 몸뚱이를 피하기 위해 좌우로 급히 갈라서야만 했다. 제갈휘의 정념검이 때를 놓치지 않고 두 자루 병기 사이로 헤집고 들어갔다. 얼음장 같은 검기가 좌우를 동시에 휩쓸었다.

"최소한……."

깡!

요란한 금속성과 함께 연자창 창날 아래 달려 있던 쇠 날개가 산산조각 났다. 애병의 파편에 다치고 싶지 않다면 싫어도 어쩔 수 없었다. 연자창의 주인은 게으른 당나귀처럼 땅바닥을 데굴데굴 굴렀다.

까가각! 쩡!

정념검에 맞물려 빙글빙글 돌아가던 파풍도가 비명을 내지르며 부러졌다. 파풍도의 주인은 두 눈을 부릅뜬 채로 석상처럼 굳어 버렸다. 복호장과 연자창과 파풍도, 결코 만만하지 않은 이 세 가지 재주를 눈 깜짝할 사이에 연파한 무시무시한 검이 자신의 어깨에 얹혀 있었기 때문이다.

"이름 정도는 밝히는 게 무인 된 도리가 아니겠는가!"

제갈휘는 위엄 있는 목소리로 하던 말을 마무리 지었다.

"어어……."

이제는 반도半刀라 부르기도 어려운 파풍도를 쥔 복면인은 혹시라도 정념검의 검날에 상할까 고개를 삐딱이 틀어 올린 채로 어, 소리만 반복하고 있었다.

"이름이 뭐냐?"

제갈휘가 차갑게 물었다. 복면인의 어깨가 부르르 떨렸다. 질문과 동시에 어깨에 얼음으로 만든 비수가 박혀 드는 듯한 섬뜩함을 느꼈던 것이다. 어깨에 얹힌 검은 미동조차 없는데 말이다. 호사가들이 말하는 무형검기가 바로 이런 것이리라.

"이름이 뭐냐니까?"

제갈휘가 다시 물었다. 복면인은 자신도 모르게 이름을 말하고 말았다.

"비, 비가달朼嘉達!"

제갈휘는 눈살을 찌푸렸다.

"남양호南陽豪 비가달?"

남양호 비가달이라면 처음 듣는 명호가 아니었다. 유명한 협객이라고 말하기는 힘들겠지만, 최소한 얼굴을 가리고 무리 지어 다니며 남을 습격하는 파렴치한 비적匪賊은 아니었다. 그리고 제갈휘가 기억하는 한 자신과 비가달 사이의 은원은 백지처럼 깨끗했다. 그렇다면?

'혹시 석 아우를 노리고 온 걸까?'

제갈휘의 시선이 십여 걸음 떨어진 곳에 서 있는 석대원에게로 향했다. 하지만 이 가정은 금방 부정되었다. 석대원이 싸움에 끼어들지 않은 데엔 절대로 끼어들지 말라는 제갈휘 본인의 당부도 주효했겠지만, 석대원을 안중에 두지 않는 듯한 복면인들의 태도도 큰 몫을 차지했다. 만일 저들의 노림이 석대원이었다면, 이렇듯 자신에게만 악착같이 달려들진 않았을 것이다.

제갈휘의 시선이 잠시 석대원에게 돌아간 사이, 비가달에게 구원의 손길이 뻗쳐 왔다.

"그를 놔주어라!"

카랑카랑한 호통과 함께 한 자루 고색창연한 송문고검이 제갈휘를 향해 곧게 찔러 들어온 것이다. 그 기세의 매서움은 이제까지 상대했던 자들의 것과 수준이 달랐다.

좋은 검을 만났으니 상대해 보고픈 욕심이 일지 않은 것도 아니나, 그러자면 자신의 검에 붙어 있는 비가달의 목숨이 위태로워진다.

"쯧."

제갈휘는 가볍게 혀를 차며 비가달의 어깨에 얹어 둔 정념검을 거두고 뒤로 물러섰다. 이렇듯 어떠한 상황에서든 불필요한 희생은 삼가려는 것이 제갈휘의 본령. 그것은 모든 생명을 진심으로 긍휼히 여기는 위대한 자비심의 발로였다.

그러나 이 세상에는 은혜를 원수로 갚는 부류도 드물지 않았다. 비가달이 바로 그런 부류였다. 남양의 호걸이란 별호에 어울리지 않게 음독한 심성을 지닌 그는 제갈휘가 정념검을 거두며 드러낸 작은 빈틈을 그냥 지나치지 않았다.

"죽엇!"

비가달은 제갈휘의 심장을 향해 부러진 파풍도를 날쌔게 찔러 넣었다. 제갈휘로선 전혀 예상치 못한 암습이었고, 거리 또한 너무 가까웠다. 아차 하는 사이에 파풍도의 잘린 면은 이미 제갈휘의 가슴팍을 파고들고 있었다.

"형님!"

멀찍이 떨어진 곳에서 이 광경을 지켜보던 석대원의 입에서 경호성이 터져 나왔다. 그가 보기에도 비가달이라는 자의 암습이 너무 급작스러웠던 것이다.

그러나 제갈휘는 석대원의 염려를 한순간에 불식시켰다. 부러진 파풍도가 제갈휘의 가슴팍을 헤집은 것과 거의 동시에 제갈휘의 몸이 뿌옇게 흐려졌다.

스으으-.

아무런 저항도, 아무런 소리도 없었다. 제갈휘의 몸뚱이는 마치 허깨비로 변해 버린 양, 비가달의 파풍도를 등 뒤로 통과시킨 것이다.

'저것은⋯⋯!'

석대원의 눈빛이 번뜩였다.

이형환위.

형을 옮겨 위치를 바꾼다는 이름의 이 신법은 강호인이면 그 요결을 모르는 사람이 없을 만큼 널리 알려져 있었다. 그러나 찰나라고밖에 부를 수 없는 극미한 시간을 비집고 저토록 자연스럽게 전개되는 이형환위는 이미 이형환위가 아닌 천외천의 신기였다.

그러고 보니 석대원은 얼마 전에도 저런 광경을 본 적이 있었다. 화소산에서 모용풍을 처음 만났을 때, 검왕 연벽제는 저처럼 신기에 가까운 이형환위로써 그의 혈옥수를 피해 낸 것이다.

석대원은 당시 연벽제가 보여 준 이형환위와 지금 제갈휘가 보여 준 이형환위를 비교해 보았다. 양자 모두 마음으로써 형태를 벗어나는 초월의 경지에 올라 있어, 어느 쪽이 위인지는 판단할 수 없었다. 그래서 검왕과 고검이라는 이름이 검도의 아득한 산자락에 오직 서로만이 견줄 수 있는 쌍봉으로서 우뚝 솟은 것이리라.

　제갈휘가 보여 준 신기에 가장 놀라지 않은 사람은 우습게도 그와 가장 가까운 거리에 있던 비가달이었다. 너무 가까운 거리에 있었기 때문에 현실을 받아들이는 데 시간이 필요했던 것이다.
　현실은 커다란 상실감과 함께 비가달을 엄습했다. 파풍도가 허공으로 날아오르고, 그 손잡이를 고집스럽게 움켜쥔 자신의 오른손 또한 허공으로 날아오르는 광경을 목격했을 때, 비가달은 제갈휘의 경지가 결코 암습 따위론 무너뜨릴 수 없는 까마득한 곳에 올라 있음을 깨달았다. 그와 더불어 자신은 두 번 다시 오른손으로 젓가락질을 하지 못하리라는 비극적인 사실도 깨달았다.
　"비겁한 짓을 한 대가라고 생각해라."
　제갈휘의 싸늘한 음성이 현실을 확인시켜 주었다. 모든 것이 분명해진 뒤, 비가달이 보인 행동은 매우 자연스럽고도 보편적인 것이었다.
　"으아아! 내 손!"
　비가달은 핏물을 콸콸 뿜어내는 오른 손목을 감싸 안으며 찢어지는 목소리로 비명을 질렀다.
　"이런!"
　안타까움이 배인 외침과 함께 누군가 비가달의 앞을 막아섰다. 제갈휘를 물러나게 만든 송문고검의 주인이었다.
　깡마른 체구를 헐렁한 도포로 가린 그 사람은 비가달의 오른쪽 팔꿈치와 어깨에 있는 혈도 몇 군데를 재빨리 봉쇄했다. 분수처럼 뿜어 나오던 핏물이 금방 멎는 것을 보면 실로 고명한 점혈술이 아닐 수 없었다. 특이한 점은 점혈에 사용된 그 사람의 왼손이었다. 그 왼손엔 엄지와 인지, 두 개의 손가락만이 남아 있었던 것이다.

그것을 발견한 제갈휘의 얼굴에 그늘이 드리웠다. 비록 복면으로 얼굴을 가리고 있긴 하지만 저 기형적인 왼손만으로도 그 사람의 정체를 능히 짐작할 수 있었기 때문이다.

"몇 년 사이에 검이 더 무서워졌구나, 제갈휘."

송문고검의 복면인이 말했다. 다소 신경질적으로 들리는 카랑카랑한 음색이었다.

"그대는 바로……."

제갈휘가 뭐라고 대꾸하려 했다. 그러나 그의 말은 저 멀리서 들려온 커다란 고함에 허리가 잘리고 말았다.

"고약한 놈들! 그만두지 못할까!"

질풍 같은 속도로 장내로 달려온 사람은 한쪽 소매가 헐렁한 유생 차림의 노인과 지팡이를 든 구부정한 마의 노인, 바로 모용풍과 한로였다.

장내에 들어선 모용풍은 다짜고짜 호통부터 내질렀다.

"뭐 하는 놈들이기에 야심한 시각에 떼강도처럼 몰려다니며 사람을 해치려 하느냐!"

복면인들 사이에 작은 동요가 일어났다. 지난 십 년 심산유곡에서 죽은 듯이 숨어 지내긴 했지만 그 전에는 강호에서 가장 오지랖이 넓다는 평을 듣던 모용풍이었다. 내로라하는 위인치고 그를 못 알아보는 자는 드물었다. 또한 내로라하는 위인치고 그가 못 알아보는 자도 드물었다.

"들쥐 떼처럼 무리지어 소수를 겁박하는 것을 보아 필시 들쥐보다 나을 게 없는 작자들이 분명하구나!"

모용풍은 매서운 눈으로 복면인들의 면면을 훑어보았다.

"그따위 천 쪼가리로 쥐새끼 같은 얼굴을 가려 봤자 이 모용풍의 눈을 속일 수는 없지. 어디 뭐 하는 놈들인가 보자. 으흠! 저쪽에 제 키만 한 칼을 쥔 땅딸보는 개봉의 왜각오倭脚鼇 같고, 그 옆에 손톱이 시커먼 놈은 태백산의 묵조추작墨爪墜雀이 분명한데…… 식구들 굶는 것을 보다 못해 강도질이라도 나온 게냐? 그리고 저기 빙충맞게 서 있는 껑다리는……."

'다리 짧은 용'이 '다리 짧은 자라'로 둔갑하고, '검은 발톱의 날아가는 매'가 '검은 발톱의 떨어지는 참새'로 둔갑했다. 개봉의 이름난 도객왜각룡倭脚龍 군무외君無畏와 태백파太白派 응조공의 대가인 묵조비응墨爪飛鷹 등우鄧羽는 복면 속의 얼굴을 와락 구길 수밖에 없었다.

모용풍은 복면인들을 둘러보며 그 명호를 하나하나 읊어 나갔다. 얼굴을 가렸음에도 불구하고 대부분의 명호를 맞히는 안목은 순풍이란 별호에 걸맞은 탁월한 것이 아닐 수 없었다.

그런데 등등한 기세와는 달리 시간이 갈수록 모용풍은 뭔가 잘못됐다는 곤혹감을 감출 수 없었다. 자신의 입을 통해 줄줄이 흘러나오는 이름 중에 백도의 명숙 아닌 자 없고 정파의 협객 아닌 자 없기 때문이었다.

그리고 시선이 제갈휘와 마주 선 송문고검의 복면인에 이르렀을 때, 모용풍은 자신도 모르게 말을 더듬고 말았다.

"서, 설마 무당파의……?"

송문고검의 복면인은 손가락이 둘만 달린 왼손을 들어 얼굴을 가리고 있던 복면을 벗었다. 훌쭉한 뺨과 푹 꺼진 광대뼈가 성마른 느낌을 주는 노도사의 얼굴이 으스름한 달빛 아래 드러났다.

"일찍이 귀신의 눈은 벗어나도 모용 선생의 눈은 벗어날 수 없다는 말을 들은 적이 있는데, 오늘에야 그 말이 사실임을 확인했소. 무당의 현수가 인사드리오."

노도사의 정체는 무당오검의 둘째이자 무당파가 자랑하는 검도의 대가인 현수였던 것이다. 웬만해서는 입을 다물지 않는 모용풍이지만 이 순간만큼은 말문이 턱 막혀 버릴 수밖에 없었다.

"빈도는 도무지 이해할 수가 없구려. 백도의 명숙으로 이름 높으신 선생께서 대체 무슨 연유로 저 제갈휘를 비호하려 드시는지를. 연유가 있다면 여기 계신 여러 군웅들 앞에서 떳떳이 밝혀, 우리들로 하여금 옥석구분玉石俱焚의 우를 범하지 않도록 해 주시오."

현수가 모용풍에게 말했다. 옥석구분이란 옥과 돌을 가리지 않고 함께 불태우겠다는 뜻. 말투는 정중했지만 그 안에 담긴 내용은 분명 경고요, 협박이었다.

"그, 그게……."

모용풍이 쉽게 대답을 못 하고 우물쭈물하는데, 인의 장벽을 이루고 있던 복면인들이 갈라지며 누군가 모용풍을 향해 천천히 걸어 나왔다. 후리후리한 키에 자주색 도포를 입은 그 사람은 다른 이들과는 달리 처음부터 얼굴을 감추지 않고 있었다. 눈길을 끄는 것은 그 사람이 등에 메고 있는 물건. 그것은 무게가 삼백 근은 족히 나갈 것 같은 무쇠 바둑판이었다. 그 사람의 얼굴을 확인한 모용풍은 바보처럼 입을 쩍 벌리고 말았다.

"오랜만이네, 모용 아우. 팔은 어쩌다 그 모양이 됐는가?"

무쇠 바둑판의 주인은 늙수그레한 목소리로 모용풍에게 인사를 건넸다.

"과 형님……."

모용풍의 입에서 흘러나온 목소리는 차라리 신음에 가까
웠다. 모용풍을 포함한 기棋, 화火, 주酒, 안眼, 통通의 강호오괴,
그중에서도 대형이라 할 수 있는 기광 과추운이 바로 그 사람이
었기 때문이다.

놀란 사람은 모용풍 하나만이 아니었다.

"과 선배께서 오셨군요. 후배가 인사드립니다."

제갈휘는 정념검을 검집에 넣은 뒤 과추운을 향해 깍듯이 포
권을 올렸다. 지금은 비록 속한 세계가 완전히 갈려 그저 선후
배의 호칭밖에는 사용할 수 없지만, 만일 서문숭의 휘하로 투신
하지 않았다면 제갈휘는 과추운을 사백이라 불러야 마땅할 터
였다. 제갈휘의 사부인 복마대협 주동민이 저 과추운과는 호형
호제할 만큼 가까운 사이인 까닭이었다.

소년 시절, 제갈휘는 화산파에 놀러 온 과추운을 만난 적이
있었다. 당시 과추운은 문파를 빛낼 훌륭한 재목이라며 제갈휘
의 자질을 아낌없이 칭찬해 주었고, 그 말을 들은 주동민은 제
자에 대한 대견함과 자랑스러움에 입이 귀밑까지 벌어질 수밖
에 없었다. 그것이 벌써 삼십 년 전의 일. 불현듯 떠오를 때
마다 마음 한구석이 씁쓸해지는 아픈 추억들 중 하나였다.

과추운의 시선이 제갈휘에게로 옮겨 왔다. 심유하게 가라앉
아 있던 한 쌍의 노안 속으로 싸늘한 기운이 천천히 차올랐다.

"세월이 참 무심하지? 그 재주 많던 아이를 마귀 떼의 선봉장
으로 바꿔 놓았으니 말이야."

모용풍을 대할 때와는 딴판으로 얼음가루가 풀풀 날리는 듯
한 냉정한 목소리였다. 제갈휘의 표정이 밤하늘처럼 어두워

졌다.

'역시 그 이유 때문인가?'

백도를 자처하는 이들치고 자신을 증오하지 않는 이 드물다는 사실을 제갈휘는 잘 알고 있었다. 그들은 사문을 버리고 무양문에 투신한 제갈휘를 배신자라 손가락질했고, 그가 행한 모든 일에 대해 침을 뱉기를 주저하지 않았다. 그 일들이 궁극적으로는 백도를 위한, 나아가 강호 평화를 위한 것임에도 불구하고.

덕분에 제갈휘는 종종 반갑지 않은 손님들을 맞이해야만 했다. 배신자를 처단함으로써 백도의 의기를 높이 세우겠노라는 천둥벌거숭이 같은 자들이었다. 목적을 달성하기엔 너무나도 강한 표적이었기에 그들의 시도는 모두 수포로 돌아갔지만, 뜻이 꺾인 채 달아나는 그들의 초라한 뒷모습을 제갈휘는 결코 편한 마음으로 바라볼 수 없었다.

그것은 명분과 명분의 충돌이었다. 평화를 위해 외로운 싸움을 벌인 제갈휘에겐 살신성인殺身成仁의 명분이 있었다. 그리고 그런 제갈휘를 주살하고자 하는 모든 백도인들에게는 파사현정破邪顯正의 명분이 있었다. 바른 명분으로써 그릇된 명분을 치는 것은 아름다운 싸움이었다. 그러나 그릇되지 않은 두 개의 명분이 서로 충돌하는 것은 절대로 아름다운 싸움이 될 수 없었다. 그것은 오직 비극일 뿐이다.

제갈휘가 이런 생각으로 착잡해하는데, 그런 그를 과추운이 준열한 목소리로 꾸짖었다.

"제갈휘, 너의 간악함을 보다 못한 백도의 영웅들이 마침내 너를 처단하기로 결정했다! 오늘 이 자리를 살아서 벗어날 생각은 버리는 게 좋을 것이다!"

모용풍이 다급히 끼어들었다.

"과 형님, 그건 잘못 생각하신 거외다. 백도 무림과 무양문이 지금까지 큰 분란 없이 평화를 유지할 수 있었던 데엔 모두 고검 대협의 보이지 않는 노력이……."

"자네가 지금 나를 가르치겠다는 건가?"

과추운이 모용풍의 말을 차갑게 잘랐다.

"무양문이 사악하기 이를 데 없는 백련교의 후신이라는 것은 자네도 잘 아는 사실. 강호의 형제들은 서문숭과 그 졸개들에 의해 자행된 '낙일평의 치'를 똑똑히 기억하고 있어. 당시 피를 흘리며 죽어 간 목숨들이 얼마인가! 그러고도 부족해 얼마나 많은 선배, 동료 들이 당시의 울분을 견디지 못해 스스로 목숨을 끊었는가! 이제는 우리가 나서서 그 빚을 갚을 때일세. 사문을 저버리고 백도를 배신한 저 제갈휘의 수급은, 만천하 백도인들로 하여금 무양문 토멸의 대열로 나서게 만드는 거대한 북소리가 될 것이야."

과추운의 목소리엔 확고한 신념이 담겨 있었다. 모용풍은 제 가슴을 탕탕 두드리며 말했다.

"내가 아는 과 형님은 이 정도로 꽉 막힌 분이 아니었소. 어쩌다 이렇게 외골수가 되었소? 어찌 드러난 것만을 보고 드러나지 않은 건 외면하려 하시오?"

"자네 말대로 과거의 나는 이러지 않았네. 번잡함이 싫다는 핑계로 세사에서 한발 물러서서 한운야학閑雲野鶴처럼 살고자 했지. 하지만 그런 내가 틀렸다는 걸 죽은 이개 놈이 가르쳐 줬어."

화인 이개라면 강호오괴 중 화火에 해당하는 사람이었다. 모용풍은 깜짝 놀랐다.

"이 형님이 죽어요? 누가 감히 이 형님을 죽였단 말이오?"

"관산귀전 대적용."

과추운의 짧은 대구에 모용풍은 말문이 턱 막혔다. 제갈휘에게 들은 바에 따르면 대적용은 지난여름 형산에서 벌어진 용봉단 토벌전에서 목숨을 잃었다고 했다. 화인 이개가 죽은 것도 아마 그때 벌어진 일이리라.

"흐흐, 그 대적용은 내 손으로 죽였네. 하지만 그것으로 복수가 끝난 것은 아니야. 무양문의 주춧돌을 불태우고 마귀들의 씨알을 말려 버리지 않는 한, 이개 놈은 저승에서도 눈을 감지 못할 테니까."

과추운의 눈알은 들끓어 오르는 살심을 이기지 못해 희번덕거리고 있었다.

모용풍은 크게 탄식했다. 이개가 그랬고 과추운이 그랬다. 속된 욕심을 벗어던지고 해학과 풍자로 인생을 소요하려 했던 강호의 기인도 친인의 죽음 앞에선 복수만을 부르짖는 한 마리 원귀로 변해 버릴 수밖에 없었던 것이다.

그때 제갈휘가 두 사람의 대화에 불쑥 끼어들었다.

"나는 그대들과 싸우지 않겠소."

그러고는 그것을 실천해 보이려는 듯 제갈휘는 정념검을 검집에 집어넣었다.

이런 제갈휘가 의외였을까? 소요만큼이나 어수선한 느낌을 주는 정적이 장내를 감돌았다. 그 정적을 깬 것은 제갈휘의 차분한 목소리였다.

"하지만 그대들 손에 죽어 줄 의향도 없소. 나도 목숨 아까운 줄은 아는 사람이니까."

과추운이 매서운 눈초리로 제갈휘를 노려보았다.

"무슨 뜻이냐?"

제갈휘는 담담한 표정으로 대답했다.

"싸우기도 싫고 죽기도 싫으니 제가 취할 수 있는 행동은 한 가지밖에 없는 것 같군요. 이만 하직 인사를 드릴까 합니다."

송문고검을 뽑아 든 채 석상처럼 서 있던 무당파의 현수가 한 걸음 나서며 차갑게 말했다.

"그런 식으로 유야무야 빠져나갈 수 있을 것 같으면 애당초 우리가 이 자리에 오지도 않았다."

제갈휘는 씁쓸한 눈길로 현수의 얼굴을, 그리고 두 개의 손가락만 남아 있는 그의 왼손을 바라보았다.

"도장의 손가락을 자른 일은 지금도 미안하게 생각하오. 만일 도장께서 당시 정황을 자세히 파악하려 들지도 않은 채 본문의 제자를 죽이려고 하지만 않았다면, 나 또한 도장께 진검을 들이밀진 않았을 것이오."

현수의 얼굴에 푸르스름한 살기가 감돌았다. 그 이면에 도사리고 있는 것은 살기보다도 더욱 짙은 수치심이었다.

"검객은 오직 검으로 말하는 법! 내 검이 네 검에 미치지 못했으니 내가 네게 진 것은 당연한 일이었다. 구구한 옛이야기는 집어치우자. 검을 뽑아라, 제갈휘!"

하지만 제갈휘는 검을 뽑지 않았다.

"도장께서 뭐라 말하건 나는 싸우지 않겠소. 따라오고 싶으면 따라오시오. 하나, 내 경신술은 제법 괜찮은 편이니 쉽진 않을 거외다."

제갈휘는 몸을 돌렸다. 이들의 목표가 자기 한 사람인 것을 안 이상, 다른 세 사람의 안위는 염려할 필요 없었다. 야밤에 달리기는 취미에 없는 일이지만, 그 정도 수고로움으로 불필요한 분쟁에서 벗어날 수 있다면 얼마든지 할 용의가 있었다.

그러나 제갈휘는 그 자리를 벗어날 수 없었다. 등 뒤로 들려온 누군가의 목소리가 그의 발길을 얼어붙게 만들었다.

"사형은 가실 수 없습니다!"

(3)

귀에 익은 목소리였다. 그것도 기억 속에 아린 감성으로 남아 있는 목소리였다. 제갈휘는 천천히 몸을 돌렸다.

"……사제."

제갈휘의 입에서 신음 같은 한마디가 흘러나왔다. 과추운의 옆자리. 커다란 눈망울이 어딘지 유약한 느낌을 주는 백의 청년이 서 있었다. 제갈휘는 저 청년을 잘 알고 있었다. 사부 주동민의 하나뿐인 아들 주백상이 바로 그 청년이었던 것이다.

"사형께선 가실 수 없습니다!"

주백상이 다시 부르짖었다. 비탄과 울분으로 가득 찬 목소리였다.

"사제가 이곳엔 왜…… 사부님은 어떻게 하고?"

제갈휘의 질문에 대답한 사람은 과추운이었다.

"주 아우는 죽었다."

쾅!

제갈휘의 머릿속에서 뭔가가 폭발했다.

"바, 방금 뭐라고 하셨소?"

과추운이 차가운 목소리로 다시 대답했다.

"네 사부 주동민은 이미 이 세상 사람이 아니라고 했다."

뇌가 하얗게 타 버린 것 같았다. 제갈휘는 잠시 아무 생각도

할 수 없었다. 그러다가 그의 시선이 천천히 주백상을 향했다. 바닥에 떨어진 유리그릇처럼 처참하게 깨진 시선이었다.

"저 말이…… 사실이냐?"

주백상의 커다란 눈망울 밑에 뿌연 물기가 고이기 시작했다.

"그렇습니다."

"어떻게…… 어떻게 그런 일이……?"

이번에 대답한 사람은 현수였다.

"우리는 본디 네 목을 베기 위해 화산파로 찾아갔었다. 그런데 아쉽게도 너는 이미 그곳을 뜬 뒤였지. 우리는 주동민에게 말했다. 당신이 키운 제자가 마귀의 주구가 되어 천하를 어지럽히고 다니는데 사부 된 몸으로 부끄럽지도 않느냐고. 흐흐, 네 사부는, 비록 문파는 몰락하고 육신은 병들었지만 백도인의 본분까지 잊어버린 사람은 아니더구나. 참괴함을 견디지 못해 스스로 목숨을 끊은 걸 보면 말이다. 그가 남긴 최후의 말이 무엇인지 아느냐?"

현수는 송문고검을 들어 제갈휘를 똑바로 가리켰다.

"바로 너! 제갈휘를 참하여 화산파의 부끄러움을 씻어 달라는 말이었다."

이 말이 시뻘겋게 달궈진 송곳이 되어 제갈휘의 심장에 틀어박혔다. 제갈휘의 몸이 크게 휘청거렸다. 그때를 기다린 듯 사람들의 야유가 퍼부어졌다.

"꼴좋구나, 제갈휘!"

"사문을 배신한 것도 모자라 이제는 사부를 죽인 패륜아가 되었구나!"

"이 소식이 알려지면 네놈을 보배처럼 아끼는 서문숭도 생각을 달리할 게다. 혹시 아느냐, 네놈 때문에 서문숭이 자결할 날이 오게 될지?"

그러나 제갈휘의 목덜미가 부들부들 떨리는 까닭은 저따위 저열한 야유를 견디기 힘들어서가 아니었다.

그릇엔 담을 수 있는 물의 용량이 있듯이 인간에겐 감당할 수 있는 감정의 한계가 있다. 용량을 초과한 물은 그릇 밖으로 흘러넘치고, 한계를 넘어선 감정은 인간을 내부로부터 허물어뜨린다. 지금 제갈휘가 바로 그런 상태였다.

"형님!"

심상치 않은 기색을 눈치챈 석대원이 재빨리 제갈휘 곁으로 달려갔다. 제갈휘는 목각 인형처럼 그 자리에 우두커니 서 있었다. 그의 눈동자는 전방을 향해 고정되어 있었다. 희로애락, 어떠한 감정도 담기지 않은 죽은 눈동자였다.

"형님, 정신 차리세요!"

석대원은 진기를 끌어 올려 제갈휘의 등줄기를 황급히 후려쳤다. 척추를 따라 대추大椎에서 명문命門까지 이어지는 여덟 곳의 혈도들을 번개같이 두들기는 그의 손길은, 뇌에 갑작스러운 충격을 받은 사람을 치료하는 도가道家의 요상 수법이었다.

제갈휘의 몸뚱이가 간질이라도 일으키는 것처럼 심하게 요동쳤다. 부릅떠져 있던 두 눈이 꽉 감기는가 싶더니 어느 순간, 입으로부터 시커먼 피 화살이 쭉 뿜어져 나왔다.

"우웩!"

피 화살은 제갈휘의 전방 여섯 자 앞까지 뿌려졌다. 가슴에 응어리져 있던 악혈이 석대원의 손길에 의해 풀어지며 몸 밖으로 세차게 배출된 것이다.

경직되었던 근육과 혈맥이 한순간에 풀리면서 제갈휘는 그 자리에 풀썩 허물어졌다. 석대원이 급히 부축하지 않았다면 땅바닥에 엉덩방아를 찧는 꼴사나운 모습을 보였을 것이다.

제갈휘의 눈이 서서히 뜨였다. 맥없이 확대되었던 동공이 서서히 오므라들었다.

"형님, 괜찮으십니까?"

석대원이 걱정스러운 목소리로 물었다. 그러나 제갈휘에겐 아무런 소리도 들리지 않았다.

사고가 다시 이어지며 가장 먼저 제갈휘의 눈앞에 떠오른 것은 사부 주동민의 모습이었다.

세 가닥 교룡 수염에 단정하게 틀어 올린 새까만 머리카락. 화산의 아름다운 봉우리 사이로 소슬바람이 불어올 때마다 넓은 어깨에 붉은 수실을 나부끼던 고색창연한 삼 척 보검. 어린 제갈휘가 사문에 처음 들어가던 날, '진짜 대협이란 바로 저런 모습일 거야!'라며 감탄했던 당당한 모습…….

제갈휘의 눈앞으로 떠오르는 주동민의 모습은 비단 그것만이 아니었다. 무양문에 입문하겠다고 말하던 날 자신을 향해 검을 내리찍던 분노에 찬 눈동자. 그러나 사랑하는 제자를 차마 죽이지 못하고 그저 이마에 상처만 남긴 채 돌아서던 슬프고도 초라한 뒷모습. 심화를 이기지 못하고 빠져들던 주화입마로 이십 년이 넘는 세월을 병석에서 보내야만 했던 늙고 주름진 얼굴. 그리고…….

'아아!'

제갈휘는 눈을 꽉 감았다. 눈을 감아도 화끈 달아오르는 눈시울은 어찌할 도리가 없었다. 그는 주동민을 잘 알고 있었다. 그 대쪽 같은 성정을 잘 알고 있었다.

'허허…… 끝내 용서받지 못하는군.'

슬픔에 앞서 천지간에 혈혈단신이라는 외로움이 북받쳐 올랐다. 피처럼 진한 눈물이 제갈휘의 뺨을 타고 흘러내렸다.

제갈휘가 충격을 받고 의식을 잃은 뒤 다시 깨어나 눈물을 흘리기까지는 제법 오랜 시간이 걸렸다. 허점을 노려 제갈휘를 죽이려 했다면 열 번도 죽일 수 있을 시간이었다. 그러나 사람들은 기이한 감정에 사로잡힌 채 아무런 행동도 취하지 못했다. 살얼음판 같은 균형이 적막 속에 이어지고 있었다.

그 균형을 깬 사람은 과추운이었다.

"제갈휘, 아직도 달아날 생각인가?"

제갈휘의 미간을 종으로 가르고 있던 흉터가 꿈틀거렸다. 이제는 사부가 남긴 유일한 유물이 되어 버린 바로 그 흉터였다.

"좋다."

제갈휘는 석대원의 부축을 뿌리치고 몸을 바로 세웠다. 그의 눈동자 깊숙한 곳으로부터 한 꺼풀 차가운 막이 차오르기 시작했다. 그는 자신을 둘러싸고 있는 백도의 군웅들을 죽 훑어보았다.

"사제를 빼면 모두 스물여덟이군."

낮게 흘러나온 제갈휘의 목소리로부터 모종의 감정을 읽어 내기란 불가능한 일이었다. 하지만 그것은 어떤 격렬한 외침, 절절한 맹세보다 더욱 격렬하고 절절하게 들렸다. 제갈휘가 언급한 스물여덟에 포함되는 사람들은 알 수 없는 한기에 목덜미를 움츠리고 말았다.

"이십삼 년을……."

제갈휘는 천천히 정념검을 뽑았다.

"온갖 굴욕을 참으며 지냈다."

정념검이 전방으로 겨누어졌다. 제갈휘의 말은 계속 이어졌다.

"사문이 몰락하는 과정을 지켜보면서도 오직 나만이 중재자가 될 수 있다는 생각에 모든 것을 견뎌 냈다."

제갈휘의 입술 꼬리가 슬쩍 말려 올라갔다.

"하지만 이젠 그런 바보짓을 그만두겠다. 명숙? 협객? 내가 보기엔 피에 굶주린 귀신이요, 무엇이든 물어뜯으려는 들개 떼에 불과하다. 좋다. 그렇게 내 목을 원한다면 어디 덤벼 봐라."

이야기가 이어짐에 따라 제갈휘의 목소리는 더욱 담담해졌다. 반면에 그로부터 뿜어 나오는 기세는 점차 격렬해졌다. 뱀이 허물을 벗듯, 특유의 부드럽고 여유로운 기세가 완강하고 급박한 기세로 변해 가고 있었다.

그 변화를 가장 먼저 읽은 사람은 제갈휘와 군웅 사이에 있던 모용풍이었다.

"아니 되오! 이제까지 해 오신 노력을 생각해서라도 순간의 비분을 이겨 내셔야 하오!"

모용풍은 하나뿐인 팔을 활짝 벌려 제갈휘의 앞을 가로막았다. 그러나 정념검이 가볍게 까닥거린 순간, 모용풍은 마치 잠에 막 빠져들려는 사람처럼 온몸이 나른해지는 것을 느꼈다. 깃털처럼 가벼운 격공점혈隔空點穴의 수법이었다.

"모용 선생, 이젠 됐소."

제갈휘가 검봉을 옆으로 슬쩍 젖히자 휘청거리던 모용풍이 석대원에게로 밀려갔다. 망연한 표정으로 제갈휘를 응시하던 석대원은 자신에게 밀려온 모용풍의 몸뚱이를 받아 안았다.

그런 석대원을 향해 제갈휘가 말했다.

"자네는 이 일에 끼어들지 말게. 자네까지 이 더러운 업보 속으로 끌어들이고 싶지는 않아. 운명이란 놈은 정말로 끈질기게 나를 피의 길로 내모는군. 뿌리치려 애썼지만…… 이제는 어쩔 수 없네. 정말 어쩔 수가 없어."

제갈휘의 목소리엔 짙은 비애가 깔려 있었다.

"형님……."

무슨 말을 해야 한다고 생각했지만 입안에서만 맴돌 뿐이었다. 무슨 행동을 취해야 한다고 생각했지만 온몸이 굳어 버린 사람처럼 꼼짝할 수 없었다.

석대원은 우두커니 선 채로, 부조리한 운명이 한 남자로 하여금 그토록 혐오하던 피의 길로 올라설 수밖에 없도록 만드는 광경을 지켜볼 수밖에 없었다.

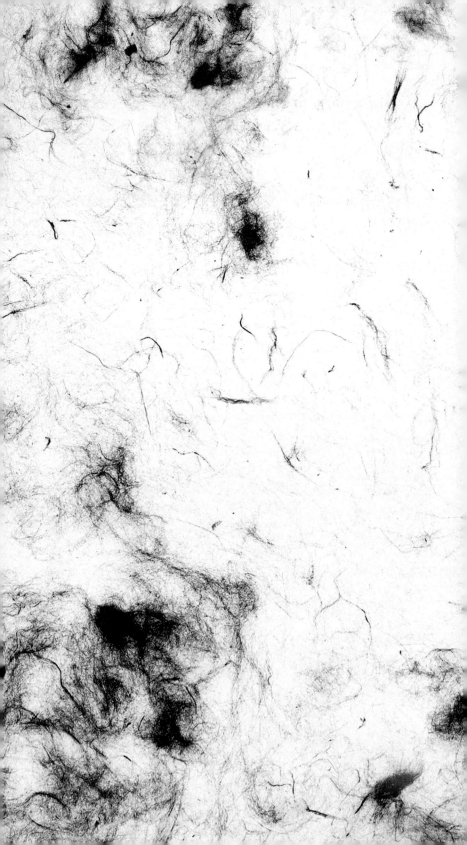

(1)

이십팔 대 일.

이미 숫자에서부터 상대가 될 수 없는 싸움이었다. 하지만 결과는 그렇지 않았다.

"끄으으."

삶에 대한 안타까움이 짙게 밴 단말마를 뒤로하고 무정히 뽑혀 나가는 검. 푸르스름한 검봉에 맺힌 붉디붉은 핏방울은 밤공기 속으로 스러지는 단말마처럼 공허해 보였다. 단말마와 핏방울, 그 공허한 조화 속에서 정념검이 또 하나의 생명에 종지부를 찍은 것이다.

털썩!

둔탁한 소리와 함께 한 남자가 땅으로 쓰러졌다. 영혼이 떠난 뒤임에도 불구하고 여전히 억세게 움켜쥐어진 그의 주먹은 다른 사람의 것보다 두 배는 큼직해 보였다.

전광개천電光蓋天 이일광李一廣.

그가 저 큼직한 주먹을 말아 쥘 때면 천하의 누구도 그를 무시하지 못했다. 그 주먹은 번갯불처럼 빨랐고 하늘을 덮을 만큼 강력했다. 뇌주반도雷州半島에서 노략질을 일삼던 해경방海鯨幇을 쑥대밭으로 만든 것도 바로 그 주먹이었고, 마음 씀씀이가 승냥이도 씹어 먹을 정도라 하여 설식아귀齧食餓鬼라 불리던 광주廣州의 탐관오리 전모량田慕良을 피떡으로 만든 것도 바로 그 주먹이었다.

그러나 제갈휘는 오직 세 초식만으로 그 주먹을 무용지물로 만들었다. 그 주먹은 여느 때와 마찬가지로 빠르고 강력했지만, 물수리처럼 날아와 심장을 꿰뚫어 버린 제갈휘의 검을 막을 수는 없었다. 주먹은 패했고 이일광은 쓰러졌다.

이후로는 누구도 그 주먹을, 그리고 이일광을 두려워하지 않을 것이다.

지금 이 순간, 땅에는 일곱 구의 시신이 쓰러져 있었다. 제갈휘는 그 앞에 정념검을 늘어뜨린 채 서 있었다. 그의 두 눈은 여전히 차가웠고, 그의 호흡은 여전히 고요했다. 방금 저승으로 떠나보낸 일곱 개의 목숨들 따위 그와 그의 검에겐 별 의미 없다는 듯이.

"다음은 누구냐?"

제갈휘의 입에서 조용한 목소리가 흘러나왔다. 이젠 더 이상 아무것도 느낄 수 없게 된 일곱 명을 제외한 스물한 명의 군웅들은 머리카락이 쭈뼛 곤두서는 것을 느꼈다.

물론 그들 중 제갈휘의 검법이 조화지경造化之境에 올라 있음을 모르는 사람은 아무도 없었다.

　－곤륜지회 이후 새로운 오대고수를 꼽는다면 검왕 연벽제와
고검 제갈휘가 선두를 다툴 것이다.

　강호를 떠도는 이 말을 애써 떠올릴 필요도 없었다. 각각이
개세의 고수들로 구성된 무양문 호교십군 중 첫 번째 자리를 차
지하고 있다는 사실 하나만으로도 제갈휘가 강자라는 사실은
충분히 알 수 있었다. 하지만 그들이 예상한 제갈휘는 상식에
존재하는 강자이지, 상식을 초월한 강자는 아니었다.

　그런데 이 결과는 무엇이란 말인가!

　땅에 넝마처럼 널려 있는 일곱 구의 시신 중 일당백의 고수가
아닌 자 없었고, 한 지방을 떨쳐 울리는 패주가 아닌 자 없
었다. 그런데 그러한 고수, 패주 들 가운데 제갈휘의 검 아래에
서 다섯 초식을 버틴 자가 없었다. 제갈휘는 마치 밥을 먹고 물
을 마시듯, 술을 마시고 안주를 먹듯 너무도 자연스럽게 일곱
명의 고수, 패주 들을 죽여 버린 것이다.

　자신들이 상대하는 자가 상식을 무시해 버리는 불가해不可解
의 강자임을 깨달았을 때, 그들은 얼음덩어리를 삼킨 듯한 섬뜩
한 기분에 사로잡힐 수밖에 없었다.

　－과 선배, 차륜전車輪戰으로 감당할 자가 아닌 것 같습니다.
합공하는 수밖에 없겠습니다.

　과추운의 귓속으로 누군가의 전음이 흘러들어 왔다. 방향으
로 미루어 우측 후방에 서 있던 개방의 육결 제자 견위堅威인 것
같았다.

　과추운의 허연 눈썹이 파르르 떨렸다.

합공이라니!

그들이 누구인가! 백도 무림을 대표하는 명숙들이 아닌가! 그런 그들이 한 사람에게 차륜전을 벌이는 것만 해도 부끄럽기 짝이 없는 일이거늘 합공을 하다니!

하지만 견위를 탓할 수만은 없는 일이었다. 견위는 이 자리에 있는 누구 못지않게 자존심이 강한 사람이었다. 누구 못지않게 강호 도의를 아는 사람이었다. 그런 견위가 합공을 제안했다는 것은, 이 자리에 있는 거의 모든 사람들이 비슷한 생각에 사로잡혀 있음을 의미했다. 어쩌면 제갈휘를 죽일 수 있는 방법은 합공밖에 없을지도 몰랐다. 멍청이가 아닌 바에야, 조금 전의 엄청난 무위를 목격하고서도 누가 감히 제갈휘의 검을 일대일로 상대하려 나서겠는가.

그런데 그런 멍청이가 있었다.

"내가 상대해 주마, 제갈휘."

송문고검을 꼬나 쥐고 한 발짝 앞으로 나선 사람은 무당오검의 둘째인 현수였다.

"사형, 혼자서는 위험합니다!"

군웅들 틈에 끼어 있던 한 사람이 현수를 향해 외쳤다. 현수와 같은 복식을 한 땅딸보 도사, 다름 아닌 무당오검의 막내 현송이었다. 꼬장꼬장한 성정의 둘째 사형을 엄부처럼 어려워하는 그였지만, 제갈휘와 맞상대하려는 것만큼은 그냥 두고 볼 수 없었던 것이다.

"현송 도장의 말씀이 옳습니다. 무당검법의 기고함은 모르는 바 아니나 저자를 단독으로 상대하는 것은 무리입니다."

개방의 견위가 현송을 거들었다.

"차라리 합공을 합시다!"

"맞소! 저런 패악무도한 놈에겐 강호 도의를 따질 필요가 없소!"

마음속에서 싹트기 시작한 공포심을 그런 식으로라도 떨쳐 버리려는 듯 합공을 주장하는 외침이 여기저기서 터져 나왔다.

그런 중인들을 향해 현수가 일갈을 터뜨렸다.

"내 일은 내가 알아서 할 테니 상관하지 마시오!"

칼로 내리치는 듯한 매서운 기세에 분분하던 외침이 단번에 자취를 감추고 말았다.

'허, 이 일을 어쩐다?'

은연중에 군웅들을 영도하고 있던 과추운은 고민하지 않을 수 없었다. 현수가 지금 취하고 있는 행동은 정도를 표방하는 백도인의 입장에서 본다면 당연한 것이었다. 하지만 죽을 자리로 나서는 동료를 그대로 방관할 수만도 없는 일이었다.

비슷한 심정에서였을까? 과추운과 현송의 눈길이 마주쳤다. 눈길이 마주친 순간 두 사람은 서로의 생각을 읽을 수 있었다. 과추운이 현송을 향해 고개를 살짝 끄덕여 보았다. 현송이 눈을 빛내더니 현수를 향해 걸어 나갔다.

그 모습을 본 현수가 눈을 치켜뜨며 소리쳤다.

"사제, 내 뜻을 거역하겠다는 것이냐!"

거역하면 너부터 베겠다는 듯, 현수의 손에 들린 송문고검이 새파란 광채를 토해 냈다. 현송은 입술을 질끈 깨문 뒤, 현수를 향해 말했다.

"때리고 싶으시면 때리시고 베고 싶으시면 베십시오. 저는 사형 혼자 사지로 보낼 수 없습니다."

현송은 현수의 뒷말을 기다리지 않고 제갈휘를 향해 소리쳤다.

"제갈휘, 나 혼자만으로는 네 적수가 못 됨을 인정한다. 그러나 나와 사형이 함께 펼치는 본 파의 검진이라면 너를 상대하기에 부족함이 없을 것이다. 너는 우리 사형제의 검진을 상대할 의사가 있느냐?"

제갈휘는 대답 대신 차갑게 웃기만 했다.

"사제, 네가 감히……!"

현수가 노기를 견디지 못해 부들부들 떠는데, 과추운이 위엄 있는 목소리로 그를 설득했다.

"현수 도장, 사제분을 나무라지 마시오. 놈에게 설욕하고자 하는 도장의 심정은 이해하는 바지만, 지금은 사사로운 원한보다 대의가 중요하오. 이것은 이 자리에 모인 모든 군웅들의 뜻이기도 하니, 순간의 혈기로 일을 그르치는 우를 범하지 마시길 바라오."

현수의 눈빛이 잠깐 사이에 몇 차례나 변했다. 그러나 이번 행사의 주장 격인 과추운까지 나선 이상, 아무리 자존심이 강한 그일지라도 자신의 뜻을 끝까지 고집할 수는 없었을 것이다. 그는 제갈휘를 향해 말했다.

"비록 군웅들의 뜻을 좇아 사제와 검진을 펼치긴 한다만, 마음만큼은 너와 일대일 승부를 가리고 싶어 한다는 점을 알아주기 바란다."

제갈휘는 이번에도 대답하지 않았다. 대신 검 끝을 올려 가볍게 까닥거렸다. 대꾸하기조차 싫으니 마음대로 하라는 뜻이었다. 스스로 한 말에 수치심을 느낀 것인지 아니면 제갈휘의 행동에 모욕감을 느낀 것인지, 현수의 얼굴이 홍시처럼 붉어졌다.

사형의 안색이 좋지 않음을 발견한 현송은 재빨리 검진의 방위를 점하며 제갈휘를 향해 외쳤다.

"일단 검진이 발동하면 누구도 빠져나올 수 없다! 유언을 남기려거든 지금밖에는 기회가 없을 것이다!"

제갈휘는 여일하게 묵묵부답, 감정을 읽기 힘든 눈으로 현송과 현수를 바라볼 뿐이었다.

현수가 마지못한 걸음으로 자신의 방위를 향해 걸음을 옮겼다.

이윽고 세 사람의 위치가 정삼각형의 세 꼭짓점을 이루었다. 이른바 정족鼎足의 형국.

두 자루 송문고검이 제갈휘를 향해 겨누어졌다. 세 사람 사이의 공간이 악공이 퉁겨 놓은 비파 현처럼 가늘게 떨리기 시작했다.

우-우웅-.

그것은 마치 폭염에 쏟아지는 햇살 같았다. 육안으로 볼 수 있는 것은 아무것도 없지만, 쉴 새 없이 찔러 들어오는 바늘 끝 같은 예기는 제갈휘의 살갗을 따끔거리게 만들고 있었다. 무당오검 중 두 명이 자아낸 무형검기는 이렇듯 대단한 것이었다.

"발진發陣!"

검진은 현수의 외침으로부터 시작되었다. 그와 동시에 현송의 땅딸한 체구가 제갈휘를 향해 쏘아 갔다. 무서운 속도로 확대되어 오는 검봉에는 어떠한 변식도 가미되어 있지 않았다. 오직 쾌속함의 효과만을 극대화시킨 실전적인 수법이었다.

제갈휘는 허리를 가볍게 틀어 신형을 두 자 좌측으로 이동시켰다. 그가 익힌 검법의 밑바탕인 화산파의 매화검법은 하늘의 뜻을 겸허히 받들고, 땅의 뜻을 신실히 순응하며, 인간의 뜻을 크게 펼치는 삼재三才의 덕을 요체로 삼고 있었다. 삼재의 덕은 곧 자연스러움. 검법의 진퇴와 변화가 작위적이지 않은 가운데 오직 자연스럽게 이어지니, 상대의 강성한 기세를 정면으로 상대하지 않는 데는 그러한 이치가 담겨 있었다.

그러나 양의검진兩儀劍陣이라는 이름의, 무당파 내에서도 장로급이 아니면 익힐 수 없다는 이 희대의 검진은 피하고자 하는 마음만으로 상대할 수 있을 만큼 호락호락하지 않았다.

"참주斬誅!"

곧게 찔러 오던 현송의 검이 부챗살처럼 쫘르륵 펼쳐지며 좌측으로 이동하는 제갈휘에게 달라붙었다. 직자直刺의 초식이 돌연 횡격橫擊의 초식으로 바뀐 것이다.

계속해서 피해 나가기가 힘들다는 사실을 깨달은 제갈휘가 정념검을 비스듬히 쳐 올려 현송의 송문고검을 막아 가는데, 반 호흡 정도의 차이를 두고 현수가 움직이기 시작했다.

"봉축封畜!"

취리릭!

요란한 파공성과 함께 현수의 송문고검이 미친 듯이 요동을 치며 제갈휘의 좌우를 동시에 봉쇄해 갔다. 검로의 변화무쌍함이 바람에 흔들리는 나뭇가지와 같다는 무당파의 절학 요지검법搖枝劍法이었다.

후려치는 검은 큰 도끼와 같고 가로막는 검은 철벽과 같다. 이렇듯 한 사람이 치고 다른 한 사람이 막는 것은 두 사람이 합공을 펼칠 때 등장하는 가장 보편적인 행태였다. 무당파가 배출한 두 절정 검객은 가장 보편적인 것이 가장 효과적인 것임을 훌륭하게 입증하고 있었다.

제갈휘가 먼저 대응한 쪽은 봉쇄가 아닌 공격이었다.

찌이익!

생가죽을 찢는 듯한 날카로운 소리와 함께 정념검이 몸 안쪽을 향해 꺾어지며 십여 개의 잔상을 만들어 냈다. 두 다리를 교차해 허리를 좌측으로 조금 더 빼는 동작은 원숭이의 민첩함을 본떴다는 영원보靈猿步인데, 상체가 머물던 빈 공간을 엄밀한 검영으로 꽉 채워 버리는 수법은 미녀의 교태 있는 손짓과도 같다는 가인추파佳人秋波의 검초였다.

빠깡!

검과 검이 부딪치는 순간 현송은 손아귀 전체가 찌르르 저려 오는 것을 느꼈다. 내력의 고강함 면으로나 검법의 충실함 면으로나 제갈휘는 그보다 훨씬 상수였다. 만일 검진이 아닌 혼자의 힘만으로 제갈휘를 상대하는 중이라면, 재빨리 물러나 흐트러진 기세를 가다듬어야 했을 것이다. 그러나 현송은 신형을 물리지 않았다. 사형 현수가 검진의 한 축을 담당하고 있는 한, 제갈휘의 검이 더 이상 자신을 추급하지 못하리라 믿었기 때문이다.

현송의 믿음은 틀리지 않았다. 현수의 검이 조금 전의 철벽 같던 탄탄함을 어느새 벗어 버리고 한 마리 영활한 독사처럼 제갈휘의 심장을 찔러 간 것이다.

요지검법의 이 경인할 변화는 상대하는 사람을 질리게 만들 법도 하건만, 중원 천하를 떨쳐 울리는 고검의 명성은 진실로 헛된 것이 아니었다. 두 발의 위치를 한 번 교차하는 것만으로 현수의 공세를 무위로 흘려보낸 제갈휘가 추호의 주저함도 없이 정념검을 내찔러 왔다. 바위라도 꿰뚫을 듯한 요지검법의 예봉이 한순간에 허물어지면서, 현수의 오른쪽 손목이 정념검의 검기에 고스란히 노출되었다.

이제는 현송이 사형을 도와줄 때였다.

"현전眩轉!"

현송은 검을 어깨에 둘러메며 몸을 팽이처럼 돌렸다. 삼엄한 검광이 그의 오동통한 몸뚱이를 휘감듯이 회전하며 제갈휘의 상체를 어지러이 베어 갔다. 금계독립金鷄獨立의 변형이기도 한 이 십리현전十里眩轉의 초식은, 허리와 어깨를 불규칙적으로 퉁 김으로써 검격의 높낮이에 변화를 가하는 임기응변의 묘가 담겨 있었다.

현송의 초식이 어찌나 교묘했는지, 제갈휘는 눈살을 찌푸리면서도 현수의 손목을 찔러 가던 정념검을 거둬들일 수밖에 없었다. 그러자 이번엔 현수에게 여유가 생겼다.

"만화滿花!"

현수의 검 끝에서 눈부신 광채가 피어올랐다. 무당파 태청검법太淸劍法의 절초인 양구만화良丘滿花의 검화가, 현수의 기궤한 공격에 대응하려는 제갈휘의 우반신을 매섭게 덮쳐 갔다.

"쯧."

제갈휘는 낮게 혀를 차며 현송을 도모하려던 검초를 뒤를 물렸다.

톱니바퀴처럼 맞물려 돌아가며 눈부신 절초들로 제갈휘를 몰아붙이는 현수와 현송.

그 폭포수 같은 공세에도 굴하지 않고 유연한 진퇴로 대처해 나가는 제갈휘.

이들 세 사람이 만들어 내는 이 대 일의 검투는 보는 사람으로 하여금 감동을 느끼게 할 만큼 멋지고 아름다웠다. 하지만 그것을 바라보고 있던 석대원은 입안이 바짝바짝 타들어 가는 것을 느꼈다.

　물론 석대원은 두 도사의 무당검진이 제갈휘를 꺾을 수 있으리라 여기지는 않았다. 상생상화相生相和하는 검진의 묘용으로써 제갈휘를 잠시 곤란하게 만들 수는 있겠지만, 제갈휘의 검법은 그 정도 난관을 극복하지 못할 만큼 천박하지 않았다.

　문제는 제갈휘의 내부에 있었다. 석대원은 지금 제갈휘의 내부가 정상이 아님을 알고 있었다. 사부의 자결을 전해 들었을 때 제갈휘가 받은 충격은 실로 지대한 것이어서, 석대원의 신속한 응급조치가 없었더라면 주화입마의 화를 면하지 못했을 것이다. 그런데 그런 몸을 가지고 제갈휘는 벌써 이 각에 가까운 격전을 치르고 있는 것이었다. 이 어찌 위태롭다 아니하겠는가!

　싸움은 바야흐로 장기전의 양상으로 접어들고 있었다.

　제갈휘가 입은 내상은 철사에 난 미세한 흠집과 같았다. 그 흠집만으로는 철사를 끊을 수 없지만, 흠집을 중심으로 반복적인 자극을 가하면 아무리 굵고 튼튼한 철사라도 결국에 가서는 끊어지고 말 것이다.

<hr />

　오십 초 가까이 이어지던 무당검진과 제갈휘의 대결.

　승부는 무당검진을 이루고 있던 한 사람의 실수로 판가름 나고 말았다. 실로 부지불각 중에 저지른 실수였다.

　"엇?"

　어느 순간, 현송과 검을 마주친 제갈휘는 자신의 몸이 앞으로 딸려 가는 것을 느꼈다. 그것은 지금껏 거칠게 밀어붙이기만 하던 양의검진에 변화가 생겼음을 말해 주고 있었다.

"개병開屏!"

현송이 교묘한 접인지기接引之氣로 제갈휘의 중심을 흔든 것과 현수가 앞으로 뛰어나오며 구주개병九州開屏의 검초를 전개한 것은 거의 동시에 벌어진 일이었다.

화라락!

열두 첩 병풍이 단숨에 펼쳐지듯, 현수의 송문고검이 현란한 검영으로 흩어지며 제갈휘의 허리를 베어 갔다. 중심이 무너진 제갈휘가 몸을 채 바로잡기도 전의 일이었다.

제갈휘의 허리가 기묘한 각도를 그리며 회전했다. 두 발을 고정시킨 상태에서 허리를 크게 돌리는 철추전鐵錐轉의 수법이었다. 하지만 중심이 무너진 상태에서 신형을 빠르게 움직이기란 쉬운 일이 아니었다.

제갈휘의 옆구리가 쩍 벌어지며 한 줄기 혈선이 튀어 올랐다. 동시에 엄습한 섬뜩한 통증이 그의 미간을 일그러지게 만들었다.

"삼점三點!"

현송이 접인지기를 거둠과 동시에 앞으로 쏘아 나왔다. 제갈휘를 겨눈 송문고검의 검봉이 뿌옇게 흐려지는가 싶더니, 허공의 세 곳으로부터 세 개의 검봉이 불쑥 튀어나왔다. 이른바 봉황삼점두鳳凰三點頭. 세 개의 검봉이 이룬 삼각형은 그리 크지 않았지만, 거기서 뿜어 나온 검기는 제갈휘가 피할 수 있는 모든 방위를 차단하고 있었다.

쉴 새 없이 퍼부어지는 양의검진의 공세에 당황한 탓인지 강물처럼 유유히 이어지던 제갈휘의 운신에 몇 군데 파탄이 드러났다. 비록 순간적으로 벌어진 일이지만, 검도 명문 무당파에서도 세 손가락 안에 드는 고수인 현수는 그것을 놓치지 않았다.

'칠까?'

현수의 눈동자에 욕망이 일렁거렸다.

두 사람이 동시에 공격을 가하는 행위는 양의검진의 원리에 위배되는 것이었다. 양의검진의 가장 뛰어난 장점은 음양의 조화, 다시 말해 공격과 수비의 상생상화에 있었다. 양을 상징하는 공격과 음을 상징하는 수비가 매 순간 서로를 보완하며 이어질 때라야 비로소 양의검진의 극의가 발휘된다 할 수 있는 것이다. 그런 점에서 볼 때, 현송의 공격이 끝나지 않은 시점에 제갈휘를 치고자 하는 현수의 발상은 대단히 위험한 것이 아닐 수 없었다.

그러나…… 그러나 말이다!

현수는, 그의 오른손은, 그의 오른손에 쥐어진 송문고검은 똑똑히 기억하고 있었다. 제갈휘의 옆구리를 가르던 쾌감이 얼마나 짜릿했는지를. 그 짜릿함이 현수로 하여금 검진의 금기를 잊게 만들었다.

한 번만! 한 번만 더 놈을 벨 수 있다면!

현수는 끝내 그러한 욕망을 이기지 못했다.

"이얍!"

현수는 드높은 기합을 터뜨리며 제갈휘를 향해 달려들었다. 그의 머리 위에서 한 바퀴 맴돈 송문고검이 역벽화산力劈華山의 무시무시한 기세로 제갈휘의 정수리를 향해 떨어져 내렸다.

정면에서 찔러 들어오는 현송의 봉황삼점두!

정수리로 떨어져 내리는 현수의 역벽화산!

이 두 가지 공격은 무섭도록 위력적이어서, 철골동피鐵骨銅皮를 지닌 자라 할지라도 가슴이 뚫리고 머리통이 쪼개지는 횡액을 모면할 수 없을 것 같았다.

그러나 제갈휘는 웃을 수 있었다. 아무리 위력적이어도 상생상화의 현묘함이 사라진 일방적인 공격이었다. 음양의 조화는 깨졌다. 공수일체攻守一體의 묘용도 사라졌다. 불안한 내식으로 인해 이제껏 한 호흡에 전력을 쏟아 내지 못하던 그였다. 저들에겐 언제나 그다음 공격이 준비되어 있었기 때문이다. 그러나 지금은 거리낄 필요가 없었다.

"차앗!"

창룡의 울음소리가 이러할까? 어둠이 짙게 드린 곡리의 하늘과 땅이 제갈휘의 웅혼한 장소성에 진저리를 쳤다. 사선으로 솟구쳐 오르는 정념검의 검신에서 보는 이의 눈을 아리게 만드는 시퍼런 신기가 폭출되었다.

꽝!

세 자루 검이 한 점에서 충돌했다. 고막까지 먹먹하게 만드는 엄청난 압력풍이 그 점을 중심으로 동심원의 파랑을 그리며 퍼져 나갔다.

"컥!"

"우욱!"

현수와 현송은 눈앞이 캄캄해지는 것을 느꼈다. 이 무슨 엄청난 검기란 말인가!

"흡!"

눈앞이 캄캄해지기는 제갈휘도 마찬가지였다. 온전치 않은 몸으로 무리하게 전력을 끌어 올린 대가였다.

하지만 물실호기勿失好機!

제갈휘는 물러서는 대신 정념검을 힘껏 밀어붙였다.

날카로운 금속성과 함께 새파란 불똥이 어둠 속으로 튀어 올랐다. 두 자루 송문고검이 부러질 것처럼 휘어졌다.

두 명의 무당 검객 중 조금 전의 충돌을 통해 더 큰 피해를 입은 사람은 내공이 강한 현수 쪽이었다. 검진의 원리를 충실히 따르고 있던 현송에겐 압력의 여파가 상대적으로 작게 미쳤기 때문이다.

제갈휘가 검을 거칠게 밀어붙이자 현수는 목구멍까지 치고 올라오는 탁한 기운을 견딜 수 없었다. 그는 자신도 모르게 두 발짝 뒤로 물러서며 폐부에 들어찬 탁한 기운을 토해 냈다.

이것이 현수가 저지른 두 번째 실수였다. 비록 기세를 빼앗겼다고는 하나, 그가 물러서기 전까지는 세 자루 검이 균형을 이룬 상태였다. 전력이 실린 일 검을 전개한 대가로 제갈휘의 내식은 크게 위태로워져 있었으니, 만일 그가 인내심을 갖고 끝까지 버텼다면 상황은 정족의 국면으로 흘러갔을 것이요, 두 명의 무당 검객은 다시금 양의검진을 펼칠 기회를 얻었을 것이다.

두 번째 실수는 치명적인 결과로 이어졌다.

현수가 물러섬과 동시에, 정념검을 쥔 제갈휘의 오른손이 몸 안쪽으로 살짝 돌아갔다. 그 순간, 정념검의 검신을 통해 뿜어 나오던 힘이 정반대로 바뀌었다. 척력斥力이 인력引力으로 돌변한 것이다.

"어?"

제갈휘의 검을 혼자서 감당하게 된 현송은 누군가에게 등을 떠밀리기라도 한 것처럼 앞으로 주르륵 딸려 갔다. 아까 제갈휘를 상대로 펼쳤던 접인지기와 유사한 수법인데, 이번에는 반대로 그가 당하게 된 것이다.

제갈휘의 수법은 현송의 것보다 훨씬 고명했다. 상체를 휘감아 당기는 항거하기 힘든 끈적끈적한 힘에 현송은 읍례揖禮를 올리는 사람처럼 허리를 구부릴 수밖에 없었다. 제갈휘를 보아야 할 시선은 땅바닥을 향하게 되었고, 정념검을 막아야 할 검은 허방을 향하게 되었다.

"위험해!"

사형 현수의 다급한 외침을 두 귀로 똑똑히 들으면서도 현송은 아무런 행동도 취할 수 없었다. 그 순간, 정념검의 검광이 유성처럼 어둠을 갈랐다.

숫!

귀 기울이지 않으면 듣지 못할, 한 인간의 두개골이 갈라지는 것치고는 너무 작은 소리가 울렸다. 현송은 입을 반쯤 벌린 채 구부정한 자세 그대로 그 자리에 서 있었다. 무의식중에 머리를 보호하려 한 것일까? 아래로부터 올라온 송문고검의 검봉은 그의 콧날 부근에서 멈춰 있었다.

"사제!"

현수의 입에서 비통에 찬 외침이 터져 나왔다.

다음 순간, 현송의 몸이 스르르 앞으로 고꾸라졌다. 얼굴 앞에 어정쩡하게 들고 있던 송문고검이 먼저 땅바닥에 버려지면서, 날카로운 검봉이 현송의 왼쪽 안구 밑을 파고들었다. 그러나 그는 어떠한 고통도 느끼지 못했다. 그의 영혼은 이미 정수리에서 미간으로 이어진 가느다란 상처를 통해 빠져나간 뒤였기 때문이다.

추진력이 없는 상태로 뼈까지 뚫기란 어려웠던 듯, 주인의 머리로 파고든 검봉은 뒤통수 쪽 두개골 내벽에 가로막혀 멈쳤다. 덕분에 현송의 시신은 쓰러진 것도, 앉은 것도 아닌 어정 쩡한 자세로 굳게 되었다.

"으아아!"

현수는 목이 터져라 고함을 지르며 앞으로 내달렸다. 검진이 풀리지만 않았던들, 그리고 자신이 뒤로 물러서지만 않았던들, 사제가 이처럼 허망하게 죽을 리는 없었다. 슬픔과 자책감 그리고 분노가 현수의 영혼을 송두리째 집어삼켰다.

차라리 혼자 상대했다면! 놈을 꺾기 위해 지난 수년 절치부심 으로 익힌 '그 수법'으로 처음부터 나 혼자 상대했다면!

"제갈휘!"

현수의 송문고검이 벼락같은 기세로 제갈휘를 베어 갔다. 자 신의 안위 따위는 전혀 돌보지 않는 악에 받친 일격이었다.

제갈휘는 추호의 물러섬도 없이 현수의 일격에 맞섰다.

그때, 제갈휘가 예상치 못한 일이 벌어졌다. 두 자루 검이 충 돌하기 직전, 현수의 송문고검이 무서운 기세로 폭발한 것 이다.

"엇!"

제갈휘는 깜짝 놀랐다. 정념검의 검기가 아무리 고절하다 한 들, 현수와 같은 검법 대가의 검을 부딪치지도 않은 상태에서 파괴할 수는 없었다. 그렇다면 결과는 하나뿐. 현수는 스스로의 의지로 검을 파괴한 것이다!

'왜?'라는 의문을 떠올리기엔 우박처럼 퍼부어 오는 검편劍片 들이 너무나도 살인적이었다. 제갈휘는 정념검을 재빨리 끌어 당겨 허공에 커다란 원을 그렸다. 푸르스름한 검기가 둥글게 휘 말리며 그에게 퍼부어진 무수한 파편들을 한순간에 휩쓸어 버 렸다.

하지만 상황은 거기에서 끝난 것이 아니었다.

어지럽던 시야가 정돈되었을 때, 제갈휘는 자신의 미간을 향해 쏘아 오는 어떤 물체를 발견했다. 워낙 급박한 상황이라 그 물체의 정체가 무엇인지는 확인할 수 없었다. 다만 직감적으로 알 수 있는 것은 끔찍할 만큼 위험하다는 점이었다.

제갈휘의 몸이 뿌연 잔상으로 흩어졌다. 남양호 비가달의 암습을 피할 때 보여 준 경인의 이형환위가 다시 한 번 펼쳐진 것이다. 하지만 그 놀라운 신기에도 불구하고 제갈휘는 미간을 노리던 물체로부터 완전히 벗어날 수 없었다.

찍!

왼쪽 눈썹 부위가 움푹 파이며 도끼로 찍힌 듯한 통증이 제갈휘의 안면을 엄습했다. 순간적으로 아무것도 떠올리지 못할 정도의 극렬한 통증이었다. 살갗은 물론이거니와 뼈까지 파인 것 같았다. 그러나 제갈휘는 눈을 감지 않았다. 눈동자 바로 윗부분에 그런 충격이 가해졌는데도 말이다.

─아차 하는 사이에 모든 것이 끝나 버리는 게 바로 검객이지. 안공을 게을리하다가 찰나를 놓치는 날엔 드높은 검법도 무용지물이 되고 만단다. 신神을 눈에 모아 미혹과 욕심 없는 마음으로 평직平直하게 바라보는 것. 그럴 때만이 바른 눈, 좋은 눈을 이루었다고 할 수 있을 것이다.

이 말은 제갈휘가 동화장의 꼬마 검객 박인용에게 내린 가르침이었다. 아는 것과 행동으로 옮기는 것은 결코 하나가 아니지만, 제갈휘는 이미 오래전 그 둘을 하나로 체화한 사람이었다.

"죽엇!"

활짝 펼쳐진 두 개의 손바닥이 제갈휘의 가슴을 후려쳤다. 제갈휘의 왼쪽 눈썹이 움푹 파여 나간 직후의 일이었다. 이 수법의 이름은 자하천강수紫霞天罡手. 무당파가 자랑하는 세 가지 강기 무공 중 하나였다.

펑!

둔중한 격타음과 함께 제갈휘는 뒤로 주르륵 밀려났다. 목구멍을 타고 비릿한 핏물이 솟구쳐 올랐다. 그러나 그의 눈은 여전히 모든 것을 보고 있었다. 자신이 밀려남에 따라 멀어지는 현수, 장력을 발출하기 위해 앞으로 쭉 내밀어진 현수의 두 손바닥, 그리고 그 사이로 활짝 드러난 가슴의 허점까지도.

정념검이 짧은 사선을 그리며 솟구쳐 올랐다.

어둠이 짙게 깔린 늦가을의 대지는 차가웠다. 하지만 그 대지에 길게 누운 현수는 등줄기를 통해 스며드는 한기를 전혀 느낄 수 없었다. 뻥 뚫린 가슴에서 흘러나오는 핏물의 뜨거움 역시도 전혀 느낄 수 없었다.

'이 정도였던가? 그날의 설욕을 곱씹으며 그토록 애써 준비해 왔건만 결국 이렇게 끝나고 마는가?'

생명은 핏물에 실려 육신으로부터 빠르게 빠져나가고 있건만, 의식은 기이하리만치 또렷했다.

천지동장天地同葬이라고 명명한 파검술破劍術. 제운종梯雲從의 은밀한 경신술. 그리고 한 치 두께의 석판을 단숨에 관통하는 일지선一指線의 패도적인 지법에 이은 자하천강수의 완벽한 마무리.

이것은 제갈휘를 꺾기 위해 현수가 여러 해에 걸쳐 수련한 비장의 연환사식連環四式이었다. 검객의 분신과도 같은 검을 스스로 파괴하는 금기적인 수법으로부터 비롯되는 이 연환사식은, 다음이란 게 존재하지 않는다는 면에서 가히 필살의 수법이라 할 수 있었다. 적을 죽이지 못하면 자신이 죽을 수밖에 없는 것이다.

그런데 제갈휘는 죽지 않았다. 비록 일지선에 얼굴을 상하고 자하천강수에 가슴을 격타당하긴 했지만, 현수는 제갈휘가 뒤로 밀려난 것이 순수하게 자신의 타격 때문만은 아님을 알았다. 그러기엔 손바닥을 통해 되돌아온 반탄력이 너무 미미했다. 제갈휘는 마치 바람에 날리는 깃털처럼, 파도에 일렁이는 해초처럼, 외력에 거스르지 않는 자연스러운 운신으로써 자하천강수의 역도를 해소한 것이다.

현수는 두 팔을 버텨 몸을 일으키려고 했다. 하지만 그런 행동은 가슴에 뚫린 구멍으로부터 흘러나오는 피의 양을 증가시킬 뿐이었다.

"제갈……휘……."

최후의 힘을 다해 짜낸 목소리였으리라. 제갈휘가 현수를 내려다보았다. 핏물로 얼룩진 얼굴. 눈썹이 뭉텅 날아가 버린 왼쪽 이마는 허연 뼈가 들여다보일 지경이었고, 입술 사이로 배어 나온 핏물은 보기 좋던 턱수염을 검붉은 빛깔로 물들여 놓고 있었다. 그러나 그의 눈빛은 여전히 맑고 차가웠다.

"과연…… 과연……."

과연 뭐가 어떻다는 말이었을까? 안타깝게도 그 뒷말은 아무도 들을 수 없었다. 힘겹게 버티던 현수의 뒤통수가 바닥으로 툭 떨어졌다.

현수와 현송.

한 시대를 풍미한 무당파의 두 검객은 이렇듯 궁벽한 북변의 벌판에서 생을 마감했다.

제갈휘는 현수의 시신을 내려다보았다. 사부의 자결 소식을 듣고 살심에 사로잡힌 그였지만 자비로운 천성은 어쩌지 못한 듯, 그의 눈빛이 비감으로 물드는 듯했다. 그러고는 토혈.

"쿨룩!"

제갈휘는 허리를 굽히며 기침을 하기 시작했다. 덩어리로 뭉쳐진 검붉은 핏물이 땅에 철퍽철퍽 떨어져 내렸다.

"형님!"

그 모습에 크게 놀란 석대원이 제갈휘를 향해 달려갔다. 하지만 그런 석대원을 제지한 사람은 다름 아닌 제갈휘였다.

"다가오지 말게!"

석대원의 몸이 그 자리에 얼어붙었다. 이제껏 제갈휘로부터 들은 것 중 가장 단호한 말투였다.

"아까도 말했듯이 이것은 내 운명이요, 내 길일세. 자네는 이일에 끼어들어선 안 돼."

비록 크진 않지만 서릿발처럼 냉엄한 제갈휘의 말에 석대원은 별수 없이 그 자리에 멈춰 서 있을 수밖에 없었다.

제갈휘는 고개를 돌려 과추운을 바라보았다.

"계속합시다."

침중한 안색으로 현수와 현송의 시신을 바라보던 과추운은 천천히 고개를 들어 제갈휘의 얼굴을 똑바로 바라보았다. 비록 내상의 징후를 드러내고 있긴 하지만 제갈휘는 여전히 강하고 여전히 위험했다. 제갈휘는 호랑이였다. 치명상이 아닌 부상은 호랑이를 더욱 무섭게 만들 뿐이었다.

문득 과추운의 머릿속으로 한 단어가 떠올랐다. 그 단어는 이제 더 이상 과추운에게 있어서 거부의 대상이 될 수 없었다.

합공.

(2)

'저들은 도대체 왜 싸우고 있는 것일까?'

밤이었다.

어둠은 이미 세상을 굴복시켜 자신의 발아래 무릎 꿇린 지 오래였다. 인가라고는 찾아볼 수 없는 북변의 황량한 벌판, 어슴푸레한 달빛만이 귀신처럼 날뛰는 인간들의 머리 위를 비추고 있었다. 그리고 석대원은 우두커니 선 채 그 규환도叫喚圖를 바라보고만 있었다.

'나는 도대체 무엇을 하고 있는가?'

지금 이 순간, 석대원의 머릿속은 실타래처럼 뒤엉켜 있었다.

강호에 발을 디딘 지 어느덧 반년이 가까워 오건만, 나는 도대체 무엇을 위해 살고 무엇을 위해 싸웠던가. 처음으로 강호에 나와 처음으로 마음을 열어 보여 준 의형은 지금 살기등등한 무리에 둘러싸여 있는데, 그것을 바라보고만 있는 나는, 나는 도대체 무엇을 하고 있는 것인가?

오랜 세월 강호의 평화를 위해 아무도 알아주지 않는 외로운 투쟁을 벌여 온 제갈휘였다. 그런데 그 평화의 달콤한 혜택을 음으로 양으로 누려 왔던 자들은 지금 그 제갈휘를 배신자, 패륜아로 몰아 주살하려 하고 있었다.

대의? 명분?

좋은 말이었다. 석대원에게도 대의와 명분이 있었다. 살부지수殺父之讐 연벽제를 베고 그가 속한 집단인 비각의 음모를 분쇄하는 것이 석대원이 강호에 나온 대의요, 명분이었다. 그리고 그것은 선이었다. 석대원에게 있어서 지고한 가치를 지닌 절대선이었다.

그러나 지금 이 순간, 제갈휘를 죽이려는 저 백도인들의 대의와 명분을 똑똑히 바라보며, 석대원은 머릿속이 터질 것 같은 혼란과 동시에 입안에 오물이 가득 찬 듯한 욕지기를 느꼈다.

위선이었다!

그것은 위선이었다! 아니, 어쩌면 무엇을 목표로 산다는 것 자체가 위선일지도 모른다!

세상의 일이란 동전의 양면과 같아서, 한 사람이 주장하는 선은 다른 사람에겐 악이 될 수 있었다. 한 사람이 확신하는 절대선조차도 다른 사람에겐 절대악이 될 수 있었다.

그럼에도 무엇이 대의요, 무엇이 명분인가. 천하의 그 어떠한 도리가 한 인간에게, '나는 반드시 옳은 일을 한다!'는 신념을 줄 수 있는가.

석대원은 또 생각했다.

나는 도대체 무엇인가? 내가 믿어 온 대의와 명분의 실체는 무엇인가? 단지 어린 시절부터 곱씹어 왔던 이기적인 의지와 욕망을 대의요, 명분이라고 믿어 온 것은 아닐까?

석대원은 저 백도인들에게 묻고 싶었다. 과연 무양문과 제갈휘가 반드시 제거해야만 하는 절대악인가?

그런데 누군가 석대원에게 묻고 있었다. 과연 비각과 연벽제가 반드시 쳐부숴야만 하는 절대악인가?

강철 벽처럼 견고하던 가치관이 흔들리고 있었다. 사고는 바닥이 보이지 않는 비탈로 굴러떨어지고 있었다. 한 번도 생각해 본 적이 없었던 불확실성이 어느 순간 석대원을 사로잡아 버렸다. 세상에 존재하지 않는 거대한 쇠망치가 그의 영혼을 두들기고 있는 것 같았다.

참을 수 없었다.

석대원의 영혼은 크게 입을 벌려 비명을 지르고 말았다.

으아아아!

쩡!

무쇠 바둑판을 쥔 손목이 부러질 것처럼 꺾이며, 새하얗게 곤두선 과추운의 눈썹꼬리가 부르르 진동했다. 그는 면문을 보호하고 있던 바둑판을 거칠게 돌리는 동시에, 겨드랑이 밑에 웅크리고 있던 왼손을 앞으로 쭉 내뻗었다. 길쭉한 다섯 손가락이 부챗살처럼 펴지며 장심으로부터 한 덩이 강맹한 경력이 뿜어 나왔다. 과추운의 성명절기인 붕천십삼장崩天十三掌이었다.

열세 번의 장력을 숨 한 번 겨우 내쉴 짧은 시간 안에 모조리 때려 낼 수 있다는 붕천십삼장은, 이미 본신 공력의 절반도 제대로 운용하지 못하는 제갈휘에게 충분히 위협적인 공격이 되었다. 제갈휘는 감히 정면에서 상대하지 못하고 왼발로 땅을 찍으며 몸을 솟구쳤다. 정상이 아닌 몸으로 펼쳤다고는 믿기지 않을 만큼 날렵한 금리약연金鯉躍淵의 신법이었다.

순간, 과추운의 입에서 거센 호통이 터져 나왔다.

"갈 수 없다!"

쏴우웅!

삼백 근 무쇠 바둑판이 허공에 떠 있는 제갈휘를 향해 무서운 기세로 날아갔다. 제대로 맞으면 코끼리라도 거꾸러지지 않고는 못 배길 무지막지한 일격이었다.

간신히 이어지는 진기로 허공에서 위치를 이동한다는 것은 기대하기 어려운 일이었다. 그것을 깨달은 순간, 제갈휘의 검이 밤하늘에 두 줄기 시퍼런 섬광을 뿌려 냈다. 종횡이 교차되어 열십자의 형상을 이루는 섬광이었다.

쩡!

묵직한 격타음과 함께 무서운 기세로 허공을 가르던 무쇠 바둑판이 살 맞은 기러기처럼 아래로 뚝 떨어졌다. 그 광경을 바라보던 과추운은 뿌드득 이를 갈았다. 그는 저 검초의 이름을 알고 있었다. 십자매화락十字梅花落이라는 이름의, 화산파 매화검법 중에서도 손꼽히는 절초였다. 그리고 그는 기억한다. 과거달 좋은 가을밤 옥녀봉 아래에서 화산의 명물 후아주猴兒酒에 기분 좋게 취한 복마대협 주동민이 교교한 월광을 배경으로 저 검초를 멋들어지게 펼쳐 보이던 광경을.

"사문을 배신하고 사부를 죽게 한 패륜무도한 놈이 감히 그 검초를 사용하다니!"

과추운은 노성을 터뜨리며 허공에서 아직 내려오지 않은 제갈휘를 향해 열세 대의 장력을 연달아 쳐 냈다.

콰콰콰!

세찬 파공음과 함께 바닥의 먼지, 돌멩이 들이 허공으로 말려 올라갔다. 마치 폭포수가 거꾸로 솟구치는 듯한 장관이 아닐 수 없었다.

이 붕천십삼장의 연환 장력에 대한 제갈휘의 대응은 일견 소극적인 것이었다. 그러나 매우 효과적인 것이기도 했다. 밀려온 장력에 거스르지 않고 몸을 맡긴 채 정념검을 슬쩍슬쩍 비켜 쳐 장력의 핵심이라고 할 만한 경력만을 잘라 버린 것이다.

과추운은 자부하던 성명절기가 무위로 돌아간 분노에 앞서 감탄하는 마음이 들지 않을 수 없었다. 눈썹의 상처에서 흘러내린 핏물이 덕지덕지 들러붙은 왼쪽 눈은 이미 실명한 것이나 다름없었고, 간간이 드러내 보이는 토혈은 그 내상이 얼마나 심각한 것인지를 말해 주고 있었다. 지금 제갈휘의 상태가 그러했다. 그럼에도 불구다고 저런 경신읍귀할 재주를 태연히 부리고 있으니, 도대체 제갈휘가 지닌 능력의 끝은 어디란 말인가!

이미 제갈휘의 손에 목숨을 잃은 사람의 수는 열여섯에 이르고 있었다. 이제 남은 사람은 열둘. 그들 중 과연 몇이나 살아 돌아갈지는 짐작할 수 없었다. 아니, 한 사람도 살아 돌아가지 못해도 좋았다. 제갈휘를 처단한다는 목적만 달성할 수 있다면 말이다.

문제는 제갈휘를 죽일 수 있다는 확신이 시간이 흐를수록 엷어진다는 데 있었다. 합공의 오명을 뒤집어쓰고서도 만에 하나 제갈휘를 죽이지 못한다면, 이번 거사의 주장 격인 과추운은 향후 강호에서 얼굴을 들고 살아갈 수 없을 터였다.

그러나 과추운의 우려는 너무 빠른 감이 없지 않았다. 한 주먹이 여러 주먹을 당해 내기란, 그 주먹이 제아무리 강하고 끈질기더라도 결코 쉬운 일이 아니었다. 그런 사실은 붕천십삼장의 여력을 이용해 허공을 부영하고 있는 제갈휘가 착지할 만한 곳을 찾지 못해 난감해하는 것만으로도 짐작할 수 있었다.

사면팔방이 이미 살기 어린 눈초리들에 의해 선점당해 있었다. 그렇지만 겨드랑이 밑에 날개가 돋아나 주지 않는 이상 언제까지고 허공에 머물 수는 없는 일이었다.

"차앗!"

"죽어라, 제갈휘!"

지상과 가까워지자 예상대로 몇 자루 병기가 제갈휘를 향해 솟구쳐 올라왔다. 제갈휘는 입술을 질끈 깨물고는 고통에 호소하는 단전을 또 한 번 혹사시켰다.

빠바박!

정념검이 아래를 향해 커다란 호선을 그리자 솟구치던 병기들이 요란한 소리와 함께 격퇴되었다. 그러나 금이 간 도끼로는 장작을 제대로 팰 수 없는 게 이치라서, 이번 정념검이 그린 호선은 여느 때와 다르게 완전하지 못했다.

"윽!"

짤막한 신음과 함께, 지상으로 떨어지던 제갈휘의 신형이 좌측으로 휘청 밀려갔다. 격퇴되는 병기들 사이로 불쑥 튀어나온 한 정의 유성추流星鎚에 왼쪽 어깨를 얻어맞은 것이다. 그는 자신이 의도한 곳으로부터 이 장가량 떨어진 곳에 내려설 수밖에 없었다. 뼈까지 상한 것인지, 바닥에 내려선 뒤에도 가시지 않는 어깨의 통증은 그의 얼굴을 일그러지게 만들었다.

'기회다!'

때마침 가까운 곳에 있던 개방의 육결 제자 견위가 눈을 빛내며 우권을 세차게 내질렀다. 개방의 절학 파옥권破玉拳의 묵직한 권풍이 제갈휘의 얼굴을 향해 뻗어 나갔다.

비록 내외로 온전치 못한 몸이지만 남의 주먹에 얼굴을 맞고 쓰러질 제갈휘는 아니었다. 그는 그 자리에 책상다리를 하듯 주저앉았다가 두 무릎을 퉁기며 허리를 탄력 있게 비틀었다. 단지 앉았다 일어서는 간단한 자세였지만, 그 과정에서 제갈휘는 검초를 전개하는 데 필요한 회전력을 얻을 수 있었다.

후우웅!

일직선으로 진격해 가던 파옥권의 권풍이 본래의 궤도로부터 반 자가량 우측으로 뒤틀렸다. 제갈휘의 얼굴을 노린 견위의 의도와는 달리 파옥권은 아무것도 없는 허방을 휩쓸고 지나갔다. 그 여파로 머리카락을 고정하고 있던 옥잠玉簪이 뽑혀 나갔지만, 제갈휘는 전혀 개의치 않고 견위를 향해 일 검을 전개했다.

"으헉!"

제갈휘의 전광석화와도 같은 반격에 기겁을 한 견위는 이것저것 따질 겨를 없이 무작정 몸을 날렸다. 견위가 입은 꼬질꼬질한 바지의 왼쪽 허벅지 어림이 쩍 갈라지며 시뻘건 핏물이 뿜어 나왔다.

"쳇!"

제갈휘는 낭패감을 느꼈다. 방금 견위를 상대로 전개한 것은 목숨을 빼앗고자 하는 살초였다. 그의 몸이 정상적인 상태라면, 견위의 대응이 아무리 신속했다 한들 허벅지를 베이는 정도로 끝날 리가 없었다. 매우 안 좋았다. 검을 쓰는 자가 검이 느려졌다는 것은 치명적인 요소로 작용할 수 있었다.

"갈!"

심후한 내력이 실린 기합이 제갈휘의 고막을 두드렸다. 그와 동시에 과추운의 신형이 제갈휘와의 거리를 무서운 속도로 좁혀 오기 시작했다.

오 장이 넘는 거리가 한순간에 사라졌다. 그 맹렬한 기세에 맞상대한다는 것은 무모한 짓이었다.

제갈휘는 삼재의 방위를 연거푸 밟음으로써 과추운과의 정면충돌을 피하려 했다. 하지만 그는 과추운이 득의의 수순을 준비해 두고 있음을 간파하지 못했다.

화살처럼 곧장 진격해 오던 과추운의 신형이 돌연 허깨비처럼 사라졌다. 다음 순간, 그것은 십여 개의 희끄무레한 잔상들로 주르륵 펼쳐지면서 제갈휘의 움직임을 따라붙었다.

'이것은……?'

이것이 바로 과추운이 자랑하는 잠인행潛人行의 신법이었다. 제갈휘는 미처 알지 못한 사실이지만, 과추운은 지난 형산 전투에서 이 잠인행의 신법을 통해 호교십군의 오군장 대적용을 잡은 바 있었다. 관산귀전이란 별호가 말해 주듯 대적용에겐 산조차 뚫어 버리는 귀신같은 활 솜씨가 있었지만, 은밀함과 쾌첩함이 자유자재하게 교차되는 잠인행의 고절함 앞에는 무릎을 꿇고 말았던 것이다.

눈 깜짝할 사이에 다시 하나의 실체로 합쳐진 과추운이 제갈휘를 향해 좌장을 내질렀다.

파파파!

삼엄한 장영이 제갈휘의 시야를 꽉 메우며 밀려들었다. 붕천십삼수 중 가장 무서운 초식인 십삼첩十三疊의 수법이었다.

피할 시간도, 피할 공간도 없었다.

"합!"

정념검이 종횡으로 난비하며 십삼첩의 장영 전체와 부딪쳐 갔다. 실과 허를 구분할 수 없는 적의 공격에 대해 마찬가지로 실과 허를 구분할 수 없는 공격으로써 맞대응한 것이다.

파바방! 씨싯!

삼 장과 이 검. 앞에 것은 제갈휘가 얻어맞은 장력의 수였고, 뒤에 것은 과추운 몸에 새겨진 검상의 수였다. 두 사람 모두 얼굴을 일그러뜨리며 몇 걸음씩 뒤로 물러섰다. 모든 타격들이 가볍지 않아, 이 한 번의 충돌로 누가 이득을 보았는지 판단하기란 어려울 것 같았다. 그러나 두 사람 사이에는 엄연히 다른 점이 있었다. 과추운과는 달리 제갈휘에겐 호시탐탐 기회만 노리는 적들이 다수 존재했던 것이다.

씽!

파공성이 들린 게 먼저였는지, 아니면 목덜미로 쏟아진 한 줄기 예기가 먼저였는지 알 수 없었다.

제갈휘는 반사적으로 몸을 반전시키며 상체를 옆으로 이동했다. 그의 목이 있던 자리를 바람처럼 휩쓸고 지나간 것은 한 정의 유성추. 조금 전 지상으로 내려올 때 그의 왼쪽 어깨를 강타한 바로 그 물건이었다.

제갈휘는 저 유성추를 던진 자의 명호를 알고 있었다. 추왕鎚王 전재겸田在兼. 또한 제갈휘는 저 전재겸으로 하여금 추법鎚法의 왕이라는 영광스러운 별호를 얻게 해 준 절기가 무엇인지도 알고 있었다. 그것은…….

취리릿!

어깨를 스쳐 지나가던 유성추가 마치 살아 있는 뱀처럼 나선으로 휘말리며 제갈휘의 목을 감아 왔다. 사전에 알고 있더라도 꼼짝없이 당할 수밖에 없는 놀라운 변화였다. 이것이 바로 전재겸의 성명절기인 은하구구변銀河九九變의 위력이었다. 시전자의 의도대로 살아 약동하는 유성추의 신기!

유성추의 꼬리에는 은하삭銀河索이라는 이름의 은빛 사슬이 달려 있었다. 거기에 휘감겨 끊어진 마두, 도적 들의 목은 헤아릴 수 없이 많았다. 그런 의미에서 볼 때, 은하삭이 완전히 감기기 전에 왼손을 들어 그 사이에 끼운 것은 제갈휘로선 천만다행한 일이 아닐 수 없었다.

사슬이 손목을 파고드는 느낌은 지독히 불쾌한 것이었다. 하지만 은하삭과 목 사이에 작은 공간이 있는 한 제갈휘는 호흡을 이어 갈 수 있었고, 그 호흡을 바탕으로 삼아 단전으로부터 한 줌 진기를 끌어 올릴 수 있었다.

"잡았…… 헉!"

대적을 결박한 기쁨에 희열을 감추지 못하던 전재겸은 은하삭을 통해 전달된 엄청난 인력引力에 헛바람을 들이켰다. 버텨 보겠다 생각하지 않은 건 아니지만, 그런 의도는 곧 강물에 던져진 돌멩이처럼 흔적도 없이 사라져 버렸다. 그의 호리호리한 몸뚱이는 허공으로 둥실 떠올라 제갈휘에게 딸려 갔다.

새파랗게 빛나는 제갈휘의 눈동자와 그것만큼이나 무서워 보이는 정념검의 검봉이 부릅뜬 전재겸의 망막 속으로 확대되었다. 그런 전재겸을 살리게 위해 과추운이 다시 나섰다.

"멈춰라!"

과추운은 크게 외치는 동시에 제갈휘를 향해 한 대의 격공장을 발출했다.

제갈휘의 눈빛이 흔들렸다. 딸려 오는 전재겸을 죽이기란 어려운 일이 아니지만 그러려면 후방에서 밀려오는 과추운의 장력을 상대할 시기를 놓치게 되는 것이다. 무엇부터 처리할 것인가?

갈등의 순간은 매우 짧았다. 유성추와 같은 기문병기는 상대하기가 여간 까다로운 것이 아니었다. 제갈휘 같은 검객을 두 번씩이나 곤경에 빠뜨린 것만 보아도 알 수 있는 일이었다. 제갈휘는 어느 정도 손해를 감수하고라도 껄끄러운 적을 제거하기로 결심했다. 멈칫거리던 정념검이 단호한 섬광으로 떨어졌다.

싸앗!

얼음을 지치는 듯한 소리와 함께 전재겸의 머리가 허공으로 떠올랐다. 제갈휘의 등에 과추운의 격공장이 적중된 것은 거의 동시의 일이었다.

"퀵!"

제갈휘는 한 덩이 핏물을 토해 냈다. 타격의 순간, 무섭도록 단련된 그의 육신은 외력에 거스르지 않는 운신의 묘를 다시 한 번 발휘했지만, 바위라도 으스러뜨릴 것 같은 과추운의 장력을 완전히 해소시키기란 불가능한 일이었다.

척추가 으스러지는 듯한 고통 속에서도 제갈휘는 결단을 내렸다.

'여기서 결판을 내야만 한다!'

상태는 극히 안 좋았다. 제갈휘의 단전은 가뭄에 갈라진 논바닥처럼 피폐해져 있었다. 반 각, 아니 그 절반의 시간만 지나더라도 그는 검조차 제대로 움켜쥐지 못할 절망적인 상황에 처하게 될 것이 분명했다. 힘이 한 올이라도 남아 있는 지금이 그에게 있어서 마지막 기회인 것이다.

제갈휘는 과추운을 향해 빙글 신형을 돌렸다.

"으아아압!"

골수까지 쥐어 짜낸 처절한 기합과 함께 제갈휘는 과추운을 향해 달려가기 시작했다.

천하제일을 다투는 검객이 집념과 오기로 끌어 올린 최후의 기세는 신체의 불온전함을 극복하고도 남을 만큼 살벌했다. 그저 달려오는 동작만으로도 온 세상을 베어 버릴 것 같은 무시무시한 기세가 느껴져 과추운은 기가 질리지 않을 수 없었다. 그러나 그 또한 일세의 고수를 자처하는 사람. 상대가 누구이든 손 놓고 당할 수는 없는 노릇이었다. 과추운이 입은 자줏빛 도포가 바람을 불어 넣은 가죽 공처럼 붕 부풀어 올랐다. 다음 순간.

"차앗!"

천지를 진동하는 우렁찬 기합과 함께, 과추운이 전력을 다해 쏟아 낸 붕천십삼장의 막강한 경력이 제갈휘를 향해 퍼부어 졌다.

만일 이들이 정면으로 충돌했다면 어떤 결과가 벌어졌을까? 두 사람 모두 상대를 파괴하려 할 뿐 스스로를 돌볼 생각은 없었으니, 분명 동귀어진의 참극을 피하지 못했을 것이다. 하지만 이들의 충돌은 벌어지지 않았다. 그것은 제갈휘의 측면으로 와락 달려든 한 사람 때문이었다.

그 사람이 누구인지를 확인한 제갈휘의 눈동자가 폭풍우를 만난 것처럼 흔들렸다. 전방을 향해 쏘아 나가려던 정념검이 우뚝 멈췄다. 누군가에 의해 가로막혀서가 아니라 주인의 뜻에 의해서였다. 그가 정념검을 멈춘 이유는 오직 하나였다. 그는 자신을 향해 달려든 사람을 다치게 할 수 없었다. 사부의 일점혈육이자 화산파를 이어 갈 유일한 후계자인 주백상을 다치게 할 수 없었다.

그러나 주백상은 제갈휘의 진정을 알아주려 하지 않았다.

푹!

제갈휘의 옆구리로 한 자루 보검이 박혀 들었다. 사부 주동민의 넓은 어깨에서 붉은 수실을 멋들어지게 휘날리던, 그래서 어린 제갈휘를 감탄케 했던 바로 그 보검이었다.

사제가 왜 나를?

제갈휘의 시선이 주백상에게로 향했다. 주백상은 두 눈을 꽉 감고 있었다. 차마 사형의 눈길을 대하지 못하겠다는 듯이. 그렇게 감겨진 두 눈 아래로는 뜨거운 눈물이 흘러내리고 있었다.

'그래…… 그랬구나.'

제갈휘는 주백상의 이율배반적인 행동을 충분히 이해할 수 있었다. 지금 주백상은 두 가지 마음 사이에서 혼란스러워하고 있었다. 멋지고 자랑스러운 사형을 좋아하는 마음과 부친을 죽게 한 원수를 증오하는 마음. 그러니 제갈휘가 주백상을 어찌 탓할 수 있겠는가. 허물이 있다면 사부로부터 끝끝내 용서를 받지 못한 자신에게 있을진대.

다음 순간, 제갈휘의 가슴에 과추운의 장력이 떨어졌다.

쾅!

어떠한 순간에도 제갈휘를 보호해 주던 최후의 호신지기마저 일거에 무너뜨리는 무시무시한 장력이었다. 갈비뼈가 움푹 함몰되며 최후로 끌어 올린 진기마저도 사라져 버렸다.

"우욱!"

제갈휘는 입으로 피 분수를 뿜어내며 뒤로 날아갔다. 옆구리엔 사부의 보검을 깊이 꽂은 채로.

그렇게 날아간 제갈휘는 삼 장 떨어진 곳에 서 있던 아름드리 소나무에 세차게 부딪쳤다. 지끈, 소리와 함께 소나무의 중동이 부러져 나갔다.

"으으……."

제갈휘는 바닥을 짚고 일어서려 했다. 그러나 일어날 수 없었다. 이제는 정말로 일어날 수 없었다.

이를 바라보던 백도 군웅들의 얼굴이 환해졌다. 동료들을 그토록 무참히 도륙하던 제갈휘가, 절대로 무너지지 않을 것만 같던 최강의 검객이 지금은 모든 방어력을 상실한 채 저렇게 보기 흉하게 널브러져 있는 것이다. 이제는 살 수 있다는 안도감과 목적을 이루었다는 희열감이 그들의 입가를 벌어지게 만들었다. 그러한 안도감과 희열감은 곧바로 하나의 욕망으로 타올랐다.

대적의 수급을 자신의 손으로 취하고 싶다는 불같은 욕망!

"죽엇!"

"악적! 목을 내놔랏!"

분분한 외침과 함께 대여섯 자루의 병기가 제갈휘를 향해 퍼부어졌다. 목숨을 앗아 가는 정도가 아니라 아예 어육을 만들어 버릴 만큼 무자비한 공격이었다.

제갈휘가 할 수 있는 일이라곤 제대로 기능하는 오른쪽 눈을 들어 자신을 향해 짓쳐들어오는 병기들을 망연히 바라보는 것뿐이었다.

후두둑!

부러진 병기들이 땅으로 떨어졌다. 그 주인들의 눈이 휘둥그레졌다.

석대원의 거대한 체구는 지금 이 순간 제갈휘의 앞을 가로막고 있었다. 왼쪽 어깨에 부러진 단창 하나. 상의의 가슴 부위에서 서서히 배어 나오는 붉은 핏물. 하지만 그의 눈가가 가늘게 떨리는 것은 고통 때문이 아니었다. 그것은 극심한 갈등의 기색. 대체 무엇이 그의 마음을 괴롭히고 있는 것일까?

"자, 자네……."

뒤통수로 제갈휘의 목소리가 얹혔다. 통나무처럼 굵은 석대원의 목이 천천히 돌아갔다.

석대원과 시선이 마주친 제갈휘는 움찔 놀랐다. 석대원은 울고 있었다. 눈물도 흘리지 않고 소리도 내지 않았지만, 그는 분명히 울고 있었다.

"형님……."

석대원의 굵은 입술이 벌어졌다. 쉬고 갈라진 목소리가 그 사이에서 흘러나왔다.

"저는…… 아무것도 모르겠군요. 무엇이 옳고 무엇이 그른지…… 정말 아무것도 모르겠어요."

세상의 무서움을 처음 알아 버린 아이처럼 두려움과 절망에 떠는 목소리였다.

"하지만 한 가지 분명한 것은 있어요. 형님을…… 형님을 이대로 죽게 내버려 둘 수는 없군요. 아무것도 모르게 되어 버렸지만…… 그것만은 절대로 용납할 수가 없어요."

이때, 석대원의 앞에 서 있던 견위가 노성을 터뜨리며 일 권을 뻗어 냈다.

"이놈! 죽고 싶어 환장했구나!"

쿵!

파옥권의 억센 경풍이 석대원의 가슴을 후려쳤다. 석대원의 몸이 한차례 휘청거렸다. 하지만 그것으로 끝이었다. 그는 어떠한 충격도 받은 것 같지 않았다.

견위의 두 눈이 휘둥그레졌다. 그의 파옥권 공력은 개방 내에서도 손꼽히는 것이었다. 그런 공력에 정통으로 얻어맞고도 멀쩡히 서 있는 사람이 있다는 건 상상조차 못 한 일이었다.

제갈휘를 향했던 석대운의 시선이 천천히 전방을 향해 돌아왔다.

"당신들은 어찌 이리도 어, 어리석소?"

북받친 감정 때문인지 쉽게 뒷말을 이어 갈 수 없었다. 석대원은 말을 잇기 위해 숨을 크게 들이마셔야만 했다.

"지난 세월, 형님이 강호의 평화를 지키기 위해 얼마나 많은 고통을 겪었는지 생각해 본 적이 있소? 영웅을 자처하는 당신들은 형님을 배신자라고 손가락질했지만, 그가 진짜 배신자였다면 천하는 이미 오래전 무양문에 의해 뒤집어졌을 거요. 당신들을 포함한 수많은 목숨들이 피를 쏟으며 죽어 갔을 거요. 그런데도 당신들은 한 푼 가치도 없는 명분의 노예가 되어 형님을 해치려 하고 있소. 당신들은 어찌 이리도 어리석소?"

"건방진 놈! 네놈이 감히……!"

견위가 뭐라 소리치려 하는데, 그의 앞으로 한 사람이 나섰다. 바로 과추운이었다.

"누군지는 모르지만 하나만 알고 둘은 모르는군. 지사는 죽일 수 있을지언정 모욕을 줄 수 없다는 말을 듣지 못했는가? 천하의 바른 도란 얄팍한 동정심을 필요로 하지 않는다네. 가치가 없는 것은 우리의 명분이 아닌, 저 제갈휘가 저지른 위선이지. 하늘이 두 쪽 나도 악에 굴복하지 않는 것이 바른 도를 걷는 백도인의 의기라네."

과추운은 엄한 목소리로 석대원을 꾸짖었다. 그의 표정에선 무양문과 한 하늘을 이고 살지 않겠다는 결연한 의지가 배어 나왔다.

"모두 죽어도 좋다는 말이오?"

석대원이 물었다. 과추운은 눈썹을 꿈틀거리더니 대답했다.

"우리가 지는 싸움이라고 말하고 싶은 겐가? 우리는 결코 지지 않을 걸세. 사불승정邪不勝正은 하늘의 뜻이지. 우리는 그것을 지난 형산 전투에서 처음으로 확인했네. 그리고 제갈휘의 수급은 우리의 두 번째 승전보가 될 걸세."

형산 전투라는 말은 석대원으로 하여금 이제껏 생각하지 못했던 한 가지 의문을 떠올리게 만들었다.

형산 전투는 모든 이의 예상을 뒤엎고 용봉단의 승리로 끝났다. 그 이유가 기광 과추운, 화인 이개 같은 백도 명숙들의 활약 때문만이 아니라는 것을, 석대원은 이 곡리에 와서야 비로소 알 수 있게 되었다. 형산 전투의 이면에는, 그 시작과 끝에는 한 사람의 보이지 않는 악의가 깊이 개입해 있었다. 그리고 이곳에서 확인한바, 그 사람은 한 집단과 끈이 닿아 있었다. 그 집단의 이름은 바로…….

"비각과 손을 잡았소?"

석대원이 과추운에게 불쑥 물었다. 과추운의 얼굴에 순간적으로 당황해하는 기색이 떠올랐다.

"그, 그곳이 어디라고 자네 같은 일개 백성이 함부로 입에 담는 겐가?"

그러나 관의 권위를 빌려 사람을 윽박지르는 것은 정말로 평범한 백성들에게나 통할 소리였다. 그러한 사실은 과추운 본인부터 잘 알고 있었다.

석대원이 다시 말했다.

"형님이 이곳에 오리란 걸 짐작할 사람은 거의 없소. 그러나 한 사람만큼은 형님이 이곳에 오리란 걸 알고 있을 것이오. 또한 그 사람은 형님이 이곳에 오는 걸 매우 두려워하고 있었소. 그 사람이 누군지 아시오?"

과추운은 대답하지 않았다. 그러나 석대원은 늙은 명숙의 눈동자가 불안하게 흔들리는 것을 놓치지 않았다.

"바로 별불가 초당이오. 지난 형산 전투에서 살아남은 몇 안 되는 무양문도 중 하나이기도 하오. 내 짐작이 틀리지 않다면, 당신들은 분명 초당으로부터 얻은 정보를 바탕으로 이곳에 오게 되었을 것이오."

석대원이 초당의 이름을 거론하자 과추운의 불안감은 극에 달하게 되었다. 그럴 수밖에 없었다. 초당은 무양문을 타도하는

데 커다란 역할을 담당할 든든한 조력자였다. 그 정체가 수면으로 드러나선 절대로 안 되는 것이다.

"후후, 마치 살인멸구라도 할 것 같은 얼굴이구려."

석대원의 비웃음에 과추운의 얼굴이 벌게졌다.

"다, 닥쳐라! 이것은 백도인 모두의 뜻이자 황상의 뜻이기도 하다! 네깟 놈이 뭘 안다고 그따위 불충스러운 소리를 지껄이는 것이냐!"

석대원은 코웃음을 쳤다.

"황상? 흥! 주씨의 권세를 등에 업은 비각의 간교함이 아니었던들 애당초 이런 피비린내 나는 역사는 존재하지도 않았을 것이오. 그것도 모자라 비각은 이제 강호의 정기를 완전히 말살하려 하건만, 그 놀음에 꼭두각시처럼 놀아나는 주제에 무엇이 백도의 뜻이고 무엇이 황상의 뜻이란 말이오?"

과추운은 마침내 분노를 터뜨렸다.

"이놈! 기군망상欺君妄上의 죄를 범하다니, 네놈이 바로 역적이나 다름없구나. 내 모용 아우의 얼굴을 봐서라도 목숨만은 남겨 줄 생각이었다만, 이제는 도저히 안 되겠다! 네놈을 저 배신자와 함께 처단하리라!"

석대원은 기묘한 시선으로 과추운의 얼굴을 바라보았다. 그의 어깨가 조금씩 흔들리기 시작했다.

"흐, 흐흐……."

개울물 소리와도 같은 키득거림. 그러던 석대원은 갑자기 하늘을 올려다보며 커다란 웃음을 터뜨렸다.

"으하하하!"

모든 사람들이 어리둥절한 얼굴로 석대원을 바라보았다.

어느 순간, 석대원의 웃음이 칼로 자른 듯 뚝 끊겼다.

"그래, 이렇게 간단한 것을 왜 그리 고민했던가?"

석대원은 의미를 짐작하기 힘든 혼잣말을 중얼거리며 어깨에 꽂힌 단창을 거칠게 뽑아냈다. 붉은 핏줄기가 쭉 뿜어졌지만 그는 조금도 개의치 않는 것 같았다. 그 거대한 몸뚱이에 한 꺼풀 짙은 냉기가 천천히 피어오르기 시작했다. 그러한 냉기는 사람들의 얼굴을 둘러보는 광물 같은 시선 속에서도 느낄 수 있었다. 주위의 대기마저 한순간에 얼어붙는 것 같았다.

제갈휘가 뒷전에서 힘겹게 말했다.

"자네가 끼어들 일이 아닐……."

"형님."

낮지만 일말의 흔들림도 없는 단호한 목소리였다. 석대원은 그런 목소리로 뒤를 돌아보지도 않은 채 말했다.

"운명이 형님을 피의 길로 밀어 넣었다고 그러셨나요? 그런데 알고 보니 그 운명은 형님 혼자만의 것이 아니었습니다. 그래요, 형님을 처음 만났을 때 왜 그리도 마음이 끌렸는지 이제야 알겠습니다."

석대원의 왼손에 은은한 홍광이 어리기 시작했다. 천하에 부수지 못하는 게 없다는 절세의 마공 혈옥수가 운용된 것이다. 왼손에 뽑아 들고 있던 부러진 단창이 가루로 으스러져 바람에 날려 갔다.

"형님 일에 끼어드는 게 아닙니다. 초당을 캐니 비각이 나왔죠. 형님이 바라는 일은 결국 제가 바라는 일입니다. 두 사람 모두 모르고 있었을 뿐, 우리는 애당초 같은 길을 걷고 있었어요. 단지 형님이 조금 먼저 시작했을 뿐이죠."

석대원의 입에서 빙굴에서 흘러나온 듯한 으스스한 목소리가 흘러나왔다.

"저들은 형님의 적이 아닌, 우리의 적입니다."

이 말을 끝으로 석대원은 전방을 둘러싸고 있는 사람들을 향해 걸음을 옮겼다.

그 거대한 체구 때문일까? 사람들은 산이 밀려오는 듯한 착각에 빠졌다.

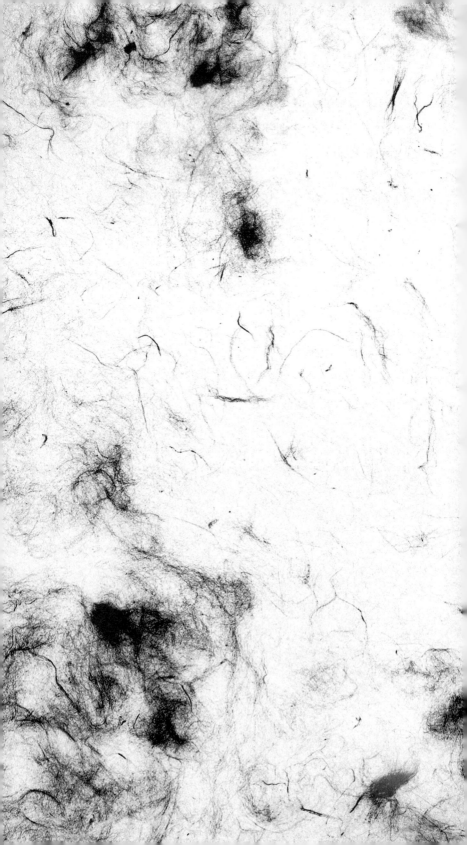

활인장 活人莊

(1)

손.

거무튀튀한 손이었다.

살갗이 온통 일그러져 원형을 짐작하기 힘든 추한 손이었다.

무엇이라도 움켜쥐려는 듯 다섯 손가락이 장심을 향해 기괴하게 구부러진 손이었다.

하지만 두 달 반 동안 손가락의 마디 하나조차도 움직일 수 없었기에, 미추를 따지기에 앞서 슬픈 손이었다.

그 손을 감정 없는 시선으로 바라보는 하나의 눈이 있었다. 애꾸가 아니니 마땅히 두 눈으로 보아야 하겠지만, 얼굴 반쪽이 붕대에 감겨 있는 이상 어쩔 수 없었다.

석대문은 뜨고 있던 한쪽 눈을 감았다.

눈가가 실룩거렸다.

두 달 반 전 겪었던 화염의 폭풍이 폐안閉眼의 암흑에 또다시 겹쳐진 것이다.

그날 밤, 동정호의 철군도.

석대문은 지하 뇌옥으로 통하는 계단을 내려가고 있었다.

우웅!

계단 전체가 진동했다. 지진이라도 일어난 듯 천장과 바닥이 세차게 흔들렸다. 이어 뒤따른 것은 엄청난 폭음이었다.

콰앙!

들고 있던 횃불의 불꽃이 뒤쪽을 향해 파라라락 드러누우며, 누가 잡아당기기라도 한 듯 귀 아래의 살갗이 팽팽하게 당겨졌다.

그와 동시에 통로를 가득 메우며 계단 위쪽으로 밀고 올라온 것은 지옥에서나 볼 수 있을 것 같은 화염의 노도였다.

빛, 그리고 열기……

석대문은 눈을 떴다.

천장이 보이고, 이어 손이 보였다. 천장은 멀고 손은 가까우니, 마땅히 손부터 보였어야 할 것이다. 하지만 그것은 두 눈을 가진 사람의 이야기였다. 눈이 하나밖에 성치 않은 사람은 보편적인 원근의 법칙을 따를 수 없는 것이다.

석대문은 오른손을 받쳐 들고 있던 왼손을 천천히 내렸다. 왼손은 아직 붕대에 감겨 있는데 오른손은 붕대를 풀었으니, 외상으로 말하자면 오른손 쪽이 가볍다고도 할 수 있을 것이다. 그러나 실상은 달랐다. 붕대에 감긴 왼손은 아프고 쓰라린 중에서도 움직일 수 있지만, 붕대를 푼 오른손은 움직이기는커녕 감각조차 느껴지지 않았다.

석대문은 쓰게 웃었다.

'검객이라······.'

석대문은 훌륭한 검객이었다. 그날 밤 화염에 휩쓸려 계단 밖으로 내동댕이쳐졌을 때, 그는 정신을 잃은 상태에서도 애검인 묵정검을 꽉 움켜쥐고 있었다. 그 한 가지 사실만으로도 그가 얼마나 훌륭한 검객인지 짐작할 수 있는 일이었다.

하지만 지금은?

오른손 다섯 손가락이 검을 움켜쥔 모양 그대로 굳어 버린 그가 지금도 검수라고 할 수 있을까?

석대문은 고개를 돌려 침대 옆에 놓인 작은 탁자를 바라보았다. 그 위에는 한 장의 종이가 놓여 있었다. 그는 붕대에 감긴 왼손을 뻗어 그 종이를 집어 들었다.

석 아우 보시게.

아직 요양 중인 것을 알면서도 비보를 전하게 되어 몹시 안타깝네. 방 노영웅께서 이달 초여드레에 별세하셨네. 삼가 고인의 명복을 비네.

의백부 방령의 부음은 개방 방주 우근의 서신에 실려 시월 말에야 그의 손에 전해졌다. 그리고 오늘은 십일월 초엿새. 방령이 세상을 떠난 지도 어느덧 한 달이 다 되어 가고 있었다.

─아무리 집 떠난 지 오래라지만 얼굴 꼴이 그게 뭔가?

지난여름 철군도로 향한 배에서 석대문을 향해 면박을 주던 방령이었다. 그런데 그것이 마지막이 될 줄이야!

방령에게 회복 불능의 치명타를 안긴 장본인은 철군도의 도주인 칠보초혼 곽인이라고 했다. 그리고 그 곽인은 우근에 의해 목뼈가 부러졌다고 했다.

무인 된 몸으로 친인의 복수를 다른 사람에게 빼앗긴 것은 분한 일이었다. 그러나 석대문은 분하지 않았다. 곽인은 하수인에 불과했다. 놈의 배후에는 비각이라는 이름의, 지니고 있는 저력을 도무지 짐작할 길이 없는 괴물이 도사리고 있었다. 이 말은 복수해야 할 대상이 아직 남아 있음을 뜻했다.

그런데, 그런데 말이다!

석대문은 다시 오른손을 치켜 올렸다.

어떻게 복수한다는 말인가? 나무토막처럼 꼼짝도 하지 않는, 위로 들어 올리는 간단한 동작조차도 왼손의 도움 없이는 행하지 못하는 이 손을 가지고 어떻게 복수한다는 말인가?

하지만 절망하기에는 아직 때가 일렀다.

그가 누워 있는 이 방, 이 방을 포함한 장원의 주인은 천하에서 가장 솜씨가 좋은 의원이기 때문이었다. 현재로서 믿을 사람은 오직 그 의원뿐이었다.

"후후."

석대문은 웃었다. 웃을 상황이 아니었지만 그는 웃었다.

—몸이 건강해지려면 우선 마음부터 건강해져야 한다오. 이 집에 머무는 동안 자주 웃으실 수 있길 바라오.

우근에 의해 철군도로부터 후송된 석대문은 무려 엿새 만에 의식을 되찾았다. 그의 눈이 다시금 빛을 보게 된 날, 천하제일 명의는 인자한 웃음으로 이렇게 말했다. 그리고 석대문은 그 말에 따랐다.

당연한 이야기겠지만, 한 사람을 믿으려면 그 사람의 말부터 믿어야 한다.

손.

하얀 손이었다.

주름 하나 찾아볼 수 없는 백옥 같은 손이었다.

그 손에는 정맥이 비치도록 투명하고 매끄러운 다섯 개의 손가락이 달려 있었다. 이토록 곱고 깨끗한 손의 주인이 칠십 줄에 접어든 노인이라는 사실은 믿기 어려운 일이었다.

손이 천천히 움직였다. 그 인지와 엄지 사이에는 손가락 하나 정도 길이의 쇠털처럼 가느다란 금침이 끼워져 있었다.

"사람이나 미물이나 생명을 이루는 근간은 다름이 없는 법."

부드럽고도 나직한 목소리로 말하는 노인에겐 구양정인歐陽定仁이라는 이름이 있었다. 그러나 이 이름을 아는 사람은 그리 많지 않았다. 노인은 여간해선 바깥출입을 하지 않았다. 노인이 대문을 나선다면 그것은 대부분 한 가지 경우뿐이었다. 환자의 병세가 너무도 중해 그의 집인 활인장活人莊으로 찾아오지 못할 때, 그 환자를 구하기 위해 왕진하는 경우였다. 이웃들이 노인의 모습을 볼 수 있는 유일한 기회이기도 했다.

길에서 노인을 만난 사람들은 하나같이 이렇게 말했다.

─안녕하십니까, 신의神醫 어르신! 오늘도 어디 환자가 있나
보죠?

　노인, 구양정인은 그럴 때마다 푸근한 웃음으로 답례를 대신
했다.
　신의.
　이렇듯 구양정인은 본명 대신 신의, 또는 구양신의歐陽神醫라
는 이름으로 불렸다. 그리고 그 이름은 이웃뿐만 아니라 강호인
들에게까지 널리 알려져 있었다.
　"모든 생명은 음식물을 섭취함으로써 활동할 수 있는 힘을
얻게 되지."
　지금 구양정인의 앞에는 털이 북슬북슬한 강아지 한 마리가
엎드려 있었다. 눈알에 총기가 없고 코끝이 말라붙은 것으로 미
루어 어딘가에 이상이 있는 것 같았다.
　구양정인은 왼손을 내밀어 강아지의 머리를 천천히 더듬
었다. 그의 손가락이 스치는 곳마다 누런 털들이 이리저리 밀리
며, 거죽이 얇아 다른 부위보다 딱딱한 두피가 드러났다.
　"음식물을 섭취할 때에는 주의할 점이 많다고 할아버지가 늘
말했지? 어디 경아가 말해 보아라."
　강아지를 바라보던 구양정인의 시선이 정면으로 향했다. 거
기엔 칠팔 세가량 되어 보이는 소동 하나가 앉아 있었다. 발그
레하니 통통한 볼이 앙증맞아 보이는 이 소동은 구양정인의 손
자인 구양도경歐陽道敬이었다.
　구양도경은 명문장을 읊는 문사라도 된 것처럼 눈을 지그시
내리깔고 붉은 입술을 나풀거리기 시작했다.
　"첫째는 조금씩, 둘째는 천천히, 셋째는 잘 씹어서…… 할아

버지, 맞지?"

구양정인은 껄껄 웃었다. 구양도경의 어린 눈에는 할아버지가 웃을 때마다 출렁거리는 새하얀 수염이 보기 좋았다.

"그래, 맞았다. 그런데 네 강아지는 그중 뭔가를 지키지 않아서 이렇게 병에 걸린 거란다. 경아는 똑똑하니까 강아지처럼 미련스러운 짓을 하지 않겠지?"

"당연하죠."

구양도경은 어깨를 으쓱거리며 대답했다. 구양정인은 빙그레 웃더니 금침을 쥔 오른손을 움직이기 시작했다.

"자, 그러면 이제 시작해 볼까?"

금침이 강아지의 정수리를 파고들어 갔다. 사람으로 비유하자면 백회百會, 두개골의 틈새에 있는 급소로서 함부로 다뤄서는 안 되는 요처이기도 했다. 하지만 그 요처에 금침을 박아 넣는 구양정인의 손길에는 추호의 망설임도 없었다.

"백회는 대장大腸 신경을 진정시키는 데 효험이 있는 혈이지. 주의해야 할 것은, 진정을 목적으로 하는 경우에는 침을 퉁기거나 움직여서는 안 된다는 점이다."

구양도경은 고개를 끄덕였다. 할아버지는 지금 강아지를 치료하는 동시에 침술의 기초를 가르치고 있는 것이다.

백회에 박혀 들어간 금침은 향 한 자루 탈 시간이 지난 뒤에야 뽑혔다. 금침이 박힌 깊이는 한 치가 넘었지만 강아지는 그 사실을 조금도 알아차리지 못한 것 같았다.

"사실 이 정도 설사에는 침을 쓸 필요도 없단다. 이놈이 꾀가 많아 약을 먹지 않으려고 구니까 어쩔 수 없이 침을 쓴 것이지. 과유불급過猶不及이라, 의술이란 반드시 써야 할 곳에만 써야 한다는 점을 잊지 말도록 해라."

"응, 할아버지."

이어 구양정인은 손을 내밀어 강아지의 등골 중 몇 군데를 누르기 시작했다. 사람으로 말하면 방광경膀胱經에 해당하는 요혈들을 가벼운 지압술로 자극해 주는 것이다. 이어 뒷다리 무릎뼈 바깥쪽과 발가락 사이를 강하게 네댓 번 누르는 것으로 모든 치료가 끝났다.

강아지는 고개를 들어 웅얼거리고 있었다. 눈은 여전히 총기가 없었고, 코는 여전히 말라붙어 있었다. 아무리 가벼운 설사증이라 한들 엄연히 병이었고, 병을 순식간에 사라지게 만드는 의술 같은 것은 존재하지 않았다. 그것은 제아무리 천하제일 명의라도 어쩔 수 없었다. 의술이란 환자 스스로 병에 대항할 수 있도록 도와주는 행위에 불과했다. 근본적으로 병을 이겨 내는 것은 환자의 몫이었다.

"다 끝났다. 강아지는 이제 좀 쉬어야 한단다. 오늘 하루는 심심하더라도 강아지를 귀찮게 굴지 말거라."

구양도경은 시무룩한 얼굴이 되었다. 또래 하나 없는 재미없는 활인장 안에서 소황小黃이라는 이름의 이 강아지는 구양도경의 유일한 놀이 상대였던 것이다.

"그건 그렇고, 경아야, 할아버지가 준 책은 다 읽었느냐?"

구양도경의 귀여운 미간에 작은 주름이 잡혔다.

"〈본초론本草論〉은 다 읽었는데, 〈구침경九鍼經〉은 너무 어려워서 잘 모르겠어요. 에잉! 난 왜 이렇게 바보 같은지 모르겠어."

사과 같은 볼을 실룩거리던 구양도경이 투정처럼 내뱉은 대답이었다. 그 대답을 들은 구양정인의 얼굴에 잠시 놀라움의 기색이 어렸다. 〈본초론〉만 해도 어린아이가 읽을 수 있는 책이 아니었다. 그런데 손자의 말을 듣자 하니 〈본초론〉은 거의 이해한 것 같지 않은가!

구양정인은 문득 손자를 시험해 보고 싶은 충동을 느꼈다.

"지골피地骨皮가 뭔지 아니?"

"두충杜沖 껍질을 말린 거지."

대답은 즉석에서 돌아왔다.

"호오! 약효는?"

"뼈가 아플 때 좋아. 두충이랑 비슷해. 음, 하수오何首烏도 비슷할걸."

지골피와 두충, 하수오는 모두 근골에 쓰는 약재이지만 그 쓰임새나 효능은 모두 달랐다. 하지만 일곱 살짜리가 저 정도 아는 것만 해도 대단한 일이었다.

구양정인은 고개를 끄덕인 뒤 말했다.

"침경을 네가 이해하지 못하는 것은 당연한 일이야. 침을 쥔 지 오십 년이 넘은 이 할아버지도 침에 대해서라면 아직도 자신이 없단다. 침술의 오묘함은 그렇듯 끝이 없는 게야. 본초를 읽을 수 있다면 경아는 바보가 아니란다. 오히려 아주 똑똑한 편이라고 할 수 있지. 이리 오너라, 할아버지가 안아 주마."

"응!"

구양도경은 쪼르르 무릎걸음으로 다가가서 할아버지의 품에 답삭 안겼다.

부모가 없는 아이에게 있어서 할아버지의 품속은 세상에서 가장 포근한 안식처였다. 구양도경은 눈을 감고 숨을 깊이 들이마셨다. 할아버지의 몸에서는 항상 향긋한 약 냄새가 났다.

"할아버지, 근데 환신당還神堂의 덩치 큰 아저씨는 아직도 많이 아파?"

품에서 울려온 손자의 말에 구양정인의 새하얀 눈썹이 미간쪽으로 모였다.

"석 가주 말이냐?"

"그래, 그 아저씨."

구양정인은 너털웃음을 흘렸다.

"많이 아프니까 환신당에 오래 누워 있겠지. 하지만 할아버지가 다시 건강하게 고쳐 줄 거란다. 그런데 왜? 경아는 그 아저씨가 좋으냐? 상처가 보기 흉할 텐데 무섭지는 않은 거냐?"

구양도경은 눈을 반짝이며 고개를 끄덕거렸다.

"응, 하나도 안 무서워. 아저씨는 경아한테 참 잘해 줘. 어제는 이걸 줬어."

그리고 품속에서 꺼내 드는 것은 어린아이 주먹만 한 크기의 나무토막이었다.

"호오!"

구양정인은 짐짓 보물이라도 발견한 듯한 표정을 지으며 아이의 손에 들린 나무토막을 바라보았다. 그것은 소나무의 연한 심재로 조각한 어떤 짐승이었다.

조각한 솜씨가 얼마나 엉성했는지 그것이 짐승임을 확인하는 것도 쉬운 일이 아니었다. 단지 귀 비슷한 것이 붙어 있고, 입 비슷한 구멍이 뚫린 머리가 튀어나와 있으며, 두루뭉술한 몸통 아래쪽으로 네 다리—심지어 길이조차 제각각이지만—가 달려 있기에 짐승이라 추정할 뿐이었다.

'하기야 왼손 하나로 이만큼 하기도 쉽지 않은 일이겠지.'

이렇게 생각하며 구양정인은 곁눈질로 손자의 얼굴을 살폈다.

구양도경의 두 눈은 할아버지의 얼굴에 고정되어 있었다. 좋아하는 아저씨로부터 받은 선물에 대해 뭐라고 품평해 주기를 바라는 눈치였다.

"험험! 석 장주는 재주도 많구나. 소황을 이렇게 멋있게 만들어 주다니, 허허허!"

소황일 것이다. 이것이 구양정인이 내린 결론이었다. 하지만 구양도경의 얼굴이 뾰로통하게 바뀌자 구양정인은 자신이 잘못 짚었음을 즉시 깨달았다.

"소황이 아냐! 아저씨는 용이랬어!"

용?

하늘로 승천해 풍운을 부르고 뇌우를 관장하는 바로 그 용?

그 황당함이 구양정인의 얼굴에 그대로 담겨 버렸다. 때 묻지 않은 직관력은 그 기색을 즉시 읽을 수 있었다.

"봐! 여기 뿔이 두 개 있잖아? 그리고 몸통도 보라고! 이게 용의 몸통이야!"

귀라고 짐작한 돌기를 뿔이라고 주장하는 것까지는 묵인해 줄 수 있었다. 하지만 모두부처럼 네모난 몸통을 용의 몸통이라고 우기는 데엔 참을 수가 없었다.

구양정인은 목소리를 가다듬고 말했다.

"아저씨가 잘못 알고 있구나. 용의 몸은 이렇지 않아. 뱀처럼 길쭉하고 비늘로 뒤덮여 있지."

구양도경의 얼굴이 한층 더 뾰로통해졌다. 할아버지는 자꾸만 용을 용이 아니라고 말하는 것이다.

"봤어?"

"음?"

"할아버지가 봤냐고?"

손자의 뾰족한 항변에 구양정인은 입을 다물 수밖에 없었다. 한 번도 용을 보지 못한 것이 죄라면 죄일 수밖에.

자신의 항변이 효과가 있음을 눈치챈 구양도경은 당장 후속 타를 날리기 시작했다.

"아저씨가 그러는데, 이 용은 이름이 '청靑'이래. 그래서 사람들은 청룡이라고 부른대. 세상에는 용이 스물세 마리가 있는데 청룡이 그중에서 임금님이래."

"끄응!"

드디어 구양정인의 눈썹이 일그러졌다.

청룡? 스물세 마리? 도대체 석 가주는 언제 이 아이를 이렇게 구워삶은 것일까?

묘한 질투심이 신선 같은 의원의 머릿속에 피어오르기 시작했다. 그러나 구양도경은 그에 아랑곳하지 않고 환신당의 아저씨로부터 전해 들은 말—죄다 거짓말이었다!—들을 주워섬기기 시작했다.

"아 참! 그리고 다음번엔 '백白'이라는 호랑이도 만들어 준댔어. 세상에 호랑이가 칠천예순두 마리가 있는데, 그중에서……."

졸지에 영물학靈物學의 문외한이 되어 버린 구양정인은 꿀 먹은 벙어리처럼 입을 다물 수밖에 없었다.

(2)

활인장 남쪽 양지바른 곳에는 아담하게 지어진 두 채의 건물이 있었다. 얇은 청석이 깔린 좁은 길을 사이에 두고 자리 잡은 두 채의 건물은 돌계단의 난간에서부터 지붕의 이음새까지 똑같은 양식으로 만들어져 있었다. 그리고 그 안에 들어가 본 사람은 외양뿐만이 아니라 내부 구조까지도 똑같음을 알 수 있을 것이다.

동서로 길게 난 복도, 열 개의 문, 열 개의 방.

　이 두 채의 건물은 활인장을 찾아온 손님들을 위해 지어진 것이었다. 그 손님이란 보통 손님이 아니었다. 거동이 불편해 입실 치료가 불가피한 중환자가 그 손님이었다. 다시 말하면, 이 두 채의 건물은 병동인 것이다.

　두 채의 건물을 지은 사람은 활인장의 현 주인인 구양정인이다. 지금으로부터 이십오 년 전, 그는 둘째아들의 탄생을 기념하며 건물의 초석을 심었다.

　상량식 때 구양정인은 제문을 쓰고 향을 사르며 두 채의 건물에 각각의 이름을 붙였다. 남쪽 정원에서 바라볼 때 왼쪽에 위치한 건물의 이름은 홍덕당鴻德堂이었고, 우측에 자리한 건물의 이름은 지현당至賢堂이었다. 이는 그의 두 아들이 각각 덕德과 현賢을 이름자로 삼은 데 기인한 것이다.

　그 후 이십오 년간 홍덕당과 지현당에서 새 삶을 얻은 사람의 수는 헤아릴 수 없이 많았다. 그들 중에는 일생을 칼날 끝에 걸고 살아가는 강호인들도 다수 포함되어 있었다.

　강호인들은 구양정인의 놀라운 의술과 두터운 덕망에 탄복하며 홍덕당과 지현당, 두 건물을 그들 특유의 방식으로 명명했다. 이름 하여 혼백이 돌아오는 집, 환신당還神堂이 바로 그것이었다.

　구양정인은 복도를 걷고 있었다. 이전에는 홍덕당이라는 이름으로 불리던 건물의 복도였다. 하지만 지금은 작명자인 구양정인조차도 그 이름을 입에 담지 않았다. 덕을 이름자로 쓰던 큰아들이 이미 이 세상 사람이 아니었기 때문이다. 그래서 그 또한 그냥 환신당이라고 불렀다. 이 건물도, 그리고 맞은편에 보이는 또 하나의 건물도.

"험!"

구양정인이 헛기침을 했다. '팔八'이라는 숫자가 붙은 방문 앞에서였다.

"들어오십시오."

굵은 목소리가 문 안쪽으로부터 울려 나왔다.

구양정인은 문을 밀었다. 문 틈새를 비집고 가장 먼저 그를 반긴 것은 퀴퀴한 냄새였다. 하지만 구양정인은 눈썹 하나 까딱하지 않았다. 그에게 있어서는 너무도 익숙했던 냄새였기 때문이다. 말라붙은 피고름에서 풍기는 냄새. 그것은 병의 냄새였다.

"안녕하시오."

구양정인은 창가에 놓인 침대를 향해 인사를 건넸다. 침대에선 한 남자가 몸을 일으키고 있었다.

"안녕하십니까, 신의 어르신."

쾌활한 목소리로 답례하는 남자, 강동제일가의 가주 석대문이었다.

"오늘은 어떠시오?"

"조금 답답한 것만 제외하면 아주 좋습니다."

석대문이 몸을 일으키자 이불이 흘러내리며 벗은 상체가 드러났다. 그의 상체는 붕대로 친친 감겨져 있었다. 붕대 곳곳에서 배어 나오는 불그죽죽한 고름은 이 방 안을 지배하는 악취의 근원이었다.

"답답하시다……. 그래서 오늘 아침에는 산책까지 하셨소?"

구양정인의 말투는 온화했다. 하지만 석대문은 그 안에 담긴 책망의 기색을 읽을 수 있었다.

"유 당사劉堂師가 본 모양이군요. 그저 바람 한번 쐬어 보려고 한 건데……."

유 당사라면 병동 전체를 관장하는 유계강劉桂康을 가리켰다. 구양정인 밑에서 의술을 배우다가 중도에서 포기하고 당사 일을 맡았다는 소문도 있지만, 유계강 본인은 물론 구양정인마저도 아니라고 하니 확인할 길은 없었다.

구양정인은 고개를 절레절레 흔든 뒤 조금 엄한 표정을 지으며 말했다.

"찬 공기는 회복에 좋지 않으니 다음부터는 자제하는 편이 좋을 것이오."

"하하, 유 당사는 언제나 고자질만 하고 신의께서는 언제나 잔소리만 하시는군요."

석대문이 껄껄거리며 웃었다. 이름난 고찰의 범종 소리처럼 듣기 좋은 웃음이었다. 하지만 웃고 있는 그의 얼굴은 보기에 결코 좋지가 않았다. 얼굴 왼쪽이 온통 녹아 붙어 있었기 때문이다.

"잔소리로만 들으시면 곤란하오. 왕후장상이라도 환자가 된 이상 의원의 말에 귀를 기울여야 하오."

석대문은 왼손을 치켜 올려 얼굴 앞에 세운 뒤 정중히 고개를 숙였다.

"아무렴요. 하늘 같으신 신의 어르신의 말씀인데 소생이 어찌 감히 그 분부를 거역하오리까. 두 번 다시는 그런 일이 없을 테니 어르신께서는 마음 푹 놓으십시오."

한 손으로만 올리는 포권은 분명 무례한 것이지만 구양정인은 탓할 마음이 전혀 없었다. 오른팔 근육이 의지대로 움직이지 않는 사람이니 한 손으로 포권을 할 수도 있는 일이었다. 그가 탓하고 싶은 건 석대문의 능청스러운 아첨이었다. 그는 실소를 흘리며 말했다.

"석 가주도 가만히 보면 참 재미있는 사람이오. 판검대인이 이렇게 실없는 위인이라는 걸 강호의 사람들도 알고 있는지 모르겠구려."

"허! 이제는 소생더러 경박하다 탓하시는군요. 이러다가는 무슨 질책을 더 받을지 모르겠습니다."

석대문은 왼손으로 머리를 긁적였다.

구양정인은 못 말리겠다는 듯이 혀를 찼다. 하지만 내심으로는 석대문이라는 사내에 대해 꽤나 감탄하고 있었다.

구양정인은 강호인이 아닌 의원이었다. 하지만 그의 둘째 아들이 강호에서 손꼽히는 후기지수로 이름을 떨치고 있는 관계로 강호에 대한 견문은 결코 천박하지 않았다. 때문에 그는 판검대인 석대문이 얼마나 엄정한 사람인지 잘 알고 있었다.

'하지만 말이지…….'

구양정인은 석대문을 바라보며 미소를 지었다. 이 활인장 안에서 석대문은 그런 엄정한 판검대인이 아니었다. 석대문은 활인장의 모든 식솔들에게 열여섯 살 총각처럼 밝고 활기찬 모습만을 보여 주고 있었다. 그리고 구양정인은 석대문이 그렇게 변한 이유를 능히 짐작할 수 있었다.

얼굴 반쪽을 포함하여 좌반신 전체를 일그러뜨린 흉측한 화상!

검객에게 있어서 사형 선고와 마찬가지인 오른팔 근육의 마비!

석대문은 그 정신적 고통에서 벗어나기 위한 방법으로 아마도 그동안에는 그리 친숙하지 않았을 웃음을 선택했다. 의원이 내린 첫 번째 처방전을 진심으로 받아들인 것이다.

흔들리지 않기 위해 성정까지 배우는 남자. 그런 남자를 환자로 삼은 의원은 행복하다고 할 수 있었다. 대부분의 환자가 일一의 의술로써 일의 효과를 얻는다면, 그런 사내는 일의 의술로써 십十의 효과를 얻을 수 있기 때문이다.

"자, 그럼 진맥을 좀 해 볼까요?"

구양정인의 말에 석대문은 지체 없이 왼손을 내밀었다.

"어디……."

구양정인은 석대문의 두툼한 팔목을 짚고 잠시 동안 눈을 감았다. 곤충의 더듬이처럼 민감한 그의 손가락이 팔목을 통해 전달되는 맥박을 읽기 시작했다.

맥박의 세기, 맥박의 주기 그리고 물리적 세계에서 설명할 수 없는 그만이 읽어 낼 수 있는 미묘한 느낌들…….

구양정인은 무엇보다도 그 느낌들을 믿었다. 같은 세기, 같은 주기의 맥박이라 해도 어떤 것은 죽어 가는 자의 것이며 어떤 것은 살아나는 자의 것이다. 그 느낌을 읽어 내는 탁월한 감각이 있는 이상 그는 뛰어난 의원일 수밖에 없었다.

한동안 진맥을 하던 구양정인은 나직한 한숨과 함께 손을 거두었다. 구양정인의 안색을 살피던 석대문이 히죽 웃으며 말했다.

"관이라도 하나 주문하실 것 같은 표정이군요."

"원, 사람도……."

구양정인은 가볍게 눈을 흘긴 뒤 말을 이었다.

"나는 지금껏 셀 수도 없는 많은 환자들을 치료해 보았소."

석대문은 잠자코 구양정인의 다음 말을 기다렸다.

"그런데 석 가주처럼 회복이 빠른 환자는 이제껏 단 하나뿐이었소."

"그게 누구죠?"

구양정인은 천장을 바라보며 짐짓 몽롱한 표정을 지었다.

"그래, 그리고 보니 그 환자를 치료한 지도 벌써 십 년이 넘었군. 참으로 놀라운 회복력이었지."

"그게 누구냐니까요?"

구양정인이 딴청을 부리자 석대문은 더욱 궁금해진 모양이었다. 석대문이 재차 채근한 뒤에야 구양정인은 느릿한 목소리로 입을 열었다.

"무이산武夷山 흑계령黑鷄嶺을 넘어갈 때 화살 여섯 대를 맞고 자빠져 있는 곰을 한 마리 만났지요. 그래서 화살들을 뽑아 주고 금창약을 발라 주었는데, 그놈이 그 자리에서 즉시 일어나서 수풀 속으로 달려 들어가 버리지 않겠소? 한두 대도 아니고 자그마치 여섯 대라오, 여섯 대. 그것도 엄지손가락 정도로 굵은 강전으로. 어떻소? 이만하면 놀라운 회복력이 아니오?"

석대문의 표정이 묘하게 변했다. 그러다가 그는 고개를 젖히며 크게 웃었다.

"곰이라고요? 으하하!"

쉰내 나는 늙은이한테 멋지게 한 방 먹은 셈인데도 저리 웃는 것을 보면 자주 웃으라는 처방을 확실히 받아들인 것 같았다.

석대문의 웃음은 기침이 나올 지경이 되어서야 겨우 멎었다. 그동안 묵묵히 석대문을 바라보던 구양정인이 품속에서 작은 상자를 하나 꺼냈다.

"내일부터는 오른팔 근육을 치료할까 하오."

농담은 이제 끝났다.

석대문의 눈빛이 번뜩였다. 그럴 수밖에 없는 것이, 방금 구양정인은 그가 지난 두 달 반 동안 애타게 기다렸던 말을 꺼낸 것이다.

"그러기에 앞서 가주께 허락받을 일이 하나 있소."

"말씀하십시오."

구양정인은 상자를 열었다. 상자 안에는 작은 자기병 하나와 침과도 비슷한 길쭉한 물건이 들어 있었다.

"가주의 오른팔은 팔꿈치와 손목 그리고 손가락 부분의 힘줄이 뒤틀려 있소. 이럴 때는 대개 침을 써서 힘줄을 바로잡는 법인데, 가주의 경우는 그것이 어려워 보이는구려. 뒤틀린 정도가 너무 심하고, 또 그간 내외상이 심해 시침施鍼을 미뤘기 때문이오. 치료의 적시를 놓쳐 버렸다고나 할까."

석대문은 아무런 말없이 구양정인을 바라보기만 했다. 과거와 현재의 상태는 그리 중요한 문제가 아니었다. 그에게 있어서 중요한 것은 미래의 가능성이었다. 그리고 그 가능성은 내일부터 치료한다는 구양정인의 한마디로 인해 구체화된 것이다.

구양정인은 상자 안에 있던 자기병을 꺼내 들었다.

"이 안에는 봉독蜂毒이 들어 있소."

"봉독이라고요?"

석대문의 눈빛에 의문이 담겼다. 봉독이면 벌의 독인데, 그것으로 무엇을 할 수 있단 말일까?

"십여 년 전, 왼팔이 나무에 깔린 나무꾼 하나가 이 집에 온 적이 있소. 그때 그의 왼팔은 이미 되살리기 힘들 정도로 망가진 뒤였지요. 찢긴 살갖과 부러진 뼈야 한두 달 안에 치료되었지만 뒤틀린 힘줄만큼은 노부가 알고 있는 어떤 시술로도 고칠 수 없더이다. 마치……."

가주의 오른팔처럼…….

구양정인은 석대문의 오른팔을 힐끔 쳐다본 뒤 말을 이어 갔다.

"그런데 반년쯤 지난 뒤에 그 사람이 다시 이 집에 실려 왔소. 왜 실려 왔느냐 하면, 바로 이것 때문이었소. 벌집을 건드렸다가 말도 못할 지경으로 쏘여 버린 게지. 정말 재수도 없는 사람이 아니오? 나무에 깔려 그 고생을 한 게 얼마나 되었다고……."

구양정인은 자기병을 흔들며 말했다.

석대문은 고개를 끄덕였다. 구양정인의 말대로라면 그 초부는 지독히도 재수 없는 사람임에 분명했다. 그게 아니면 전생에 초목과 곤충에게 무슨 몹쓸 짓이라도 했거나. 그건 그렇다 치고, 그래서 그게 어쨌다는 얘길까? 석대문은 구양정인의 다음 말을 기다렸다.

"그는 두 달 동안 고생하다가 결국 죽었소."

석대문은 눈살을 찌푸렸다. 하지만 구양정인의 이야기는 끝난 것이 아니었다.

"그런데 그를 치료하던 두 달 동안 이상한 점을 발견했소. 다른 신체 기관들이 죽어 가던 것과는 별개로 왼손이 움직였던 것이오. 두 번 다시는 움직이지 못할 거라고 내가 직접 확진을 내린 바로 그 왼손이 말이오."

석대문은 자신도 모르게 마른침을 꿀꺽 삼켰다. 마치 자신의 손이 움직인 듯한 기분을 느꼈던 것이다.

"흥미 있는 일 아니오? 그래서 노부는 왜 그런 일이 벌어졌는 가를 연구하기 시작했소."

구양정인은 이번에는 상자 안에서 길쭉한 물건을 꺼냈다. 한 쪽 끝은 침처럼 뾰족하고 다른 끝은 무엇을 담을 수 있게 고안된 물건이었다.

"그를 공격한 것은 꿀벌인데, 여느 꿀벌과는 달리 몸통 색깔이 검고 꼬리 부분이 길쭉한 놈이었소. 그래서 벌을 부릴 줄 아는 사람을 구해 그런 꿀벌들을 사육하기 시작했소. 그리고 근맥이 허술한 동물들을 대상으로 계속 시험해 보았고. 그 결과, 기능이 멈춰진 근육에 그 꿀벌의 독을 주입함으로써 죽은 부분을 살리는 침술을 고안하게 되었다오, 바로 이 침으로."

"그것을 제게 시술해 주십시오."

석대문은 주저 없이 말했다. 그러자 구양정인의 안색이 조금 어두워졌다.

"그런데 문제가 있소."

석대문은 잠자코 구양정인을 바라보았다.

"아직 사람을 대상으로는 이것을 써 본 적이 없소. 만약 이번에 사용한다면 가주가 처음이 될 것이오."

"상관없습니다."

석대문은 구양정인을 믿고 있었다. 아니, 이것은 믿고 안 믿고의 문제가 아니었다. 어차피 검을 쥐지 못할 오른손이었다. 검을 쥐지 못한다면 없는 것과 다름이 없었다.

구양정인이 말을 이었다.

"그리고 또 한 가지, 봉독침의 시술은 다른 치료와 병행할 수 없소. 부작용에 관해 아직 미심쩍은 부분이 많기 때문이오."

"다른 치료라 하시면?"

"지금까지 계속해 온 화상 치료 말이오. 화상 역시 적시를 놓치면 치유하기 어렵소. 만일 지금 봉독침을 사용하면, 가주는 영원히 본모습을 회복할 수 없을지도 모르오. 그래도 상관없겠소?"

누구라도 화상으로 일그러진 얼굴을 지닌 채 일생을 보내기를 원치 않을 것이다. 하지만 석대문은 이번에도 망설이지 않았다.

"상관없습니다. 본래 잘생긴 얼굴도 아니었지요."

구양정인은 반면이 타 붙은 얼굴로도 싱긋 웃는 석대문을 보며, 이 남자에게 있어서 검이 얼마나 중요한 것인지를 새삼 느낄 수 있었다.

"좋소. 그러면 내일부터 시작합시다."

구양정인은 한결 가벼워진 기분으로 말했다. 얼굴이 중요한 사람도 있고 검이 중요한 사람도 있다. 그 선호도에 대한 판단은 전적으로 개인적인 문제였고, 그는 환자의 의향을 존중하는 의원이었다.

"장주님!"

그때 병실 밖에서 늙수그레한 목소리가 들려왔다. 환신당의 당사 유계강의 목소리였다.

"무슨 일인가?"

"내실에서 전갈이 왔습니다. 신무전에 계신 둘째 도련님께서 방금 도착하셨다고 합니다."

"알았네. 곧 가겠네."

방문을 향해 대답을 한 구양정인이 석대문을 돌아보았다.

"집 떠난 아들놈이 오랜만에 돌아온 모양이오. 노부는 이만 가 봐야겠소."

저녁 회진은 이것으로 끝난 것이다. 석대문은 고개를 끄덕였다.

"그렇게 하십시오."

구양정인이 나간 뒤에도 석대문은 한동안 문을 응시하고 있었다. 검을 다시 쥐고 싶다는 막연하고도 불확실한 갈망이 이제는 검을 다시 쥘 수 있다는 희망으로 바뀌어 있었다. 환자에게 있어서 희망처럼 좋은 약이 또 있을까? 그는 벌써 강동제일인으로서의 심신을 되찾은 기분을 느꼈다.

'이렇게 기다리고만 있을 수는 없는 일이지.'

석대문은 왼손으로 베개 밑을 더듬었다. 그 안에서 나온 것은 어린아이 주먹만 한 크기의 가죽 공이었다. 석대문은 그것을 엉성하게 구부러진 오른손 안에 끼워 넣었다. 그리고 왼손바닥으로 오른손을 덮었다.

처음 왼손에 힘을 가해 가죽 공을 쥔 오른손을 오므렸을 때, 석대문은 자신도 모르게 눈썹을 찡그렸다. 하지만 검객으로 돌아가려는 남자가 눈썹을 찡그린 것은 그때가 처음이자 마지막이었다.

(3)

부우웅!

매서운 바람이 앙상한 나뭇가지를 스치고 지나갔다. 골난 아이처럼 잔뜩 인상을 쓰고 있는 하늘은 금세라도 눈을 펑펑 쏟아부을 것 같았다.

매서운 바람과 찌푸린 하늘 아래, 알록달록한 꾸러미를 받아 든 고사리 손은 파랗게 질려 있었다. 빤히 내려다보는 눈. 그 속을 비집고 나오는 호기심.

"숙부, 이게 뭐야?"

구양도경은 꾸러미를 건넨 구양현에게 물었다. 구양현은 능청스러운 표정을 지었다.

"글쎄, 궁금하면 경아가 직접 풀어 보렴."

구양도경은 꾸러미를 급히 풀었다. 곱은 손가락으로 꾸러미의 매듭을 푸는 것은 쉬운 일이 아니었지만, 아이의 호기심은 그런 수고를 참고 이겨 낼 만큼 컸다.

꾸러미가 열리고 모습을 드러낸 물건은 참나무를 둥글게 깎아 만든 팽이였다. 구양도경은 물론 팽이를 본 적이 있었고, 돌린 적도 있었다. 하지만 이렇게 생긴 팽이는 처음이었다. 게다가 함께 딸려 나온 이상한 도구들이라니!

"팽이잖아. 근데 딴 것들은 뭐야?"

여기서부터 본론이었다. 구양현은 목소리를 가다듬고 최대한 분위기를 잡아 가며 설명을 시작했다.

"이 팽이는 중원에서는 볼 수 없는 것이지. 여기서 수만 리 떨어진 나라에서 만든 거란다. 그 나라 아이들은 이렇게 생긴 팽이를 가지고 놀지."

물건의 효용이란 굳기 전의 고무와 같아서 처음에 얼마나 잡아 늘리느냐에 따라 그 크기가 좌우된다. 특히 그 크기를 판단할 사람이 어린아이일 경우는 더욱 그랬다.

"어때? 위에 칠해진 색깔이 예쁘지?"

"응."

"팽이가 돌아가면 훨씬 더 예쁘단다."

얼마 전 석대문이 소황을 닮은 청룡으로 밟았던 성공의 길을, 지금 구양현 또한 그대로 따라가고 있었다. 게다가 그에게는 석대문보다 유리한 점이 있었다. 석대문이 보여 주지 못한 확실한 시범이 준비되어 있었기 때문이다.

"숙부가 돌려 볼 테니 잘 봐라."

구양현은 팽이를 들어 길쭉한 나무 막대의 끝에 끼웠다. 그러고는 둥글게 꼰 가죽끈을 막대 끝에 튀어나온 팽이 윗부분에 감은 뒤, "으랏차!" 기합과 함께 힘껏 잡아당겼다.

핑!

팽이는 기묘한 음향과 함께 나무막대로부터 튀어나와 단단하게 얼어붙은 땅바닥에서 신나게 맴돌기 시작했다.

"와아!"

감탄을 참기에는 끈을 잡아채는 구양현의 동작이 너무도 멋졌던 걸까? 구양도경은 손뼉을 치며 눈을 빛냈다.

"자, 그리고 이렇게! 이렇게 채찍질을 하면 계속 돌지!"

촥! 촥!

팽이가 더욱 신바람을 내며 돌아가기 시작했다. 가죽끈의 갈래진 끄트머리가 팽이를 후려칠 때마다 울려 나온 소리는 구양도경의 귀에 마치 팽이가 지르는 환호성처럼 들렸을 것이다.

"이리 줘! 나도 해 볼래!"

구양도경은 구양현으로부터 빼앗다시피 가죽끈을 건네받았다. 이어 구양현을 흉내 내어 팽이를 냅다 후려쳤지만 숙달되지 않은 채찍질은 팽이의 회전을 오히려 방해할 뿐이었다. 조금 전의 신바람은 일장춘몽인 양, 팽이는 오금 풀린 노인네처럼 게걸음을 치다가 데구루루 쓰러지고 말았다.

"아이 참! 나는 왜 안 되지?"

구양도경은 속상해하며 팽이를 집어 들었다. 물론 다시 돌리기 위해서였다. 팽이를 팽이 대에 장치하기란 그리 쉬운 일이 아니었지만, 아이는 놀라운 눈썰미로 그것을 금세 해내었다.

"으랏차!"

숙부의 것을 흉내낸 기합. 팽이는 다시 한 번 회전을 시작했다.

이 집의 주인인 구양정인이 정원의 앙상한 나뭇가지 사이로 신선 같은 모습을 드러낸 것은 그즈음이었다.

"오호, 숙부가 좋은 선물을 가져왔구나."

구양현은 활짝 웃으며 구양정인을 향해 허리를 숙였다.

"그간 강녕하셨는지요."

제남의 신무전과 악양 활인장 사이의 거리는 제법 먼 편이라 공사다망한 구양현으로선 잦은 왕래가 힘들 수밖에 없었다. 부친을 마지막으로 뵌 게 초여름 청류산을 순례하기 직전이니 무려 반년 만에 드리는 문안 인사였다.

"오냐, 먼 길 오느라고 수고했다. 소 전주는 안녕하시고?"

"예, 사부님께서도 아버님께 안부를 여쭈셨습니다."

"안부? 그래, 뭐라 하더냐?"

"그것이……."

구양현이 머리를 긁으며 머뭇거리자 구양정인이 빙긋 웃으며 재촉했다.

"말해 봐라. 뭐라 하더냐?"

"십 년쯤 후에 은퇴할 생각이니, 함께 유람 다닐 절경이나 부지런히 답사해 두시라고……."

"유람? 하하하!"

구양정인은 너털웃음을 터뜨렸다.

"딱딱하기가 말린 소똥 같던 소 전주도 늙기는 늙은 모양이지? 실없는 농지거리를 하는 걸 보면."

구양정인이 말하는 소 전주란 물론 신무전의 주인인 신무대종 소철을 가리켰다.

무가의 최고봉인 신주소가와 의가의 최고봉인 활인구양가 사이의 인연은 소철의 양부인 소대진과 구양정인의 친부인 구양 숙歐陽熟 대부터 이어져 온 것이었다. 과거 여산대전에서 백련교주 서문호충과 양패구상하여 저승 문턱 바로 앞까지 갔던 신주대협 소대진을 살려 낸 사람이 바로 구양숙이었다. 그러한 인연은 큰 곡절 없이 후대로 이어서 소철과 구양정인은 분야를 초월한 친교를 나누게 되었고, 나아가 구양정인의 아들이 소철의 제자가 되는 인연으로까지 발전하게 되었다.

"바람이 차구나. 안으로 들어가자."

구양현의 등을 두드리며 이렇게 말한 구양정인은 손자를 향해 힐끔 시선을 돌렸다. 궁둥이를 땅에 댈 듯 쪼그리고 앉은 구양도경은 초롱초롱한 눈으로 숙부가 선물한 팽이를 바라보고 있었다. 아이의 어린 영혼은 이미 저 팽이에 실려 뱅글뱅글 돌고 있는 모양이었다.

"안 본 사이 경아가 부쩍 컸습니다."

하지만 부친은 부쩍 늙었다. 방 안에 들어와 상의에 걸친 털조끼를 벗어 벽에 달린 못걸이에 거는 구양정인의 모습은 반년 전보다 훨씬 왜소해 보였다. 그 점이 효성 지극한 구양현에겐 작지 않은 슬픔으로 다가왔다.

"저 나이 때 애들이 다 그렇지."

다탁 앞 의자에 자리를 잡은 구양정인이 찻주전자에 담긴 따듯한 용정차를 아들의 잔에 따라 주었다.

"형님과 형수님께서 보셨다면 얼마나……."

아차! 구양현은 황급히 입을 다물었다. 꺼내지 말아야 할 이야기를 무심결에 꺼낸 것이다.

구양정인은 아들의 염려를 덜어 주듯 담담히 대꾸했다.

"인명재천이라…… 어쩔 수 없는 일이지."

하지만 저 담담함이 진심일 리 없다고 구양현은 생각했다.

구양정인의 큰아들인 구양덕歐陽德은 천하제일 명의를 부친으로, 정숙하고 아름다운 여인을 부인으로, 그리고 귀엽고 영리한 아이를 자식으로 삼은 행운아였다. 거기에 의원으로서의 자질 또한 부친에 못지않은 것이어서, 그가 활인장의 가업을 이어 다음 대의 신의가 되리란 점을 의심하는 사람은 아무도 없었다.

그러던 어느 날 구양덕의 아내가 죽었다. 사인은 어처구니없게도 감기였다. 당대의 신의를 시아버지로 두고, 다음 대의 신의를 남편으로 둔 여인이 세상에서 가장 흔한 병 중 하나인 감기로 죽은 것이다.

구양덕은 절망했다. 가문의 의술에 대한 절대적인 믿음을 가진 그이기에, 그리고 아내에 대한 지극한 사랑을 가진 그이기에, 그의 절망은 극단으로 치달릴 수밖에 없었다.

세상에서 절망처럼 지독한 병은 없었다. 아내가 죽고 한 달 뒤 구양덕도 죽었다.

아내의 곁으로 간 구양덕은 과연 행복했을까?

하지만 남겨진 자들은 행복할 수 없었다. 갓 걸음마를 뗀 손자를 품에 안은 채, 며느리의 무덤 옆에 묻히는 아들의 관을 바라보는 구양정인의 두 눈에서는 굵은 눈물 줄기가 하염없이 흘러내리고 있었다.

구양현은 그 모습을 잊을 수 없었다.

"시키실 일이 있다고요?"

분위기를 바꿔 보려는 의도에서였다. 구양현은 조금 크고 활기찬 목소리로 구양정인에게 물었다.

구양정인이 고개를 작게 끄덕였다.

"그래, 네가 해 줬으면 하는 일이 하나 있다."

"말씀하십시오."

형이 죽었으니 의당 상속자가 되어 가업을 이어야 할 구양현이지만, 자의반 타의반으로 강호에서 몸을 뺄 수가 없는 처지였다. 때문에 그는 부친에 대해 항상 죄송한 마음을 가지고 있었다.

구양정인이 말했다.

"열흘쯤 뒤에 한 사람의 보표保鏢가 되어 주어야겠다."

구양현은 새삼스러운 눈으로 부친을 보았다. 보표라면 호위를 말한다. 그리고 보표가 필요하다는 것은 어느 정도 위험성이 있다는 것과 일맥상통한다. 의가에서 흔히 언급할 용어는 아닌 것이다. 하지만 그는 곧 안색을 순하게 만들며 부친의 요구에 응했다.

"알겠습니다."

그러고는 누구인지 묻고 싶었는데, 부친이 앞서 밝혀 주었다.

"석대문이라고, 아마 너도 들어 본 적이 있는 이름일 게다. 지금 환신당에서 치료를 받는 중이지."

"석대문? 강동제일가의 가주 석 대협 말입니까?"

"바로 그 사람이다."

구양현은 멍한 표정이 되었다. 참으로 공교로운 일이 아닐 수 없었다. 그 기색을 본 듯 구양정인이 물었다.

"왜 그러느냐?"

"그것이……."

구양현은 말을 잇지 못하고 머리를 긁었다. 저것이 곤란해졌을 때 아들이 보이는 버릇임을 알고 있는 구양정인은 인내심을 가지고 기다려 주었다.

이윽고 구양현이 끊겼던 말을 이어 붙였다.

"사실 저도 오늘 아버님께 허락 받을 일이 하나 있었습니다."

"그래?"

"마음에 드는 여인이 한 명 있습니다. 아버님께서 빙인氷人(중매쟁이)을 놓아 주셨으면 합니다."

구양정인의 입가가 벙긋 말려 올라갔다.

구양현도 벌써 이십 대 중반. 또래들은 이미 아이 한둘은 두고 있을 나이였다. 하나 남은 아들이 남녀 문제에 너무 숫된 성격이 아닌가 걱정하던 아비로서는 참으로 반가운 소식이 아닐 수 없었다. 하지만 혼인은 인륜지대사. 대사를 감정으로 처리해서는 안 된다. 이럴 때일수록 어른의 위신이 필요했다.

"어느 댁 규수냐?"

"그것이⋯⋯."

구양현은 또다시 머리를 긁기 시작했다. 사안이 사안인 만큼 내버려 두면 머리 껍질이 벗겨질 때까지 긁어 댈지도 몰랐다. 구양정인은 은근한 목소리로 아들의 용기를 북돋아 주었다.

"괜찮으니 말해 보아라. 아무려면 내가 하나뿐인 아들을 총각귀신으로 만들겠느냐?"

그제야 머리를 긁던 손을 멈춘 구양현이 머뭇거리는 목소리로 대답했다.

"방금 말씀하신 석 가주의 누이동생입니다."

이번에는 구양정인이 멍한 표정이 될 때였다.

"하하! 소란, 그 말괄량이에게 그런 재주가 있었나? 자네 같은 청년 기협을 후리다니. 하하!"

석대문은 찻잔 속의 찻물이 흘러넘치는 것에도 아랑곳하지 않고 상체를 흔들며 크게 웃었다. 전신을 뒤덮은 화상으로 인해 붕대 외엔 속옷도 변변히 갖추지 못한 그였다. 그런 괴상한 차림으로 가가대소를 터뜨리는 그의 모습에 탁자 맞은편에 앉은 구양현은 머쓱해질 수밖에 없었다.

"그만 놀리십시오. 소제, 무안합니다."

"아닐세, 아니야. 내가 자넬 왜 놀리겠나? 내 매제가 되어 암호랑이 같은 아이에게 잡혀 살 불쌍한 인간을 놀리는 거지! 하하…… 으윽!"

석대문은 얼굴을 찡그렸다. 하도 요란을 떠는 바람에 막 딱지가 앉은 왼쪽 어깨의 화상 상처가 터진 것이다.

"괜찮으십니까, 형님?"

어느새 호형호제하는 사이가 되어 버린 두 사람이었다. 석대문은 가렵고 쓰라린 왼쪽 어깨를 턱으로 문지르며 말했다.

"아아, 괜찮네, 괜찮아. 그나저나 이걸 어쩐다? 이런 날에는 술이라도 한잔 마셔야 하는데, 자네 부친이 아시면 기겁을 하실 테니 그럴 수도 없고. 자, 이거라도 건배하세. 자네의 용기 있는 결단에 삼가 조의를 표하네."

어깨가 불편하기 때문일까? 석대문은 조금 떨리는 손으로 찻잔을 내밀었다. 하지만 그 와중에도 익살은 여전했으니, 구양현으로선 그저 떨떠름하게 웃을 수밖에 없었다.

두 사람을 술을 마시듯 차를 들이켰다. 그러다가 구양현은 탁자의 다리 옆으로 튀어나온 석대문의 오른쪽 무릎을 우연히 바라보게 되었다. 그 무릎엔 석대문의 오른손이 손등을 아래로 향한 채로 놓여 있었는데, 그 안에 끼워진 물건 하나가 구양현의 호기심을 자극했다.

"그건 뭡니까?"

구양현의 시선을 좇던 석대문이 픽 웃었다.

"아, 이거 말인가?"

석대문은 오른손을 탁자에 올려놓았다. 그것은 간단한 일이 아니었다. 왼손으로 오른쪽 손목을 쥔 뒤 물건을 들듯 끌어 올려야만 했으니 말이다. 게다가 붕대 감긴 왼손 손가락들을 기괴한 형상으로 구부러진 채 굳어 버린 오른손 손가락들 틈으로 찔러 넣어 문제의 물건을 끄집어내는 모습이라니!

구양현은 자신도 모르게 눈살을 찌푸렸다.

"보다시피 공이지."

석대문이 말했다. 붕대에 감긴 그의 왼손 손바닥에 놓인 것은 어린아이 주먹만 한 크기의 가죽 공이었다.

"경아에게 부탁해서 하나 얻었다네. 왜? 어른이 이런 장난감을 가지고 노는 게 이상해 보이는가?"

"아, 아닙니다."

구양현은 눈치가 빠른 사람이었다. 방금 석대문이 행한 번거로운 동작으로부터 그는 석대문이 지금 처한 상황을 짐작할 수 있었다.

석대문이 고개를 절레절레 흔들며 투덜거렸다.

"한심한 일 아닌가, 명색이 검객이란 놈의 손이 이 모양이라니."

하지만 석대문의 얼굴엔 여전히 웃음기가 머물고 있었다. 구양현은 그 점을 다행스럽게 생각했다. 자조는 봐줄 수 있지만 자학은 봐주기 어려운 법이다.

"상태가 안 좋으신가요?"

구양현의 조심스러운 질문에 석대문이 대수롭지 않게 반문했다.

"가친께 얘기를 듣지 못한 모양이지?"

"예. 단지 열흘쯤 뒤에 이곳을 나가신다는 것 외에는……."

석대문의 눈이 번쩍 빛났다.

"열흘이라고?"

"예."

"다행이군."

석대문은 씩 웃으며 가죽 공을 다시 오른손에 끼워 넣었다. 구양현의 말로 미루어 신의는 봉독침의 시술 기간을 열흘로 잡은 모양이었다. 그리고 그 말을 구양현의 입을 빌려 전달하는 것을 보면, 결과에 대해 비관하지는 않는 듯싶었다. 검을 다시 쥘 수 있다는 희망이 점점 현실화되고 있는 것이다.

석대문은 가죽 공을 끼워 놓은 오른손을 왼손으로 감싼 뒤 천천히 움켜쥐는 동작을 시작했다. 왼손에 감긴 붕대 위로 배어 나오는 불그죽죽한 진물은 보는 사람으로 하여금 시선을 돌리게 만들 지경이었다.

차마 그러지는 못하고 눈살만 찡그리는 구양현을 향해, 석대문이 한쪽 눈을 찡긋해 보였다.

"신경 쓰지 말게. 뭐라도 하지 않으면 화병이 날 것 같아서 이러는 거니까."

온전한 한쪽 눈을 감았으니 결국 두 눈 모두를 감은 셈이 되었지만, 어쨌거나 쾌활한 그 목소리가 구양현의 민망함을 덜어 주었다. 구양현은 자신도 모르게 한숨을 쉬었다. 말로만 듣던 강동제일인, 과연 인물은 인물인 것이다.

"그건 그렇고, 요즘 뭐 재미있는 일 없나?"

석대문이 환기하듯 물었다.

"재미있는 일이라면……?"

"강호 말일세. 얘깃거리가 될 만한 일이 벌어지지 않았냐고. 두 달 반을 침대에서 뒹굴다 보니 아는 게 있어야지."

구양현은 잠시 생각에 잠겼다. 근래 강호를 가장 시끄럽게 만든 한 가지 소식, 그 서두를 어떤 식으로 풀어야 할지를 고민하는 것이다. 그는 머릿속에 떠오른 말들을 정리한 뒤 입을 열었다.

"석대원이라는 사람을 아시죠?"

화상 자국이 들러붙은 석대문의 뺨이 실룩거렸다.

"자네가 그를 어찌 아는가?"

구양현은 질문으로 대답을 대신했다.

"그는 형님의 동생인가요?"

석대문은 눈살을 찌푸렸다.

"아전이나 소란이 자네에게 쓸데없는 얘기를 했나 보군."

구양현은 정색을 하고 다시 한 번 물었다.

"동생이 맞습니까?"

석대문은 구양현의 얼굴을 물끄러미 바라보다가 짧게 대답했다.

"물론이지."

구양현의 얼굴이 밝아졌다. 석대문은 차분한 목소리로 덧붙였다.

"아원이는 누가 뭐래도 내 동생이야. 누구도 그 사실을 부정할 수는 없다네."

"하지만 이가주께선……."

이가주라면 석가장에서 가주 대행을 하던 석대전을 가리켰다. 구양현은 석가장의 술자리에서 벌어졌던 일을 생생히 기억하고 있었다. 석대원의 이름을 들은 순간 석대전이 드러낸 신경질적인 반응. 그것이 지난 몇 달 동안 구양현의 가슴을 납덩이처럼 무겁게 짓눌러 온 것이다.

"쯧쯧, 아전이 앞에서 그 이름을 꺼낸 게로군."

구양현이 고개를 끄덕이자 석대문이 빙긋 웃었다.

"그래서…… 아전이 그를 싫어하는 것 같던가?"

구양현이 그날 받은 느낌은 싫어하는 정도가 아니었다. 석대전은 석대원을 증오하고 있었다. 적어도 구양현의 눈에는 그렇게 비쳤다.

"후우, 그럴 리가 없지. 아무렴, 그럴 리가 없어."

석대문은 혼잣말 같은 소리를 중얼거리며 눈을 감았다. 머릿속으로 아련하게 떠오르는 영상 하나가 있었다. 봄꽃 만발한 정원, 그곳에서 뛰어노는 네 명의 아이들…….

—형, 아전과 소란을 잘 돌봐 줘.

감긴 눈까풀이 가늘게 떨렸다. 아이답지 않게 굵은 그 목소리를 떠올릴 때마다 석대문은 언제나 짙은 비애와 그리움에 사로잡혔다.

봄이 오면 그 정원에는 다시 꽃이 만발할 것이다. 하지만 아이들도 다시 그곳에서 뛰어놀 수 있을까? 모든 것은 유전流轉하는데, 왜 사람들은 그럴 수 없는 것일까?

석대문은 천천히 눈을 떴다.

"연벽제로 인해 내 선친께서 변을 당하신 것은 불행한 일이지. 하지만 그것은 아원과 아무 상관도 없는 일이야."

구양현은 고개를 끄떡였다. 그의 마음속에 지워지지 않는 화인을 찍어 놓은 여인, 석지란도 그렇게 말했다.

"그리고 아전이의 얘기가 나왔으니까 말인데, 어린 시절 아원과 가장 가깝게 지낸 놈이 바로 아전이라네."

석대문의 목소리는 어딘지 몽롱하게 들렸다. 아름답기에 더욱 슬픈 과거는 그것을 떠올리는 모든 사람을 몽롱하게 만들지도 모른다.

"아전이는 그리 사내답지 못한 애였지. 화초를 가꾸거나 작은 짐승을 키우는 일은 좋아했지만, 나나 아원이처럼 씩씩하진 못했네. 천생 무인인 선친께서는 그 아이의 그런 점을 탐탁지 않게 여기셨네. 그런 아전이를 보호해 주고 용기를 북돋아 준 게 바로 아원이였어. 아전이가 실수를 저지르면 그것을 가로맡아 꾸중을 듣는 아이도 바로 아원이였고. 그 각별한 우애를 어떻게 표현할 수 있을까? 아전이는 아원이를 진짜로 좋아했지. 아마 한배에서 난 나나 소란보다도 훨씬 더 좋아했을 거야."

"그랬군요."

설명 한두 마디로 이해하기에는 지나 버린 세월이 너무 길었을 것이다. 하지만 구양현은 막연하게나마 그들 형제들의 해묵은 애증을 짐작할 수 있을 것 같았다.

석대문의 이야기가 이어졌다.

"아원이의 추방이 결정되었을 때, 아전이는 형을 보내지 말라고 울고불고 난리를 쳤다. 어찌나 슬퍼하는지, 옆에서 보던 사람들이 안타까워 고개를 돌릴 정도였네. 하지만…… 결국 아원이는 열네 살의 어린 몸으로 가문으로부터 추방되었네. 아전의 성격이 바뀐 건 그때부터였을 걸세. 자신을 보호해 주던 둘째 형을 이제는 더 이상 만날 수 없다는 사실이 그 여리던 아이를 차갑고 무정하게 만든 게야."

사랑과 증오의 차이는 무엇일까?

석대전은 사랑을 잊기 위해 증오를 선택했다. 그의 증오는 사랑 속에서 피어난, 사랑의 왜곡된 형태라고도 할 수 있을 것이다. 그렇다면 그의 증오는 단순히 증오에 불과할까? 그렇지는 않을 것이다. 사랑이라는 수액이 굳어져 만들어진 옹이 속에는 여타의 생명 없는 옹이들과는 구분되는 무엇인가가 담겨 있을 것이다.

하지만 기나긴 시간 속에 굳어진 감정은 견고할 수밖에 없다. 그 옹이 안에 갇힌 옛정은 이제 어떠한 향기도 풍기지 못할지도 모른다. 석대전은, 그리고 석대원은 오랜 시간 속에서 굳어진 그 옹이를, 왜곡된 감정의 껍데기를 깨뜨릴 수 있을까? 비틀린 시간을 바로잡고 아름답던 그 시절로 돌아갈 수 있을까?

구양현의 입에서는 긴 탄식이 흘러나왔다.

"한데 아원이가 뭘 어쨌다는 건가?"

석대문이 물었다. 구양현은 아까보다 한결 가벼워진 마음으로 이야기를 꺼낼 수 있었다.

"우선 제갈휘가 죽었다는 소식부터 말씀드려야겠군요."

"뭐?"

석대문의 눈이 휘둥그레졌다.

"무양문의 고검 제갈휘 말인가?"

"예. 스무 날쯤 전엔가, 용봉단을 지원하는 백도인들에 의해 장성 부근의 곡리라는 곳에서 살해당했다고 합니다."

쾅!

탁자가 요란한 소리를 내며 흔들거렸다. 찻잔과 찻주전자가 쓰러지며 연녹색 찻물이 탁자에 깔린 하얀 보를 적셨다. 탁자를 후려친 것은 붕대에 감긴 커다란 주먹. 그 주먹은 아직도 분을 이기지 못하고 부르르 떨고 있었다.

"케케묵은 명분밖에 모르는 고루한 늙은이들! 지난 이십 년을 제갈휘 덕분에 목숨을 연명해 놓고 이제 살 만해진 모양인가? 제갈휘를 죽였다고?"

쾅!

탁자가 다시 한 번 진저리를 쳤다.

"강이환, 그 여우 같은 놈이 기어코 일을 저질렀군! 서문숭의 손에 죽기 싫으면 자기를 도우라 이건가? 제갈휘가 죽으면 그 피해가 백도 전체에 미치리란 걸 뻔히 아는 놈이 밥통 같은 백도인들을 꼬드겨 그런 짓을 해!"

고지식한 구양현으로선 석대문의 이런 반응이 매우 뜻밖일 수밖에 없었다. 하지만 못 들은 척, 이야기를 계속해 나갔다.

"그런데 바로 그 자리에 석대원이란 사람이 있었다고 합니다."

석대문으로부터 뿜어 나오던 분노의 기세가 순간적으로 누그러지는 듯했다.

"그와 제갈휘는 의형제를 맺은 사이라고 합니다. 그래서 제갈휘가 살해당하자 그가 즉시 나섰다고 하더군요."

석대문의 표정이 딱딱하게 굳었다. 천하의 제갈휘도 당해 내지 못한 자들에게 석대원이 덤벼들었단 말인가? 그렇다면 혹시……?

하지만 이어진 구양현의 말에 석대문은 안도할 수 있었다.

"그의 무공은 상상을 초월하는 것이어서 제갈휘를 습격했던 백도인들은 한 사람도 살아남지 못했다고 합니다."

"그래?"

소식이 끊어졌던 아우가 절세의 고수가 되어 강호에 나타났다는 사실이 석대문의 마음을 활짝 펴지게 만들었다.

그런데 의문 하나가 문득 떠올랐다. 석대원은 지난 십일 년 간 어디에서 무엇을 했기에 그런 고수가 된 것일까?

구양현의 이야기는 계속 이어졌다.

"덕분에 그는 백도 무림의 공적公敵이 되었습니다. 무림첩武林帖을 돌리자는 의견도 분분해, 본 전의 현무대에 접수되는 탄원서만 해도 하루에도 수십 통에 이른다고 하더군요."

"백도 무림의 공적이라……."

석대문은 어느새 느긋한 신색을 회복하고 있었다. 그는 흑백의 구분에 대해 세상 사람들이 흔히 지니는 입장과는 다른 견해를 지니고 있었다.

스스로에겐 다원적인 논리로 세세히 살피면서 외부에 대해선 이분법적인 잣대를 함부로 갖다 대는 것이 인간 심리의 맹점이었다. 그래서 사람들은 흔히들 누구는 마두니, 누구는 대협이니 지껄이기를 좋아한다. 참으로 쉽게 말이다. 하지만 거대한 창고 가득 자료를 쌓아 둔다고 해서 한 인간을 온전히 파악할 수 있을까? 모태로부터, 아니 어쩌면 그보다 훨씬 이전부터 크고 작은 은원과 업으로 얽혀진 삶을, 누가 감히 칼로 자르듯 명쾌하게 결론지을 수 있단 말인가.

가치의 본질.

이것에 대해 결론짓는 행위는 어쩌면 애당초 인간에게 부여된 권리가 아닐지도 모른다.

"형님께서는 별로 걱정하시지 않는 모양입니다?"

구양현이 고개를 갸웃거리며 물었다. 아우가 공적으로 낙인 찍혀 무림첩이 발송될 지경인데도 저리 느긋해하는 석대문이 이상해 보였던 것이다.

석대문은 담담한 목소리로 말했다.

"난 그 아이를 잘 아네. 강한 아이지. 들개 떼에 물려 죽진 않을 걸세."

들개 떼라는 말이 거슬렸지만 구양현은 내색하지 않고 다시 물었다.

"출신이 밝혀지면 가문에 악영향이 미칠지도 모르는데요?"

석대원은 대소를 터뜨렸다.

"악영향? 하하! 자네, 이제 보니 재미있는 말도 할 줄 아는군."

"형님, 그렇게 쉽게 넘기실 문제가……."

석대문은 붕대에 감긴 왼손을 들어 구양현의 말을 잘랐다.

"나는 친하고 싶은 사람이 셋, 싸워 보고 싶은 사람이 둘 그리고 두려워하는 사람이 하나 있지."

뜬금없는 이 말에 구양현은 눈을 끔벅거렸다.

"친하고 싶은 세 사람이란 개방의 우 방주와 자네의 대사형인 철인협 그리고 고검 제갈휘라네. 한 사람은 이미 교분을 맺었고, 한 사람은 아직 기회가 없었으며, 다른 한 사람은 아쉽게도 처음부터 인연이 없었나 보네."

구양현은 고개를 끄덕였다. 전적으로 동의할 수는 없지만, 공감할 수는 있었다.

"싸워 보고 싶은 두 사람은 신무전의 백호대주와 강호사마 중 거경이라네. 운이 닿아 그중 한 사람과는 싸워 보았지만, 결판을 내지는 못했지."

백호대주 이창과 거경 제초온. 이 둘은 천하를 통틀어 싸움을 가장 좋아하는 사람이라 할 수 있을 것이다.

"가장 두려워하는 사람은 검왕 연벽제라네."

구양현은 어깨를 움찔했다. 하지만 이내 고개를 끄덕였다.

원수라는 단어의 뒷면에는 아지랑이 같은 두려움이 깔려 있었다. 영영 만나지 못할지도 모르기에 두렵고, 만나도 복수에 성공한다는 보장이 없기에 두려우며, 다행히 복수에 성공한다 해도 그 뒤에 찾아올 허탈감에 두렵다. 그리고 모든 것을 접어 두고라도 그 원수의 이름이 연벽제라면, 천하의 누구라도 무조건 두려워할 수밖에 없는 것이다.

"방금 악영향이라고 했나? 만약 아까 말한 여섯 사람에 의한 악영향이라면 조금 심각하게 고려해 보겠네. 하지만 그들이 아니라면……."

석대문은 미소로 말을 맺었다. 그들 외의 사람들은 안중에도 없다는 뜻이었다. 광오하기 짝이 없는 말이지만, 이상하리만치 자연스럽게 느껴졌다. 말한 사람이 강동제일인 석대문이기에 가능한 일이었다.

"게다가 장차 신무전 셋째 도련님의 처가가 될 가문을 감히 누가 건드리겠나?"

짓궂은 목소리로 덧붙인 석대문의 말에 구양현은 얼굴을 붉혔다. 자신도 모르게 석지란의 얼굴을 떠올렸기 때문이다. 그러다가 안색을 고치며 말했다.

"사실 소제는 석대원, 석 형을 만난 적이 있습니다."

석대문은 고개를 갸웃거렸다.

"아원이를 만난 적이 있다고?"

"반년 전에 사천에서 도움을 받은 적이 있었지요."

석대문은 신기한 동물을 보는 듯한 눈길로 구양현을 바라보다가 껄껄 웃었다.

"하하하! 이제 보니 우리 석씨와 인연이 아주 많은 친구가 아닌가!"

석대문의 웃음에도 불구하고 구양현의 표정은 밝아지지 않았다.

"한데 한 가지 미심쩍은 점이 있습니다."

구양현의 굳은 표정으로부터 뭔가 심상치 않은 기색을 읽은 석대문이 웃음을 거두며 그에게 물었다.

"그게 뭔가?"

"석 형의 사문에 관해서입니다. 그것에 대해 혹시 아시는 점이라도 있습니까?"

석대문의 기괴한 얼굴이 곤혹감으로 일그러졌다.

석대원이 가문에서 추방되던 십일 년 전의 그날, 세가의 정문 밖에는 한 사람이 석대원을 기다리고 있었다. 석대문은 그 사람의 모습을 선명히 기억하고 있었다. 반백의 머리에 강퍅해 보이는 인상, 구부정한 허리로 인해 더욱 작아 보이던 몸집. 그 사람을 부른 건 세가의 후원 초당에 거하는 늙은 글 선생 운리학이었다. 그러므로 운리학은 그 사람이 누군지, 그리고 석대원이 어디로 갔는지 알고 있었을 것이다. 하지만 운리학은 그 일에 관한 한 절대로 입을 열려 하지 않았다. 아전과 소란이 그토록 애원을 했는데도 말이다.

"형으로서 부끄러운 일이지만, 그 아이의 사문에 관해선 아는 바가 전혀 없군. 자네는 그것에 관해 무엇이라도 아는 점이 있는가?"

"소제가 석 형을 처음 만난 것은 만용천선의 천선자께서 거하시던 적심관이라는 도관이었습니다. 그래서 소제는 석 형을 천선자의 문하로만 알고 있었습니다. 한데……."

석대문의 이지러진 입가로 기쁨의 기색이 떠올랐다. 그 기색을 마음껏 발산하지 못한 것은 이전보다 조금 더 어두워진 구양현의 표정 때문이었다.

"한데……?"

"이번 곡리혈사穀里血事 건에 관한 소문 중 이상한 이야기가 들리더군요."

"이상한 소문이라니?"

구양현은 주저하다가 조심스럽게 말을 이어 붙였다.

"석 형이 사용한 검법이 혈랑검법이라는……."

석대문의 표정이 얼어붙은 듯 딱딱해졌다.

혈랑!

지난 반년 동안 그 이름으로 말미암아 겪어야 했던 수많은 일들이 주마등처럼 석대문의 머릿속을 스치고 지나갔다. 모든 것이 비각이라는 조직의 계략임이 밝혀졌을 때, 그 간교함에 이를 갈면서도 한편으로 안도의 한숨을 내쉬었던 것은 신비혈랑의 혈랑곡이, 그 악몽 같은 공포가 실재하지 않는다는 점을 확인할수 있었기 때문이다.

그런데 석대원이 혈랑검법을 사용했다니!

"설마……?"

석대문이 쉽게 받아들이지 못하자 구양현이 고개를 끄덕였다.

"물론 소제도 그 소문을 믿는 것은 아닙니다. 제가 직접 만나본바, 석 형에겐 일세 대협의 풍모가 있었지요. 그런 석 형이 혈랑곡주의 무공을 익혔다는 건 참으로 믿기 어려운 일이 아닐수 없습니다. 그런데 한 가지 기이한 일이 있습니다."

석대문은 묵묵히 구양현의 뒷말을 기다렸다.

"석 형의 이름이 강호에 알려진 것과 비슷한 시기에 혈랑곡도를 자처하며 혈겁을 일으키던 자들이 씻은 듯이 사라져 버렸다는 점입니다. 마치 그가 세상에 나오기를 기다렸다는 듯이 말입니다."

구양현의 이 말은 석대문으로 하여금 그날 밤 철군도에서 거경 제초온과 나눈 대화를 떠올리게 해 주었다.

—이젠 왜 혈랑을 가장하지 않소? 철수객 남궁월처럼 늑대탈이라도 쓰고 나타났다면 더 재밌지 않았겠소?

—혈랑?

껄껄 웃던 제초온. 그리고…….

—이제는 그럴 필요가 없어졌지. 진짜가 나타났으니 가짜들은 사라져 줘야 되지 않겠나?

그렇다면, 제초온이 말한 진짜란 바로 석대원을 가리키는 것이 아닐까?

지존至尊

(1)

여명 직전의 어둠은 칠야보다도 짙었다.

연문건連文建은 하늘을 바라보았다. 광활한 검은 장막 위에 반짝이는 별들을 보니 오늘 하루도 쾌청할 것 같았다.

연문건은 광명전光明殿에서 동쪽으로 반 마장쯤 떨어진 귀천각歸天閣을 향해 걸음을 옮겼다. 그의 하루 일과는 귀천각을 점검하는 것부터 시작되었다. 얇은 가죽신 아래에서 사각사각 부서지는 서리는 얼어붙은 계절을 느끼게 해 주었다.

"삼호법三護法님을 뵈옵니다!"

귀천각의 입구를 지키던 두 명의 문도가 양손을 가슴 앞으로 모으며 외쳤다. 두 개의 손바닥을 하늘로 향하고 열 개의 손가락을 기묘하게 구부린 모양이 마치 이글거리는 불꽃을 보는 듯했다. 그들이 속한 문파, 그들이 믿는 종교에서는 극존의 의미가 담긴 예법이었다.

연문건은 그들에게 가볍게 눈인사를 보낸 뒤 귀천각 안으로 들어갔다.

귀천각의 용도는 본디 피서장避暑莊이었다. 이곳의 여름 날씨는 오리 알도 익힐 만큼 징그러운 것이어서, 문주는 여름이 되면 답답한 광명전을 나와 탁 트인 이곳 귀천각에서 하루의 대부분을 보냈다. 하지만 지금은 만물이 얼어붙은 겨울. 문주가 이곳에 있을 리도 만무하니, 귀천각은 내년 여름을 기약하며 외로이 공간을 차지하고 있는 것이다.

귀천각의 지상 부분은 여느 때와 다름이 없었다.

삼 층의 점검까지 마친 연문건은 일 층으로 다시 내려왔다. 모든 층의 점검을 꼼꼼히 마친 뒤지만 그에겐 아직 중요한 일이 남아 있었다. 지하 밀실의 점검이 남아 있었던 것이다.

문주가 머무는 계절이 아님에도 불구하고 무공에 능한 문도가 하루 열두 시진 끊임없이 번番을 서야 하는 진정한 이유, 그리고 연문건 정도 되는 사람이 매일 아침 점검을 해야 하는 진정한 이유는 바로 그 지하 밀실에 있었다.

연문건은 동쪽 벽으로 다가갔다. 그곳엔 하나의 문이 있었고, 그 옆으론 일곱 개의 검은 구슬이 북두칠성 형상으로 박혀 있었다.

연문건은 일곱 개의 구슬을 하나씩 누르기 시작했다. 그러기를 일곱 차례. 일곱 개의 구슬을 특정한 순서에 의해 일곱 차례씩 누르는 것은 그리 쉬운 일이 아니었다. 하지만 그 일을 수천 번 반복해 온 연문건은 눈을 감고서도 그 순서를 따라갈 수 있었다.

마지막 마흔아홉 번째의 구슬을 눌렀을 때.

쩔컹!

벽 안쪽에서 둔중한 금속성이 울렸다. 그것이 문과 벽을 가로지르고 있던 반 자 굵기의 강철봉 세 개가 동시에 뽑히는 소리임을 연문건은 너무도 잘 알고 있었다. 십여 년 동안 단 한 번의 고장도 없이 작동하는 이 정교한 잠금장치를 설계한 사람은 머리가 희한하게 좋은 노인이었다. 그 노인에게 있어서 이 정도 기관을 만들기란 반나절 심심파적이나 다름없었다.

연문건은 오른손을 문에 얹었다.

그긍!

팔백 근에 달하는 강철 문을 여는 것은 웬만한 공력으로는 어려운 일이 분명한데, 연문건은 제집 안방 문을 열듯 가볍게 해내고 있었다.

문이 열리자 지하로 통한 계단이 연문건의 발아래로 긴 모습을 드러냈다. 그는 문 안쪽에 준비되어 있는 유등油燈을 들었다. 부싯돌을 꺼내 심지에 불을 붙이는 그의 동작은 무척이나 자연스러웠다. 이어 이백여 개의 계단을 딛고 지하로 내려가는 동작 또한 무척이나 자연스러웠다.

계단이 끝나는 곳에는 열 평 남짓한 방이 있었다. 그 방에 들어선 연문건은 정면의 벽을 바라보았다. 벽면엔 유등의 불빛을 받아 각기 다른 색으로 반짝이고 있는 다섯 개의 구슬이 박혀 있었다.

저 다섯 개의 구슬로 작동되는 기관의 이름은 오행관五行關. 계단의 잠금장치를 설계한 그 머리 좋은 노인의 작품이었다. 하지만 저 오행관은 계단의 잠금장치와는 다르게 극도로 위험했다. 다섯 개의 구슬에는 각각 치명적인 함정이 준비되어 있었으니, 만에 하나 작동법을 모르는 사람이 건드리는 날엔 그 사람이 누구든 무사하기 어려울 터였다.

한동안 벽을 바라보던 연문건은 천천히 몸을 돌렸다. 다섯 개의 구슬을 조작하여 오행관을 해체할 수 있는 사람은 천하에서 오직 네 명뿐이었다. 아쉽게도 그는 네 명 안에 포함되지 않았다. 그러므로 그가 매일 아침 행하는 귀천각 점검은 바로 여기까지인 것이다.

연문건은 천천히 계단을 올라갔다.

한 가지 일이 끝나자 한 가지 근심이 떠올랐다. 인간이기 때문에 어쩔 수 없이 느끼는 피에 대한 두려움이었다.

연문건을 포함한 모든 문도들은 지금 한계점까지 당겨 놓은 활처럼 팽팽히 긴장한 상태에서 하루하루를 보내고 있었다. 활시위를 잡은 사람은 바로 문주. 문주가 활시위를 놓는 순간, 그들은 천하를 향해 미친 듯이 날아가 피를 빨고 또 뿌려야만 하는 것이다. 그러기를 무려 한 달. 문파 안을 감도는 긴장은 수그러들기는커녕 오히려 짙어졌고, 그에 따른 문도들의 두려움 또한 커져만 갔다. 그리고 그 점은 연문건도 마찬가지였다.

환갑에 가까워지고서도 안온한 생활을 바라지 않는다면 광인이 아니면 시간의 가르침에 귀 기울일 줄 모르는 고집쟁이일 터. 연문건은 광인도, 고집쟁이도 아니었다. 그의 눈빛이 다시금 우울해졌다.

그런데…….

"음?"

계단을 오르던 연문건의 걸음이 우뚝 멎었다.

계단과 일 층을 구분 짓는 강철 문, 그 안쪽에 붙어 있는 새하얀 물체를 발견했기 때문이다. 저런 곳에 붙어 있으니 들어올

때 발견하지 못한 것도 무리는 아니었다.

유등의 불빛이 길쭉하게 늘어나는가 싶더니 연문건의 신형은 어느새 강철 문 앞에 이르러 있었다.

새하얀 물체는 한 통의 봉서였다. 연문건은 봉서를 강철 문에서 떼어 냈다. 무엇으로 붙여놓았는지는 알 수 없지만 생각보다 간단하게 떨어졌다.

봉서의 겉봉에는 다섯 자가 쓰여 있었다.

반드시 육건이 개봉하시오[必陸健親開].

연문건은 뒤를 돌아보았다. 아래로 이어지는 어두컴컴한 계단. 어제 새벽 점검할 때에는 분명히 봉서가 없었으니, 지난 열두 시진 사이에 누군가가 이 봉서를 붙이고 간 것이다.

어디로 들어와서 어디로 나간 것일까?

연문건처럼 입구를 통해 들어오지는 않았을 것이다. 번초들의 눈이야 속일 수 있겠지만 강철 문이 열리는 소리, 일곱 개의 구슬을 제대로 눌렀을 때 울리는 요란한 금속성만은 어떤 재주로도 감출 수 없었다.

그렇다면 답은 하나뿐.

본디 계단 아래의 밀실은 문파 외부로 통하는 암도의 일부였다. 만일의 사태에 대비하여 문파의 요인들이 외부로 몸을 피할 수 있도록 만들어진 암도. 그리고 그 암도는 다섯 개의 치명적인 구슬로 이루어진 오행관으로 막혀 있었다.

연문건은 생각을 정리해 나갔다.

누군가 오행관을 열고 이곳까지 올라왔다. 그러고는 이 봉서를 입구 안쪽에 붙여 놓은 뒤 다시 오행관을 통해 빠져나갔다.

기관을 작동할 수 있는 사람은 오직 네 명뿐. 문주, 군사軍師, 대호법大護法 그리고 한 달 전에 죽었다고 알려진 '그'였다. 그들 중 '그'를 제외한 세 명은 어제 하루 문파를 떠나지 않았다. 그렇다면……?

연문건의 눈빛이 바람을 만난 촛불처럼 크게 흔들렸다.

혹시 '그'가 살아 있는 건 아닐까?

육건은 순간적으로 자신의 귀를 의심했다.

"어디 붙어 있었다고?"

연문건이 다시 대답했다.

"귀천각 지하 계단으로 통하는 강철 문 안쪽입니다."

육건의 얼굴을 빽빽하게 채우고 있던 수많은 주름살들이 살아 있는 벌레들처럼 실룩거리기 시작했다. 이 머리 좋은 노인은 연문건의 한마디로 모든 상황을 파악할 수 있었던 것이다.

"그가 살아 있었군."

탄식 같은 혼잣말. 하지만 그 안에는 기쁨과 안도의 빛이 가득 담겨 있었다. 그러다가 문득, 육건은 이번 일에 한 가지 이상한 점이 숨어 있음을 깨달았다.

그는 왜 문주가 아닌 자신더러 봉서를 열어 보라고 했을까?

육건은 연문건에게 물었다.

"혹시 자네 말고 이 봉서를 본 사람이 있는가?"

"없습니다. 겉봉을 보고 바로 이곳으로 왔습니다."

연문건은 원칙에 충실한 사람이었다. 반드시 육건이 개봉하라고 했으니, 그대로 따른 것이다.

육건은 빙긋 웃었다.

"잘했네. 다른 사람들에겐 절대로 알리지 말게."

연문건은 의아한 표정이 되었다.

"문주께도요?"

"문주께는 내가 고하겠네."

의문스러운 점이 없다면 거짓말일 것이다. 하지만 연문건은 모든 의문들을 지워 버렸다. 육건은 그를 포함한 칠천 문도들의 두뇌였고, 그는 그런 육건의 손발 중 하나였다.

두뇌가 결정하면 손발은 따를 뿐이다.

(2)

문.

그 위의 현판 하나.

마석산馬石山의 눈이 게슴츠레하게 변했다.

현판이 문에 걸린 것은 두 달 전 어느 날의 일이었다. 그날은 무양문에서 쌓은 그의 이십 년 공이 결실을 본 날이기도 했다.

바로 그날, 마석산은 호교십군 중 한 명으로 임명되었다. 그 것은 저 문 안쪽에 있는 모든 것—한 채의 큰 집과 여덟 채의 작은 집, 넓은 정원과 운치 있는 연못, 수많은 초목 그리고 문 안에는 살지 않지만 자신의 한마디에 눈썹이 휘날리도록 문 앞 으로 달려와야만 하는 오백 명의 범강장달이 같은 무사들—이 그의 관장 아래 놓이게 되었음을 뜻했다.

한 구역의 새로운 주인이 된 마석산이 가장 먼저 한 것은 그 구역의 이름을 바꾸는 일이었다.

마석산은 사흘 동안 고민한 끝에 새로운 당호를 궁리해 낼 수 있었다. 문파 내 물품 보급을 담당하는 풍고豊庫의 책임자를 윽박질러 현판으로 쓸 목재 또한 최고급품으로 마련할 수 있었다. 이제 남은 일은 현판을 새기는 일뿐이었다. 그리고 그는 그 뜻 깊은 일을 자신의 손으로 직접 하고 싶었다.

그런데…… 그런데 말이다.

불행히도 마석산의 지식은 그의 작명 능력을 따라가지 못했다. 그는 당호로 궁리해 낸 세 글자 중 절반이 넘는 두 글자를 쓸 줄 몰랐던 것이다.

현판을 올리던 날.

처녀처럼 깨끗한 현판 앞에서 왼손에는 끌, 오른손에는 망치를 든 채 우두커니 서 있던 마석산. 등 뒤에서 들려오는 수하들의 수군거림. 서서히 붉어지는 얼굴, 사실 그의 얼굴은 아무리 달아올라도 표가 나지 않았다. 아무리 진한 붉은색도 묻혀 버릴 만큼 본바탕이 거무튀튀했기 때문이다. 그러므로 얼굴이 붉어졌다는 것은 단지 그 혼자만의 생각이었을 것이다.

'흐흐, 그래도 잘 넘어갔지.'

그날의 일을 떠올리자 마석산의 입가엔 만족스러운 미소가 떠올랐다.

자신이 진급함으로써 이제는 같은 반열이 된 아홉 명의 군장. 그중에서 이군장 자리에 앉아 있는 좌응佐鷹이 그 현장을 지나가고 있었던 것은 하늘의 보살핌이라고밖에 달리 표현할 길이 없었다.

마석산은 두 팔을 활짝 벌리며 좌응에게 달려갔다.

─오! 형님이 이 아우를 축하하러 오셨구려!
─어?

당황해하는 표정으로 미루어 좌응이 이곳을 지나던 목적은 마석산의 행사와 무관했을 공산이 컸다. 하지만 그것은 마석산에게 중요한 문제가 아니었다.

—아우가 이 자리에 오른 데에는 형님의 은덕을 빼놓을 수 없을 거유. 때맞춰 잘 오셨수. 지금 막 당호를 새기려던 참인데, 형님과 아우가 한마음으로 돕는다면 이 또한 좋은 일이 아니겠수?

엉겁결에 끌과 망치를 받아 든 좌응은 마석산이 부르는 대로 글자를 새길 수밖에 없었다. 그때 마석산이 부른 것은 쇠 '철鐵' 자와 집 '당堂' 자였다.

—그런데 글자 사이가 왜 이리 휑한가?

마석산의 원하는 장소에다 글자를 새긴 좌응이 고개를 갸웃거리며 물었다. 마석산은 호탕하게 웃으면서 대답했다.

—으허허! 그 사이에 아우가 한 글자를 더 넣을 거유. 이는 형님의 보살핌을 잊지 않기 위함이기도 하우. 형님은 바깥에서, 나는 안에서. 어떻수?

마석산으로서는 평생 한두 번 있을까 말까 한 절묘한 임기응변이었지만, 좌응은 별로 감탄하지 않았다.

—그래? 좋군. 그럼 난 가네.

좌응은 떠났다. 그 총총한 걸음으로 미루어 과연 다른 볼일로 이곳을 지나던 모양이었다.

마석산은 좌응을 잡지 않았다. 이미 목적을 이룬 이상 좌응의 존재는 오늘 행사에 도움이 되지 않았다. 졸개들 앞에서 대장으로서의 위엄을 처음으로 드러내는 날이었다. 대장에게 형님 소리 듣는 사람은 얼른 빠져 주는 편이 나았다.

마석산은 늠름한 모습으로 나머지 한 글자를 현판에 새겨 넣었다. 그 글자는 좌응이 새겼던 두 자에 비해 무척이나 간단한 것이었다.

─철오당鐵午堂! 내 별호가 철오니까 이제부터 이 집의 이름은 철오당이다!

마석산은 유별난 점이 많은 만큼 여러 개의 별호를 달고 있었다. '주먹 센 대머리'라는 듯의 독두철권禿頭鐵拳, '얼굴이 검은 깡패'라는 뜻의 흑면야차黑面夜叉, 거기에 차마 입에 담기 민망한 풍질風蛭(미친 거머리)이란 별명까지.

하지만 마석산 본인이 가장 좋아하는 별호는 납자철오蠟子鐵午, 그중에서도 철오였다. 별호를 풀어 보면 밤에는 밀랍처럼 흐물흐물하고 낮에는 무쇠처럼 단단하다는 뜻인데, 물론 생활이 규칙적이라는 점에선 나쁘지 않지만, 그 시작이 어릴 적 아버지로부터 들은 '일찍 자고 일찍 일어나라'라는 한마디였음을 감안한다면 마냥 좋다고만 할 수도 없는 일이었다. 게다가 다 큰 남자에게 있어서 밤만 되면 흐물흐물해진다는 말은 결코, 결단코 칭찬이 될 수 없었다.

그날 마석산은 수하들을 향해 다시 한 번 외쳤다.

─철오당이다! 알겠느냐!

부릅떠진 수많은 눈들. 헤벌어진 수많은 입들.

이러한 수하들의 반응을 존경과 감동의 의미로 받아들인 마석산은 상천제上天梯의 신법으로 훌쩍 몸을 솟구쳐 현판을 문 위에 걸었다.

모든 것을 마무리하듯 깔끔하고도 인상적인 몸놀림이었다.

"군장님!"

현실 세계에서 들려온 걸걸한 목소리가 마석산의 즐거운 회상을 깨뜨렸다. 고개를 들어 보니 문 앞에 한 사람이 서 있었다. 그가 이끄는 십군에서 다섯 손가락 안에 드는 실력자, 강평姜平이었다.

두 눈이 토끼처럼 빨갛다 하여 묘안자卯眼子라는 별명이 붙은 강평이지만 충혈된 눈이 뒤집혀 발광할 때면 마석산조차도 찔끔 움츠러들 만큼 괄괄한 성격의 소유자이기도 했다.

"거기서 혼자 뭐 하시는 겁니까? 조천숙례朝天肅禮가 시작될 시간입니다."

매일 사시巳時(오전 열 시 전후) 정각에 명존에 대해 제사를 지내는 것은 무양문의 전신前身인 백련교의 오랜 전통이었다.

마석산은 대답 대신 손짓으로 강평을 불렀다. 강평이 고개를 갸웃거리면서도 다가왔다.

"저 현판 어때, 작품이지?"

마석산이 강평의 어깨에 팔을 척 두르며 물었다. 강평은 현판을 올려다보고는 얼굴을 와락 구겼다. 하지만…….

"그, 그렇습니다."

강평은 구겨진 표정을 애써 펴며 고개를 끄덕였다. 십군에서는 이미 상식이 된 일이지만, 마석산의 면전에서 저 현판에 대해 뭐라고 할 배짱이 있는 사람은 아무도 없었다.

마석산은 활짝 웃었다. 그의 검은 얼굴이 두 배는 커진 것 같았다.

"으허허! 철오당! 아무리 봐도 걸작이란 말씀이야. 자, 들어가세. 아, 조천숙례가 끝나고 의논할 일이 있으니 다들 불러 모으라고."

마석산은 강평의 등을 탁 후려친 뒤 두 팔을 휘적거리며 문 안으로 들어갔다.

문밖에 남겨진 강평은 다시 한 번 현판을 올려다보았다. 그러고는 고개를 숙였다.

"후!"

나오는 것은 한숨뿐이었다.

철우당鐵牛堂.

무쇠 소가 사는 집.

십군 휘하 오백 문도들이 지난 두 달 동안 타 문도들에게 놀림당한 것을 생각하면 자다가도 부르르 치가 떨렸다. 생각 같아서는 당장이라도 산산조각 내어 불쏘시개로 쓰고 싶은 현판이 아닐 수 없었다.

하지만 어쩌랴, 낮 '오午' 자와 소 '우牛' 자도 구분 못 하는 무식한 인간을 주군으로 삼은 것도 팔자라면 팔자일진대.

그리고 어찌 생각하면 제대로 된 현판일지도 몰랐다.

무쇠 소.

이제껏 마석산을 그토록 잘 묘사한 말은 없었다.

───※───

"무위관無位關이 부활되었다고요?"

호연육胡連六의 물음에 마석산은 고개를 끄덕였다.

"그래, 게다가 우리 십군이 첫 순번이지."

"왜요?"

마석산은 호연육을 향해 눈을 찡긋해 보였다.

"왜긴, 네 대장의 빠른 손 때문이지."

마석산은 당시 상황을 재현하듯 번개 같은 속도로 손을 들었다 내려 보였다. 걸린 종목이 무엇이든 간에 첫 순번이 안 되고는 못 배길 그 날랜 몸짓에 호연육이 떨리는 목소리로 물었다.

"어, 언제죠, 무위관에 들어가는 게?"

마석산의 대답은 매우 짧았다.

"오늘."

"오늘?"

"응, 오늘. 어때, 신나지 않아?"

"예? 예…… . 시, 신나네요."

호연육의 얼굴이 이상하게 변했다. 눈과 입은 웃고 있는데, 전체적인 표정은 울고 있었다.

"어서 준비하라고. 기회는 흔히 오는 게 아니니까."

호연육은 화들짝 놀랐다.

"저요?"

"그래! 한 달 만에 부활한 무위관인 만큼 맵고 짜게 해 주자고. 자네하고 강평, 당 노인 그리고 부군장하고 나도 간다! 다른 놈들 입이 딱 벌어지게 끝내 버리자고!"

마석산은 싱글벙글 웃으며 몇 사람을 거명했다. 그러나 그에게 거명당한 사람들, 호연육, 강평, 철지선생鐵指先生 당권唐眷 그리고 십군의 부군장 만화객萬花客 추임秋王의 안색은 백지장처럼 핼쑥해졌다.

───⚬───

"갑니다!"

제일 먼저 달려든 것은 마석산이었다.

큼지막한 두 주먹이 번갈아 내질러지자 주위의 공기가 요동을 치며 권로를 따라 휘말려 들어갔다. 속도와 변화보다는 파괴력을 주로 한 패도적인 권법이었다.

제일 먼저 튕겨 나간 것도 마석산이었다.

"자네의 진천권震天拳은 이전보다 물러진 것 같으이."

우렁우렁한 목소리와 함께 뻗어 낸 좌장을 회수하는 사람은, 타는 듯한 붉은 장포를 입은 위맹하게 생긴 노인이었다. 손부채질이라도 하듯 가볍게 팔락인 홍포 노인의 좌장에서는 마석산의 두 줄기 권력을 합친 것보다 강한 힘이 뿜어져 나왔던 것이다.

"젠장!"

마석산은 바닥에 호되게 부딪친 머리를 문지르며 일어섰다. 다른 사람 같으면 머리가 깨졌을 법도 한데, 그의 둥그스름한 대머리엔 아무런 흠집도 찾아볼 수 없었다. 마석산이 자랑하는 절세의 강피공鋼皮功이었다.

"뭐 해! 놀러 왔어?"

마석산이 소리치자 주변에서 쭈뼛거리고 있던 호연육, 강평, 당 노인, 추임이 홍포 노인을 향해 공격을 전개했다. 쏟아지는 장掌, 권拳, 지指, 퇴腿의 폭풍……. 그러나 울며 겨자 먹기, 마지못한 기색이 역력한 공격이었다.

"다들 뭐야? 아침도 안 먹었나!"

홍포 노인이 쩌렁, 호통을 지르며 쌍장을 후려쳤다. 몸에 걸친 홍포가 독 오른 복어처럼 팽팽히 부풀어 오르는가 싶더니, 사방을 향해 노도 같은 거력이 소용돌이치며 나갔다.

퍽! 퍼버벅!

물론 손 속에 사정을 두었을 테니 맞고 죽을 염려는 없었다. 하지만 내로라하는 고수가 되어 가지고 이처럼 꼴사납게 나뒹굴고 싶은 자는 없을 것이다.

대개의 경우 전의는 눈높이와 비례했다. 바닥에 널브러진 호연육 등 네 사람은 더 이상 전의를 끌어 올릴 수 없었다. 하기야 처음부터 전의란 게 있었는지 의심스럽긴 하지만.

하지만 여전히 전의가 넘치는 사람이 있었다.

"이야압!"

호시탐탐 기회를 노리던 마석산이 염소처럼 머리를 앞세운 채 홍포 노인에게 날아들었다. 삼 장의 거리를 뛰어넘으며 일직선으로 쏘아 가는 그의 기세는 투석기를 떠난 돌멩이를 방불케 했다.

으직!

한 수에 넷을 물리친 만족감에 잠시 긴장을 풀고 있던 홍포 노인은 마석산의 머리통에 어깨를 받히고 말았다. 쇠보다 더 단단하다는 머리통이었으니 그 아픔이야 오죽했을까.

홍포 노인은 얼굴을 찡그리며 팔꿈치를 휘둘러 마석산의 얼굴을 때렸다.

그런데 일 차 공격에 성공한 마석산의 후속 동작은 매우 신속한 것이었다. 그는 천근추千斤墜의 공력을 운용해 몸을 아래로 끌어당겼다.

쉬익!

뒤통수로 홍포 노인의 팔꿈치가 스치는 소리를 들으며, 마석산은 눈을 번뜩였다. 자줏빛 가죽신으로 감싼 발등 하나가 시야에 들어왔기 때문이다. 물론 홍포 노인의 발등이었다.

마석산은 목표가 정해진 이상 망설이는 성격이 아니었다.

"윽!"

홍포 노인은 오른쪽 발등에서 솟구친 통증에 이를 악물 수밖에 없었다. 마석산의 이마가 발가락 부분을 힘차게 내리찧은 것이다. 척추까지 저린 것으로 보아 발톱 한두 개는 으스러진 것 같았다.

'그래! 바로 이 맛에 산다니까!'

일 차에 이어 이 차 공격까지 성공한 마석산은 신바람이 났다. 그는 왼손으로 바닥을 찍으며 몸을 약간 물린 뒤, 머리를 들이민 채 재차 앞으로 달려들었다.

이번 목표는 사타구니!

그러면서도 수하들에 대한 독려를 잊지 않는 마석산이었다.

"봤지? 봤지? 모두 달려들어!"

호연육 등 네 사람은 서로의 얼굴을 바라보았다. 물론 마석산의 말에 고무될 사람은 하나도 없었다. 하지만 마석산의 주먹을 두려워하지 않는 사람 또한 없었다. 그들은 팔다리를 마구 휘두르며 홍포 노인을 향해 일제히 달려들었다.

"에라 이……!"

사타구니로 들이밀어지는 검고 둥근 머리통을 바라보며 홍포 노인은 목구멍까지 솟구친 욕설을 가까스로 참았다. 아무리 자신의 부하라지만 정말 구질구질한 놈이 아닌가!

홍포 노인은 왼손바닥을 활짝 펼쳐 사타구니를 향해 날아드는 마석산의 머리를 움켜잡았다. 거의 동시에 오른손을 내밀어 어깨를 후려치는 수법은, 굳이 이름을 붙이자면 좌박우격左縛右擊이라고나 할까.

이어 왼쪽 발을 쭉 내밀어 마석산의 아랫배를 차올리고 오른손으로 목덜미를 움켜잡아 바닥으로 내리꽂는 일련의 동작은,

사전에 여러 번 연습한 것처럼 깔끔하기 그지없었다.

빡!

젓가락으로 두부를 찌르듯, 마석산의 머리통은 단단한 돌바닥을 뚫고 들어가 버렸다.

홍포 노인의 동작은 참으로 빨랐다. 얼마나 빠른가 하면, 상관의 독려에 몸을 날린 호연육 등 네 사람의 공격이 그의 주위에 채 도달하기도 전에 마석산을 저 꼴로 만들어 놓았을 만큼.

네 사람을 돌아보는 홍포 노인의 입가에 즐거움이 맺혔다. 그것을 발견한 네 사람의 입가에 절망이 맺혔다.

문주의 무공은 언제 보아도 예술이었다.

아픈 몸통을 부둥켜안고 끙끙거리던 호연육 등 네 사람은 그렇게 생각했다. 하지만 바닥에 머리를 박은 채 거꾸로 꽂혀 있는 마석산도 그렇게 생각할 수 있을까?

무위관이라는 이름이 붙은 사방 십여 장의 정사각형 석실 안에는 잠시 정적이 흘렀다.

정적을 깬 사람은 홀로 서 있던 홍포 노인이었다.

"험험! 오랜만이라 그런지 몸이 잘 움직여지지 않는군. 오늘은 이만할까?"

고소원固所願이라!

호연육 등 네 사람은 몸을 벌떡 일으킨 뒤 신색을 가다듬고 허리를 숙였다. 지긋지긋한 명투성이 시간이 끝난 것이다.

"먼저 가 보겠네."

홍포 노인은 몸을 돌렸다. 호연육 등은 일제히 두 손을 모아 불꽃 모양의 수결手結을 만들었다.

"미륵하생 명왕출세!"

이제는 일개 무림 문파의 구호처럼 변해 버린 백련교의 여덟 자 진언이 네 사람의 입에서 한목소리로 울려 나왔다.

　홍포 노인이 나간 뒤, 거꾸로 꽂혀 있던 마석산의 몸이 움찔거렸다. 호연육과 강평이 그 다리를 붙잡고 힘을 쓰자, 둥그스름한 머리통이 무 뽑히듯 뽑혀 나왔다. 그 머리에서는 피가 흐르고 있었다. 홍포 노인의 가공할 신력 앞에서는 강피공으로 단련된 머리 껍질도 별무신통한 모양이었다.

　"갔어?"

　홍포 노인을 찾아 주위를 두리번거리던 마석산이 불만스러운 목소리로 물었다. 추임이 멍든 눈가를 문지르며 대답했다.

　"예."

　"누구 맘대로 가? 이제 시작인데!"

　마석산은 벌떡 일어섰다. 그는 무위관에서 벌어지는 홍포 노인과의 드잡이를 정말로 재미있어하는 것 같았다.

　"몸이 슬슬 풀리려는 참인데 끝내는 법이 어디 있어? 물 탄 술처럼 맹숭맹숭하잖아!"

　마석산이 불평을 그치지 않자 당 노인이 핀잔을 주었다.

　"그렇게 안타까우면 다시 하자고 붙잡으시구려."

　당 노인, 당권은 고희가 가까운 노인이었다. 나이가 벼슬이라고, 그는 상관인 마석산에게 반공대를 써도 되는 극소수의 수하 중 하나였다. 하지만 공대와 하대를 떠나 그 말은 하지 않는 편이 나았다. 세상에는 핀잔인지 아닌지를 구분하지 못하는 바보도 있기 때문이었다.

　"그게 좋겠군."

　마석산은 깨진 머리를 슥슥 문지르더니 문을 향해 달려갔다. 당 노인의 건의를 받아들여 다시 한판 붙자고 조를 작정이리라.

"군장님! 제발 좀!"

불쌍한 것은 다른 세 사람, 호연육과 강평과 추임이었다. 그들은 사색이 된 채 마석산의 우람한 다리통을 붙잡고 매달릴 수밖에 없었다.

(3)

가을이 끝나 가던 어느 날.

한 사람의 부음이 무양문으로 날아들었다.

그날은 강남 제일의 문파인 남패 무양문이 비탄에 빠진 날이기도 했다.

─제갈휘가 죽었다!

호교십군의 수좌이자 무양문의 이인자로 공인받던 제갈휘가 죽은 것이다.

제갈휘의 부음에 가장 크게 슬퍼한 사람은 무양문의 문주 서문숭이었다. 그 소식이 도착한 뒤로 사흘 동안, 무양문 내에서 서문숭의 모습을 본 사람은 아무도 없었다. 그는 식음을 전폐한 채 자신의 방에서 한 발짝도 벗어나지 않았던 것이다.

사흘째 되는 날 밤.

보다 못한 서문숭의 양아들 서문복양은 굳게 잠긴 문을 강제로 열고 방 안으로 들어갔다. 그는 방 한복판 맨바닥에 큰대자로 누운 채 천장만을 바라보고 있는 서문숭을 발견할 수 있었다. 얼마나 울었는지 눈가는 온통 짓물러 있었고, 얼마나 짓씹었는지 입술은 넝마처럼 너덜너덜해져 있었다.

서문숭은 잔뜩 쉬어 가닥가닥 갈라진 목소리로 두 가지 명령을 내렸다.

─그의 시신을 수습하라. 그리고 그를 습격한 자들의 명단을 작성하라.

이 명령을 받은 서문복양은 가슴이 서늘해지는 것을 느꼈다.

소문에 따르면 제갈휘를 습격한 자들은 전멸했다고 했다. 그들 대부분은 제갈휘의 검 아래 죽었고, 제갈휘의 검을 벗어난 몇몇마저도 제갈휘와 동행하던 석대원이란 청년에 의해 죽임을 당했다고 했다. 그런데도 명단을 작성하라는 것은 오직 한 가지 사실만을 의미했다.

서문숭은 흉수들의 가문과 사문을 대상으로 한 피의 보복을 결심한 것이다!

조기弔旗도 올리지 않았다. 만장輓章도 내걸지 않았다. 그 흔한 향 한 자루 피우지 않았다. 망자를 추모하는 모든 의식은 복수 다음으로 미뤄졌다. 무양문의 전 문도는 그날부터 출정 대기의 상태에 돌입했다. 열흘에 한 번씩 꼬박꼬박 열리던 무위관이 폐쇄된 것도 그때부터였다.

그로부터 한 달이 지난 지금, 서문숭의 명령은 절반만 완수되었다. 제갈휘를 습격한 자들의 명단은 오래전 완성되었지만, 수습하라던 제갈휘의 시신은 찾을 길이 없었던 것이다.

하지만 서문숭이 오래 기다려 줄 것이라고 생각한 사람은 아무도 없었다. 남은 것은 강호를 피로 씻기 위한 출정뿐이었다. 오늘? 아니면 내일? 무양문의 전 문도는 긴장과 두려움에 휩싸여 하루하루를 보내야만 했다.

그런데 바로 오늘, 무위관이 다시 열렸다.

이건 대체 무엇을 의미하는 것일까?

쿵!

서문숭은 무위관의 문이 닫히는 소리를 뒤로하며 붉은 장포를 툭툭 털었다. 어깨와 발가락은 여전히 욱신거렸다. 하지만 한 달 만에 맛보는 적당한 긴장감과 뻐근함이 그의 입가에 미소를 만들어 주었다.

"흘흘, 문주께서 즐거워하시는 모습을 보는 것도 오랜만이군요."

무위관 밖에는 한 사람이 서문숭을 기다리고 있었다. 구부정한 일신에 걸친 새하얀 학창의鶴氅衣만큼이나 새하얀 머리카락을 지닌 노인이었다.

"요즘 건강은 어떠십니까?"

서문숭은 머리를 가볍게 숙여 노인에게 인사했다. 무양문 내에서 서문숭에게 인사를 받을 수 있는 사람은 오직 세 명의 장로뿐이었다.

"하도 늙다 보니 이제는 어디가 어떤지도 잘 모르겠구려."

이가 빠져 볼품없이 오므라든 입가를 실룩거리는 노인은 무양문의 세 장로 중 한 사람인 하만河晚이었다. 나이가 얼마인지 본인조차도 알지 못한다는 하만. 서문숭에게 있어선 유모인 동시에 스승이 되는 고마운 사람이기도 했다.

"관주關主에게 이야기를 들으니 무위관에 드신 것이 꼭 한 달 만이라고 하더군요. 그 소식을 듣고 이 늙은이, 아주 기뻤습니다.”

서문숭의 손을 잡고 쉰 목소리로 이렇게 말하는 하만의 얼굴은 금방이라도 눈물을 쏟아 낼 것처럼 떨리고 있었다. 서문숭은 문득 미안한 마음이 들었다.

“괜한 심려를 끼쳐 드린 것 같아 송구스럽습니다.”

하만은 별소리를 다 한다는 듯 손을 내저었다. 그리고는 목소리를 낮춰 조심스럽게 물었다.

“그런데 출정은 언제로……?”

강호의 운명이 걸린 질문이었다. 조심스러울 수밖에 없는 것이다.

그런데 서문숭으로부터 돌아온 대답은 전혀 뜻밖의 것이었다.

“그만둘 생각입니다.”

“예?”

서문숭은 메기처럼 히죽 웃으며 대답했고, 하만은 개구리처럼 눈을 부릅떴다.

서문숭은 실로 호쾌한 성격의 소유자였다. 하만은 가끔 이런 생각을 해 보았다. 만약 서문숭에게 백련교주이자 무양문주라는 어마어마한 직책만 없었던들, 능히 천하제일의 호걸 소리를 들을 수 있었을 거라고.

서문숭은 웃음을 알고 있었다. 실없는 웃음을 알고 있었고, 잔잔한 웃음을 알고 있었고, 봇물 같은 웃음을 알고 있었다.

서문숭은 술을 알고 있었다. 밥을 맛있게 해 주는 술을 알고 있었고, 잠을 잘 오게 해 주는 술을 알고 있었고, 사람을 정겹게 만들어 주는 술을 알고 있었다.

서문숭은 여자를 알고 있었다. 옷을 입은 여자를 알고 있었고, 옷을 벗은 여자를 알고 있었고, 그녀들이 먹고사는 사랑을 알고 있었다.

다시 말해, 서문숭은 인생을 풍요롭게 해 주는 모든 방법을 알고 실천하는 쾌남아인 것이다.

하지만 그렇다고 해서 서문숭에게 지존으로서의 위엄과 기상이 부족하다는 얘기는 아니었다. 사십여 년 전 낙일평의 너른 벌판에서 백도의 제 문파들에게 십년봉문의 징계를 내리던 그 서릿발 같은 기세는 검은머리보다 흰머리가 더 많아진 지금에 와서도 조금도 수그러들 기미를 보이지 않았다.

서문숭의 말은 언제나 실행되었고, 그의 분노는 언제나 피를 불렀다. 무양문의 전 문도에게 내린 출정 대기의 명령을 아무 이유 없이 거둬들이는 그런 무책임한 지존이 아닌 것이다.

그런데 그만두겠다니?

대체 무엇이 그의 태산 같은 말을 되돌린 것일까? 대체 무엇이 그의 용암 같은 분노를 누그러뜨린 것일까?

서문숭은 창문 너머로 하늘을 바라보았다. 태양은 어느덧 천중天中 부근에 머물러 있었다. 정오가 가까워진 것이다.

"이만 약속이 있어서…… 다음에 뵙겠습니다."

서문숭은 만날 때와 다름없는 가벼운 묵례로 아직도 혼란에서 깨어나지 못하는 늙은 장로와 헤어졌다. 그의 걸음걸이는 어딘지 불안해 보였다. 구질구질한 수하 놈의 머리통에 받혀 깨진 발톱 때문일까?

무양문에는 서른아홉 개의 연무장이 있었다. 문파의 주력이

라 할 수 있는 십군에 각각 세 개씩의 연무장이 할당되어 있었고, 양원兩院을 포함한 기타 조직에 여덟 개가 할당되어 있었다. 그리고 남은 하나, 미륵봉彌勒峯 중턱의 죽림 한복판에 위치한 가장 커다란 연무장은 서문숭과 그의 제자들이 무공을 단련하는 곳이었다.

이름 하여 광명연무장光明練武場.

서문복양은 눈을 감고 있었다.

그의 오른손에는 한 자루 도가 들려 있었다. 길이는 두 자 남짓에 폭은 한 뼘에 가까운, 유달리 뭉툭한 도배刀背로 인해 일견 둔탁한 느낌을 주는 그런 도였다. 지금 그 도의 끝은 연무장 바닥을 향해 축 늘어져 있었다.

그의 이마에는 구슬땀이 맺혀 있었다. 호흡도 불규칙했다. 두 시진에 걸친 격렬한 수련 때문이었다.

그는 호흡을 조절했다. 복부로 깊이 들이마셔 오래 간직한 뒤 코로 소리 없이 내뱉는 광명비전光明秘傳의 호흡법은 그가 철들기 전부터 해 오던 것이었다.

호흡을 조절한 지 얼마 지나지 않아 단전으로부터 따뜻한 기운이 느껴지기 시작했다. 진기의 움직임이 부드러워지고, 높은 곳에 떠 있는 듯한 메스꺼운 느낌도 사라졌다.

더할까?

서문복양은 수련을 계속할 것인지에 대해 생각했다.

역대 백련교주들의 손을 거치며 기틀이 잡혀 서문숭에 의해 완성되었다는 천중天重의 도법.

수련이 어느 정도 경지에 오르면 극강의 파괴력을 발휘하며, 그 경지마저 넘어서면 어떤 장애물도 초월하는 무애無碍의 신령스러움을 얻을 수 있는 도법의 최고봉, 천중의 도법.

서문복양이 이 도법의 수련을 시작한 지도 벌써 십구 년이 지났다. 지금 그가 바라보고 있는 것은 파괴의 경지. 하지만 그 입구에 도사리고 있는 몇 가지 난관이 그의 발목을 놓아주지 않고 있었다. 몇 개월 전에도, 어제도, 그리고 조금 전에도.

아니, 오늘은 그만하자.

서문복양은 배 속에 품고 있던 숨을 길게 내뿜었다. 그가 나아가려는 길은 깨달음이 없이는 도달할 수 없는 지고의 경지였다. 깨달음이란 육체적 단련과는 달라서 투자한 시간에 연동하는 것이 아니었다. 어느 누구도 깨달음의 벽을 억지로 통과할 수는 없었다.

서문복양은 천천히 눈을 떴다.

멀지 않은 곳에 대기하고 있던 그의 심복 관씨關氏 형제가 수건과 도집을 들고 다가왔다. 십 년이 넘게 그를 받들어 온 그들인지라, 그가 관씨 형제에게 느끼는 감정은 주종 관계를 뛰어넘은 우정에 가까운 것이었다.

"연무를 마치시겠습니까?"

관씨 형제 중 형인 관대랑關大郞이 물었다.

"그래야겠네."

서문복양은 관대랑의 손에서 수건을 받아 얼굴을 적시고 있는 땀을 닦았다. 아우 관이랑關二郞이 서문복양의 애도愛刀인 미륵도를 받아 도집에 넣었다.

"기분이 조금 언짢으신 것 같습니다."

관이랑의 물음에 서문복양은 고개를 끄덕였다. 그는 진솔한 사람. 울적한 마음을 굳이 감추려 하지 않았다.

"주군께서는 너무 조급하게 생각하시는 것 같습니다."

관이랑의 말에 서문복양은 쓸쓸한 표정을 지었다.

"조급하다……. 글쎄, 아버지께선 서른 이전에 이루신 경지를 나이 서른다섯이 되고도 오르지 못했는데, 조급해하지 않을 수 있을까?"

그러자 관대랑이 미소를 지으며 말했다.

"문주님께서는 하늘이 내린 무골이시지요. 세상 누구도 문주님과 비교할 수 없을 겁니다."

날카로운 인상의 아우와는 달리 본바탕이 온화한 관대랑이 이렇게 미소를 짓자, 마치 유림의 선비 같은 진중한 분위기가 풍겼다. 실제로도 그는 문무겸전의 재주 많은 사람이었으니, 무양문의 군사 육건이 일찍이 그를 일러 '여포呂布의 용맹에 퇴지退之의 문장을 지녔도다.'라고 한 것도 다 이유가 있었다.

'하긴 나 따위가 어찌 아버님과 비교할 수 있으랴.'

서문복양은 한숨을 쉰 뒤 천천히 상의를 벗었다. 땀으로 젖은 몸을 닦기 위해서였다.

삼십 대 장년의 잘 발달된 육체가 한낮의 햇살 아래 드러났다. 이미 한서寒暑를 꺼리지 않아도 될 경지에 오른 서문복양이지만, 긴장되었던 근육이 풀리고 흐르던 땀이 마르자 약간의 한기를 느끼지 않을 수 없었다.

그는 한기를 쫓기 위해 양팔을 앞뒤로 몇 차례 흔들었다. 그러고는 수건으로 천천히 몸을 닦기 시작했다.

굵직한 목소리가 들려온 것은 바로 그때였다.

"지금 뭐 하자는 거냐?"

서문복양과 관씨 형제는 연무장 입구를 바라보았다. 목소리의 주인이 누구인지는 이미 알고 있었다. 무양문 내에서 서문복양을 향해 저런 식으로 말할 수 있는 사람은 오직 한 명뿐이었다.

"존체를 뵈옵니다!"

관씨 형제는 허리를 깊이 숙이며 백련교의 수결을 만들었다.

"오셨습니까?"

서문복양은 그들과는 달리 허리만 구부려 반배를 올렸다. 후계자는 예법 면에서도 일반 문도와 구분되는 것이다.

그들이 배례를 마치고 시선을 들었을 때, 서문숭은 이미 그들 앞에 다가와 있었다. 서문숭은 관씨 형제를 흘깃 돌아보며 말했다.

"자네들은 갈수록 젊어지는 것 같아. 눈빛을 보아하니 남명공南冥功이 더 깊어진 모양인데."

"과찬의 말씀이십니다. 천박한 재주라 부끄러울 따름입니다."

관대랑이 급히 대답했다. 그들 형제가 수련하는 남명공은 해남관가海南關家가 자랑하는 기공奇功이었다. 남명공에는 마음을 가지런히 하고 몸을 닦는 제심수신齊心修身의 묘용이 있어, 경지에 오를수록 안광이 차분히 가라앉는 특징이 있었다.

"겸손 떨기는."

픽 웃은 서문숭은 관대랑의 귓가에 얼굴을 바짝 갖다 대고 속삭였다.

"다음번 무위관이 열릴 때엔 자네들을 꼭 부를 테니 몸이나 풀고 있으라고."

관대랑은 우는 것도 웃는 것도 아닌 기묘한 표정을 지었다. 얼굴도 바라보기 힘든 까마득한 상관으로부터 이런 이야기를 듣는다면 누구나 난처함을 느낄 것이다. 더구나 지난 한 달 동안 제갈휘의 죽음으로 인해 신경이 곤두설 대로 곤두선 서문숭이 아니던가. 오늘 오전에는 무위관도 열렸다는데, 심경에 무슨 변화라도 생긴 것일까?

관대랑의 이런 속내를 아는지 모르는지, 서문숭은 빙긋 웃으며 관씨 형제에게 말했다.

"복양이와 단둘이 있고 싶네. 잠시 자리를 피해 주겠나?"

"분부대로 거행하겠습니다."

관씨 형제는 다시 한 번 백련교의 수결로써 인사를 올린 뒤 공손한 뒷걸음으로 물러갔다. 그들이 멀어지는 광경을 지켜보던 서문숭은 고개도 돌리지 않은 채 입을 열었다.

"자네들도 미륵봉 아래에서 기다려 주겠나?"

그러자 허공의 어디선가 가늘고 카랑카랑한 목소리가 들려왔다.

"명을 따르겠습니다."

목소리의 여운이 사라진 뒤에도 아무런 변화가 없었다. 하지만 서문복양은 서문숭을 그림자처럼 따라다니는 네 명의 비밀 호위, 사망량四魍魎이 떠났음을 알 수 있었다.

서문복양은 조금 긴장되기 시작했다. 무슨 일이기에 사망량마저 물리시는 것일까?

서문숭은 느릿하게 몸을 돌려 서문복양을 바라보았다. 그의 얼굴을 대한 서문복양은 어리둥절해지고 말았다. 서문숭의 얼굴엔 밝은 웃음이 떠올라 있었던 것이다.

이에 서문복양은 의문을 느끼지 않을 수 없었다. 아까 하만이 느꼈고, 조금 전 관대랑이 느꼈던 것과 동일한 의문이었다. 서문숭에게 도대체 무슨 일이 있었던 것일까?

이때 서문숭이 말했다.

"늙은 아비 앞에서 계속 몸 자랑 하기냐?"

"예?"

서문복양은 화들짝 놀라며 손에 쥐고 있던 상의를 걸치려 했다. 하지만 그러한 의도는 서문숭에 의해 가로막히고 말았다.

"흠, 별것도 아닌 녀석이……."

서문숭은 서문복양의 팔목을 꽉 움켜잡은 채로 고개를 이리저리 움직이며 그 벗은 몸을 살펴보았다. 서문복양은 저도 모르게 자신의 몸을 내려다보았다. 서문숭의 말과는 달리 충분히 봐줄 만한 몸이었다.

"그래도 이만하면……."

"예끼!"

서문복양은 서문숭의 호된 일갈에 찔끔했다.

"봐라, 진짜 남자의 몸이란 이런 거다!"

본때를 보여 주려는 것일까? 서문숭은 호쾌하게 외치며 붉은 장포를 훌떡 벗었다. 하지만 그 안에서 나온 것은 불꽃 문양이 새겨진 백견白絹 상의였고, 그 상의 밑에는 옅은 색깔이 들어간 두툼한 속옷이 있었다.

"험험! 날이 춥다고 시비들이 하도 보채서 말이지……."

겹겹이 껴입은 옷들이 무안했는지 서문숭은 어색한 변명을 늘어놓았다. 그의 몸뚱이는 세 겹의 옷을 벗은 뒤에야 비로소 햇살 아래 모습을 드러낼 수 있었다.

환갑을 넘긴 노인의 것이라고는 믿기지 않을 만큼 완벽한 몸이었다. 발달된 근육들은 험준한 산맥처럼 뒤엉켜 있었고, 불거진 힘줄들은 신령스러운 지맥처럼 그 사이를 누비고 있었다.

"어떠냐, 이 아비의 몸이?"

서문복양은 진심을 담아 대답했다.

"아주 좋습니다."

서문숭의 자랑은 거기서 그치지 않았다.

"이 상처!"

서문숭은 왼쪽 어깨를 가리켰다. 그곳에는 굵직한 상처 하나가 구렁이처럼 어깻죽지를 휘감고 있었다.

"한 자루 붉은 장검으로 천하의 뭇 검객들 위에 우뚝 선 혈랑곡주, 그가 남긴 정표가 바로 이 상처지. 물론 나도 그의 종아리에 한 칼 새겨 주었지. 흐흐, 그 인간, 절름발이는 되지 않았나 몰라. 그리고 이 상처!"

서문숭은 배꼽을 가리켰다. 그곳의 피부는 거무스름하게 죽어 있었다.

"소철, 그 여우 같은 위인이 자랑하는 팔진수八振手였지. 하늘이 노래지더군. 그 기분, 맞아 본 사람이 아니면 절대 모르지. 하지만 그의 손목도 이 꼴이 되었으니…….."

서문숭은 두 손으로 무엇인가를 똑 부러뜨리는 시늉을 한 뒤 물었다.

"……이 아비가 그리 손해 본 것은 아니지?"

"예."

서문복양은 공손히 대답했다. 그것이 지금 그가 할 수 있는 유일한 일이었다.

"그리고 이 상처!"

서문숭은 오른손 엄지손가락으로 등 뒤를 가리켰다. 그곳에는 두 개의 흰 금이 '예χ' 자를 이루며 교차되어 있었다.

"이 상처…… 이 상처는…….."

서문숭은 이제까지와는 달리 선뜻 말을 잇지 못했다.

서문복양은 가슴을 적셔 오는 한 줄기 비애에 부친의 얼굴을 차마 똑바로 바라보지 못했다. 그는 서문숭의 등판에 저 상처를 남긴 사람을 알고 있었다. 제갈휘, 그 멋지고 중후한 검객이 바로 그 주인공이었다. 물론 제갈휘도 무사하지는 못했다. 서문숭의 도에서 뿜어 나온 무애지력無碍之力에 휘말려 저승 문턱을 넘을 뻔했으니까. 그리고 그 싸움이 끝났을 때, 서문숭과 제갈휘는 형제의 이름으로 굳은 친교를 맺었다. 서로의 무공에, 그리고 서로의 기질에 끔찍이 반해 버렸기 때문이었다. 하지만…….

그 제갈휘는 지금 이 세상 사람이 아니었다.

서문복양은 살며시 고개를 들어 서문숭의 얼굴을 살폈다. 서문숭의 두 눈은 붉게 충혈되어 있었다. 제갈휘에 대한 그리움이 북받쳤기 때문일까?

그런데 의외의 일이 벌어졌다. 서문숭이 갑자기 하늘을 바라보며 커다란 웃음을 터뜨린 것이다.

"정말 못된 놈이 새긴 것이지! 으하하! 천하에 둘도 없이 못된 놈이!"

"예?"

서문복양은 어리둥절한 눈초리로 서문숭을 바라보았다.

하지만 서문숭은 서문복양을 바라보지 않았다. 그는 연무장 북쪽에 자리 잡은 울창한 대나무 숲을 향해 대뜸 소리를 질렀다.

"왔으면 썩 나오지 않고 뭐 하나!"

서문복양은 그쪽을 바라보았다. 그러고는 입을 딱 벌렸다.

"하하, 귀는 여전히 밝으시군요."

부드럽게 웃으며 대나무 숲 사이로 걸어 나오는 회색 무복의 남자. 파리한 안색에 홀쭉한 뺨, 왼쪽 눈썹 부근엔 처음 보는 흉터까지 매달고 있지만, 서문복양은 그 남자가 누구인지 단번에 알아볼 수 있었다.

"이…… 이……!"

서문숭의 얼굴 근육이 실룩거렸다. 그의 부리부리한 고리눈에 뿌연 물안개가 차오르기 시작했다. 그리고…….

"이놈!"

쑤아앙!

서문숭의 벗은 몸통이 쏜살처럼 대나무 숲을 향해 날아갔다. 이십 장에 가까운 거리가 순식간에 의미를 잃어버렸다.

"허! 허허!"

회색 무복의 남자 앞에 우뚝 선 서문숭의 입에서는 웃음도 아니고 울음도 아닌 기괴한 소리가 흘러나왔다.

오늘 아침 육건이 가져온 봉서. 출정 명령 대신 무위관을 다시 열게 만든 바로 그 봉서엔 이렇게 적혀 있었다.

오시午時 정각에 광명연무장으로 가겠습니다. 휘輝.

"이놈! 이 못된 놈 같으니라고!"

서문숭은 더 이상 참지 못하고 그 남자를 왈칵 끌어안았다.

응징應懲

(1)

염빈閻彬은 인재가 많기로 이름난 무양문에서도 특이한 경력의 소유자로 꼽힌다. 그는 다른 문도와 달리 지체 높은 관리 출신이었다.

선황인 선종宣宗 때에 추밀원樞密院 도사都使를 지낸 염빈은, 선종이 죽고 영종이 즉위하자 관직에서 물러나 야인으로 돌아왔다. 주위의 사람들은 하나같이 그 사실을 안타까워했다. '추밀원의 소염왕小閻王'이라는 별명은 비단 그가 염씨이기 때문만은 아니었으니, 사리를 분별하고 실무를 수행하는 그의 행정 능력은 염라대왕처럼 엄정하기로 정평이 나 있었다.

하지만 마흔셋 한창의 나이로 관로에서 은퇴한 염빈에겐 다른 뜻이 있었다. 생애의 전반부를 자신을 낳아 준 국가를 위해 바쳤다면, 생애의 후반부는 자신이 믿어 온 종교를 위해 바칠 생각이었던 것이다. 그 종교가 무엇인지는 그의 처자식마저도 알지 못했다.

낙향한 지 정확히 일백 일이 지난 날 염빈은 집을 떠났다. '길을 찾아 산으로 간다.'는 간단한 편지 한 장만을 남긴 채였다.

그로부터 보름 뒤 염빈은 무양문에 입문했다. 그의 입문 절차는 일사천리로 진행되었다. 그는 이미 오래전부터 독실한 백련교도였기 때문이다.

"광명령이 내려왔네."

육건은 무양문의 순찰당巡察堂 부당주 염빈에게 금빛 봉으로 축을 삼은 두루마리 하나를 내밀었다.

염빈의 표정이 굳어졌다. 광명령은 무양문에서 가장 권위 있는 명령이었다. 그 내용은 경우에 따라선 무양문도뿐만 아니라 중원 각지에 흩어져 사는 모든 백련교도들에게 전달되기도 했다.

무양문주로서, 그리고 백련교주로서 서문숭이 내릴 수 있는 가장 강력한 교서를 받아 든 염빈의 손끝은 가늘게 떨리고 있었다.

사실 염빈이 지닌 무공은 간단한 권각술과 기초적인 운기토납 수준에 지나지 않았다. 마흔이 넘어서야 무공에 입문한 그였으니, 그 정도 이룬 것만으로도 상당하다 할 것이다.

무양문은 엄연한 강호 문파였다. 강호 문파에선 상하의 직위가 지닌바 무공의 고하로 결정되는 것이 상례이고 보면, 하급 무사 한 사람도 제대로 감당하지 못할 염빈이 호교십군의 부군장과 거의 동급인 순찰당 부당주에 오른 것은 매우 이례적인 일이라 아니할 수 없었다.

그러나 정작 당사자인 염빈은 그 일을 매우 당연하게 받아들이고 있었다.

한 집단이 집단으로서의 진정한 힘을 발휘하려면 모든 조직이 살아 있는 생명체의 것처럼 유기적으로 결합되어야 한다. 이는 개별의 조직이 강하다고 해서 이루어지는 것이 아니었다. 지나친 강성剛性은 오히려 집단 전체를 해치는 독소가 될 수 있었다.

물론 무양문의 핵심은 오천 명에 이르는 전투 부대, 십군이었다. 무력은 그들만으로 충분했다. 그 외의 조직들, 가령 염빈이 이끄는 순찰당을 비롯한 삼당과 교단의 어른들로 구성된 양원까지 십군에 준하는 힘을 갖출 필요는 없는 것이다. 그들이 갖춰야 할 덕목은 집단 전체가 원활하게 움직일 수 있도록 해주는 관리자, 혹은 조정자로서의 능력이었다. 염빈은 그런 능력에 관해 자신만큼 뛰어난 사람은 찾기 어려울 거라고 자부하고 있었다. 그가 자신에게 부여된 순찰당 부당주 자리를 당연시하는 것도 그러한 자부심 덕분이었다.

염빈은 받아 든 두루마리를 붉은 탁자에 놓고 거기에 세 번 절을 올렸다. 그러고는 조심스러운 손길로 두루마리를 펼치기 시작했다.

두루마리에 적힌 내용을 읽은 염빈은 파랗게 질렸다.

"드디어 출정입니까?"

육건은 염빈의 질문에 대해 아무런 답도 주지 않았다. 단지 심유한 눈으로 염빈을 바라볼 뿐이었다.

염빈은 곧바로 자신의 실책을 깨달았다. 그의 임무는 명령을 전달하는 것이었다. 명령에 담긴 속뜻을 분석하는 일은 이미 그의 소관이 아니었다.

염빈은 공손한 동작으로 광명령을 갈무리했다.

광명령은 연락 계통을 통해 각 하부 조직으로 전달되었으며, 곳곳에 마련된 전방傳榜에 나붙었다. 올해 들어 세 번째 발동된 광명령이었다.

십이 월 십사 일 유시酉時(오후 여섯 시 전후) 정각, 광명전 대광장에 전 문도는 집결하라[十二月十四日 酉時正刻 光明殿大廣場 全門徒集結].

(2)

점심 무렵을 지나며 쾌청하던 날씨가 어둑어둑해지더니 해질 무렵이 되자 눈발이 날리기 시작했다.

때는 십이월 중순.

구주九州 대부분은 이미 동장군의 지배하에 들어간 뒤였다. 하지만 무양문이 위치한 곳은 겨울에도 얼음을 구경하기 힘들다는 복건, 그중에서도 온난한 복주福州였다. 십이월 중순에 흩날리는 눈발이 초설인 것도 그런 까닭이었다.

눈은 하늘의 선물이요, 축복이다. 송이송이 떨어지는 순백의 정령들은 천하 만물을 막고야산藐姑射山에 산다는 신인神人의 피부처럼 새하얗게 단장시켜 준다. 우주 안의 세상이 지금까지와는 전혀 다른 새로운 세상으로 탈바꿈하게 되는 것이다.

또한 첫눈은 서설이다. 어린아이들은 눈사람을 만들고 눈싸움을 벌이며 탐스러운 눈 뭉치를 맛볼 것이고, 연인들은 새하얀 눈밭에 첫 발자국을 함께 찍으며 자신들의 연정을 확인할 것이며, 어른들은 겨울나기에 분주한 일손을 멈추고 추녀 너머로 떨어지는 눈발을 향해 웃음 지을 것이다.

하지만 광명전 대광장에 운집한 무양문의 칠천 문도들 가운데 첫눈이 선사하는 정취를 느낄 수 있는 사람은 아무도 없었다. 내리는 눈발을 고스란히 맞으며 질서정연하게 도열한 칠천 문도들은 흡사 흙으로 만든 인형으로라도 변해 버린 것 같았다. 오전에 전방에 게시된 광명령, 그 안에 담긴 무상의 권위는 그토록 지엄한 것이었다.

광장에 정렬한 문도는 크게 두 무리로 나뉘어 있었다.

광장 동편을 차지한 이천 명은 순찰巡察, 교무敎務, 호공戶工의 삼당과 집법執法, 원훈元勳의 양원에 소속된 문도들이었다.

실제 삼당과 양원에 소속된 인원수는 일만에 가까웠다. 하지만 그들의 대부분은 정식 문도가 아닌, 입문 절차를 밟는 평교도에 지나지 않았다. 광명령에서 '문도'라는 단서가 붙은 이상, 팔천에 달하는 평교도들은 발목까지 쌓이는 눈밭에서 발이 꽁꽁 얼어붙는 고역마저 부여받을 수 없었다.

광장 중앙을 차지한 오천 명은 무양문의 주력인 십군이었다.

열 개 군단 앞에는 각각을 상징하는 군기가 꽂혀 있고, 그 옆에는 군장들이 서 있었다. 그들이 바로 무양문이 자랑하는 열 명의 절대 고수, 호교십군이었다.

그들 중 가장 좌측에 있는 일군기는 다른 아홉 개의 기들과 달리 깃발 아래로 세 뼘쯤 떨어진 부분에 검은 헝겊을 매달고 있었다. 그 검은 헝겊은 어떤 죽음을 애도하는 조포弔布였다.

그리고 일군기 옆에는 사 척이 넘는 거도巨刀를 등에 멘 호목의 장년인이 서 있었다. 금세라도 불똥을 쏟아 낼 듯한 강렬한 눈빛과 칼자루에 용머리가 새겨진 웅장한 용형대도龍形大刀를 함께 가진 장년인. 눈빛만큼이나 뜨거운 피와 병기만큼이나 굴강한 의지를 지녔다는 일군의 부군장 종리관음鍾里觀音이었다.

그 종리관음은 검은 머리띠를 이마에 두르고 있었다. 그것은 그의 등 뒤로 질서 있게 도열한 일군 소속 오백여 무사들도 마찬가지였다.

깃발에 달린 검은 헝겊.

군장이 아닌 부군장.

그리고 오백여 개의 검은 머리띠.

그것은 모두 한 가지 일에서 연유했다. 바로 일군장 제갈휘의 죽음이었다.

"그것참, 유시가 지난 지가 언젠데 아직도 코빼기도 안 비치신담. 밤새 세워 둘 작정이신가?"

십군장 마석산, 이 신경 굵은 위인에게는 광장 전체를 짓누르는 숨 막히는 긴장감도 먹히지 않는 모양이었다. 마석산은 추운 날 집을 나선 한량처럼 팔짱 낀 양손을 겨드랑이 아래 깊이 묻은 채 이군이 도열한 곳을 향해 어슬렁거리며 다가왔다.

흰 바탕에 검은 독수리가 수놓인 이군기 아래에는 광대뼈가 유난히 튀어나온 흑의 초로인이 지그시 눈을 감은 채 서 있었다. 호교십군 중 두 번째 서열을 차지하는 좌웅이 바로 이 사람이었다. 한 자루 철검을 휘두르면 빛살조차 벨 수 있다 하여 얻은 별호가 분광검分光劍. 어떤 이들은 그의 검이 제갈휘의 것보다 무섭다고 말하기도 했다. 그는 그런 말을 들을 때마다 그저 희미하게 웃기만 할 따름이었다. 시인하는 것일까, 부인하는 것일까? 불행히도 그 웃음의 참 의미를 아는 이는 아무도 없었다.

마석산은 좌웅을 향해 능청스러운 목소리로 말을 건넸다.

"주무시우?"

설마 그럴 리가 있을까?

굳게 감겼던 좌응의 눈이 천천히 뜨였다. 너무도 희어 오싹한 느낌을 주는 흰자위와 흑요석처럼 요요한 광채를 발하는 새카만 눈동자가 마석산의 얼굴을 향했다.

"형님, 뭔 일로 모이라 한 건지 혹시 아시우?"

"곧 알게 되겠지."

좌응의 무성의한 대답에 마석산은 힝, 코웃음을 쳤다.

"곧 알게 되리란 걸 누구는 몰라서 묻는 줄 아시우? 지금 당장 궁금하니까 그러지."

좌응은 연민과 짜증이 절반씩 섞인 눈길로 마석산을 바라보았다. 미욱하고 무식하며 고집 센 주제에 어쩌자고 방정맞기까지 하단 말인가! 그렇다고 속속들이 알고 있는 처지에 새삼스럽게 면박을 주기도 뭣한 노릇이었다.

"난 당장 출정 명령이 떨어졌으면 좋겠수."

마석산은 생각만 해도 짜릿한 듯 어깨를 부르르 떨었다. 하지만 좌응의 얼굴에는 한 자락 그늘이 드리웠다.

"출정……."

"그렇수, 출정! 그래서 일군장을 죽인 놈들을 죄다 요절을 내버린다면, 정말 세상에 두 번 없을 후련한 일 아니겠수?"

"하지만 일군장을 죽인 자들은 모두 죽었다고 하지 않는가."

"형님도 참, 놈들의 씨앗까지 남김없이 쓸어버려야 복수했다고 할 수 있지요!"

시커먼 얼굴로 씩씩거리는 마석산을 바라보며 좌응은 작게 한숨을 쉬었다. 마석산의 말이 틀리기 때문이 아니었다. 오히려 너무도 지당하기 때문이었다. 복수라는 피비린내 나는 단어의

속성은 본디 그랬다. 줄기만 베는 것이 아니라 뿌리까지 뽑아 버리는 것이다.

무양문은 당금 강호에서 단일 방파로는 가장 강력한 힘을 보유하고 있었다. 비록 강북의 신무전이 무양문과 어깨를 나란히 한다고는 하지만, 그것은 깊은 이치를 살피지 않고 이미 만들어진 형세만을 논하는 단견이었다. 무양문은 강호인들에게 마귀굴로 배척당하는 문파였다. 구파일방을 비롯한 백도의 여러 문파들은 그런 무양문을 견제하기 위해 유형무형으로 신무전을 지원했고, 수십 년간 이어 온 그런 지원이 오늘날 신무전을 만드는 초석이 되었음은 부정할 수 없는 사실이었다.

중요한 것은, 그럼에도 불구하고 무양문의 위세가 신무전의 그것에 비해 조금도 뒤지지 않는다는 점이었다. 그러니 만약 모든 외부 요인을 배제한 채 일대일로 맞붙는다면, 신무전은 결코 무양문의 적수가 되지 못한다는 결론에 도달할 수 있었다.

그런 무양문이 백도 문파, 그것도 다수의 백도 문파들을 겨냥한 복수전을 결행한다!

이것은 결코 간단한 일이 아니었다. 만약 그런 일이 벌어진다면 백도 전체가 좌시하지는 않을 테고, 그러면 신무전 또한 모른 체할 수 없을 것이다. 그것들이 의미하는 바는 바로…….

"으음!"

좌응은 묵직한 신음을 흘리며 다시금 두 눈을 감았다. 목전에 도사리고 있을지도 모르는 거대한 혈겁의 올가미가 그의 영혼을 아프게 죄어 왔다.

그러나 마석산에게는 좌응을 괴롭히는 그 거대한 혈겁마저도 그저 신나는 놀이처럼 여기지는 모양이었다. 그는 내리는 눈송이를 주먹으로 후려치며 호기롭게 말을 이어 갔다.

"형님도 꼭 알아 두시우. 이번 출정의 선봉은 누가 뭐래도 이 납자철오 나리께서······."

"자리로 돌아가게. 문주께서 나오실 때가 되었어."

좌응은 마석산의 말허리를 잘랐다. 덜떨어진 아우의 말 같지 않은 소리를 더 이상 듣고 싶지 않았다.

볼이 잔뜩 부은 마석산은 뭐라 쏘아붙이려고 좌응을 향해 입을 벌렸다. 하지만 지그시 눈을 감은 좌응의 얼굴로부터 심상치 않은 냉기를 읽고는 벌린 입을 하릴없이 다물고 말았다. 비록 무쇠 소라 불리는 그였지만 저런 냉기가 감돌 때의 좌응은 건드리지 않는 편이 좋다는 것을 알고 있었다.

"젠장!"

마석산은 투덜거리며 몸을 돌렸다. 그런 그의 눈에 이군의 좌측, 삼군기 옆에 서 있는 왜소한 인영이 들어왔다.

마석산은 마침 잘됐다는 듯이 손을 흔들며 걸걸한 목소리로 소리쳤다.

"여어, 초 노사, 오랜만이외다! 이런 일이 아니면 얼굴 볼 기회가 없습니다그려."

세 개의 금빛 고리를 수놓은 흑자색黑紫色 삼군기 아래 서 있는 사람은 오 척 단구에 귀여운 어린아이 모습을 한 별불가 초당이었다. 초당은 마석산을 힐끔 쳐다보았다. 하지만 그 시선은 마석산을 향할 때보다 두 배는 빠르게 원래의 방향으로 돌아갔다.

"히야, 아주 펑펑 내리는걸. 이러다가 우리 쪼그만 초 노사께서 완전히 파묻히지나 않을지 걱정이우. 으헤헤!"

마석산은 함박눈이 날리는 하늘을 바라보며 음충스럽게 웃었다. 스스로 생각하기에는 진짜로 멋진 농담이었던 것이다. 하지만 초당은 들은 척도 않고 앞만 바라볼 뿐이었다.

'우라질!'

마석산의 인상이 확 구겨졌다.

'알은척이라도 하면 어디가 덧나나? 난쟁이 애늙은이 자식!'

마석산은 내심 욕설을 퍼부으며 호랑이, 사자, 곰, 멧돼지 등 싸움 잘하는 동물들은 죄다 집어넣은 탓에 뭐가 뭔지 알아보기 힘든 십군기 밑으로 돌아갔다.

바로 그때, 웅장한 징소리가 광명전 광장에 울려 퍼졌다.

지잉!

창룡의 꼬리처럼 긴 여운이 광장 안의 침묵을 휩쓸고 지나 갔다. 곧바로 우렁찬 고함소리가 뒤따랐다.

"조온尊! 추울出!"

칠천 문도들은 상의의 앞자락을 와락 소리 나게 걷어 올리며, 눈 쌓인 광장에 무릎을 꿇었다.

그긍!

둔중한 소리와 함께 남만의 묵오철墨烏鐵로 만든 광명전의 육중한 문이 열리더니, 몇 사람이 그 안으로부터 천천히 걸어 나왔다.

선두에 선 사람은 무양문의 대호법이자 백련교의 수석 제사장인 목군평木君平이었다.

목군평은 수석 제사장답게 금장金裝의 화려한 제의祭衣에 높이가 한 자나 되는 검은 제관祭冠을 쓰고 있었다. 나이 칠십을 바라보는 그였지만 가슴까지 드리운 턱수염은 칠흑처럼 새카만 윤기가 흘렀다. 반백년 가까이 수련해 온 박대 정심한 광명비전의 내공심법이 그렇게 만들어 준 것이다.

그런데 한 가지 기이한 점이 있었다. 목군평은 여느 때와는 달리 위패를 담는 검은 궤짝을 들고 있었다. 그 모습을 본 문도들은 의아함을 느꼈다.

일군장 제갈휘의 위령제를 지내려는 것일까? 하지만 제갈휘에 대한 모든 추모 의식은 복수 이후로 미뤄졌는데?

목군평에 이어 걸어 나온 사람은 이호법 곽굉郭轟과 삼호법 연문건이었다.

곽굉은 백 근이 넘어 보이는 거대한 부斧와 그 절반 정도 되는 월鉞을 양손에 나눠 들고 있었다. 금은주옥金銀珠玉으로 요란스럽게 치장된 이 두 개의 도끼는 장군부월將軍斧鉞이었다.

연문건은 커다란 은쟁반 하나를 눈썹 높이 받쳐 들고 있었다. 은쟁반에는 신기神氣를 뿜어내는 두 자루의 병기가 놓였는데, 그것들은 이 척 오 촌 길이의 신도神刀 방원方圓과 삼 척 이 촌 길이의 보검寶劍 용신龍神이었다. 이들 병기는 문파의 수장인 서문숭을 상징하는 신물이었다.

두 사람의 뒤를 이어 하만과 손삼기孫三起, 두 장로가 노구를 드러냈다. 너무나도 늙어 버려 이제는 걷는 것마저 힘에 부친 듯, 두 장로는 시종들의 부축을 받고 있었다.

그리고 드디어 문주 서문숭이 나타났다.

네모꼴 각진 얼굴엔 구름 같은 통천관이 올려 있고, 육 척 당당한 근육질의 육신은 붉은 곤룡포에 가려져 있었다. 털벌레처럼 짙은 눈썹과 부리부리한 호목은 용맹무쌍한 위세를 품었는데, 붉그레한 혈색과 푸르스름한 수염은 신비스러운 기파를 더해 주고 있었다. 실로 패도지존다운 풍도라 아니할 수 없으니, 기승을 부리며 흩뿌리는 눈발도 감히 그 주위를 범접하지 못하고 힘없이 사그라지는 것 같았다.

서문숭의 뒤에는 세 장로 중 대장로이자 무양문의 군사직을 맡고 있는 육건과 차기 무양문주로 내정된 부문주 서문복양이 따르고 있었다.

지잉!

또 한 번의 징소리가 울려 퍼졌다.

"고옹恭! 처언天!"

그 순간 칠천 문도들은 두 손으로 불꽃 수결을 지으며 목소리를 모아 백련교의 여덟 자 진언을 외쳤다.

"미륵하생 명왕출세!"

그 우렁찬 기세는 거센 회오리바람이 되어 광장에 쌓인 눈들을 허공으로 말아 올렸다.

광장을 안개처럼 뒤덮은 눈가루, 그 분분한 백색 속에 석상처럼 무릎 꿇고 있는 칠천 명의 문도들.

지잉!

그리고 세 번째 징소리가 울렸다.

"수욱肅! 배애拜!"

칠천 문도들은 머리를 바닥에 조아리며 외쳤다.

"존체를 알현합니다!"

이러한 고두叩頭는 아홉 회나 반복되었다. 그 장한 광경을 묵묵히 바라보던 서문숭이 입을 열었다.

"예를 거두어라!"

범인은 거역할 수 없는 무거운 위엄이 담긴 목소리였다.

문도들이 몸을 일으켰다. 칠천 명의 움직임이 마치 한 사람의 그것처럼 보였으니, 평소 문파의 기강이 얼마나 칼날 같은지를 짐작할 수 있었다.

서문숭은 칠천 문도들을 슥 둘러보았다. 그의 뇌전 같은 안광 앞에는 자욱한 눈발도 아무런 장애가 될 수 없었다. 그의 시선을 접한 문도들은 심장을 조여 오는 압박감에 감히 눈길을 마주치지 못했다.

"본좌가 광명령을 발동한 것은 좋은 일 한 가지와 나쁜 일 한 가지를 처리하기 위함이다."

좋은 일 한 가지와 나쁜 일 한 가지.

서문숭의 이 말에 심기가 깊은 몇몇 문도들은 안도의 한숨을 내쉬었다. 다행히도 출정 선포를 위한 소집은 아닌 모양이었다.

"본좌는 그중 나쁜 일부터 해결하고자 한다."

나쁜 일부터 해결한다는 말은, 이제부터 펼쳐질 광경이 보기 좋은 것과는 거리가 멀 것이라는 경고와 다름없었다. 안도하던 현명한 소수마저도 몸을 잔뜩 긴장시켰다.

서문숭이 뒷전을 돌아보며 말했다.

"부문주는 명을 받들라."

서문숭의 호명에 아들 서문복양의 허리가 깊이 구부러졌다. 지금은 아버지와 아들의 사적인 관계가 아닌, 문주와 부문주의 공적인 관계였다.

"명을 받들겠습니다!"

서문복양이 복명하자 서문숭은 삼호법 연문건이 받쳐 든 은쟁반의 보검을 집어 들었다.

"용신검은 본 교의 지고무상한 신물. 그 법통은 초대 교주이신 광명대법신으로부터 본좌까지, 십칠 대 삼백 년 동안 불변으로 내려왔다."

서문숭은 용신검을 서문복양에게 내밀었다.

"일군의 오백 문도를 통솔할 수 있는 권한을 부문주에게 내린다. 부문주는 광명전 광장을 포위하여, 허락 없이 광장을 빠져나가는 자, 직위의 고하를 불문하고 참하라."

그리 크지 않은 이 한마디가 거대한 공포가 되어 광장 전체를 짓눌렀다. 모든 문도들은 고개를 돌리지도 못한 채 숨을 죽여야만 했다. 서문숭이, 저 희대의 패도지존이 지금 무엇인가에 대해 분노하고 있음을 알아차렸기 때문이다.

"명을 받들겠습니다!"

서문복양이 앞서와 같은 대답을 하고는 두 손으로 용신검을 받아 들었다.

서문숭의 명령은 서문복양의 지휘 아래 신속하게 실행에 옮겨졌다. 일군 부군장 용형대도 종리관음 휘하 오백여 무사들은 저마다 병장기를 뽑아 들고는 광명전 광장을 넓게 둘러쌌다.

그 과정을 지켜보던 서문숭이 다시 입을 열었다.

"수석 제사장은 명을 받들라."

"명을 받들겠습니다!"

이번에는 검은 제관에 금장 제의 차림을 한 목군평의 허리가 깊이 구부러졌다.

"제단을 마련하라."

"명을 받들겠습니다!"

허리를 펴 올린 목군평이 광장 한쪽을 향해 손을 들자, 검은 옷을 입은 십여 명의 사내가 서문숭과 문도들 사이의 빈 터에 제단을 설치하기 시작했다.

목재를 짜 맞춰 다섯 자 높이의 제단을 쌓고, 그 위에 네 개의 기둥을 세우고, 다시 넓은 차일을 둘러쳐 눈을 막고…….

일련을 과정을 사전에 연습해 둔 덕인지, 제단을 설치하는 데에는 차 한 잔 마실 시간도 걸리지 않았다.

제단이 완성되자 목군평은 들고 있던 검은 궤짝을 열었다.

그 안에서 나온 것은 네 개의 위패였다. 목군평은 그 위패들을 제단에 가지런히 배열한 뒤 옥호로玉虎爐를 꺼내어 향불을 살랐다.

앞줄에 서 있던 문도들 사이에 작은 동요가 일어났다. 위패에 적힌 지방문紙榜文이 그들의 예상과 달랐기 때문이다.

순교성체 대적용 신위.
순교성체 왕삼보 신위.
순교성체 장민 신위.
순교도 사백이십팔 영령 신위.

호교십군 중 다섯 번째 자리를 차지하던 활의 명수 대적용과 서문숭의 둘째 제자 왕삼보와 사백이십팔 명의 무사는 지난여름 형산 토벌전에서 목숨을 잃은 희생자들이었다. 그리고 장민은 그 토벌전의 직접적인 원인이 된, 동정호 인근을 지나다 용봉단주 강이환에게 살해당했다고 알려진 서문숭의 셋째 제자였다.

그런데 왜 저들의 위패를 설치하는 것일까? 저들의 위령제는 이미 오래전에 거행한 바 있었다. 지금 또다시 제단을 마련하는 까닭은 무엇일까?

문도들의 동요를 아는지 모르는지, 서문숭은 제단 앞으로 내려와 목군평으로부터 건네받은 제문을 읽기 시작했다. 백련교의 제례에 따라 제문을 천천히 읽어 내려가는 그의 목소리는 비분과 강개로 가득 차 있었다.

문도들은 숨 한번 크게 내쉬지 못한 채 그가 제문 낭송을 마치기를 기다릴 수밖에 없었다.

제문 낭송이 끝났다. 서문숭은 제단을 향해 두 번 절을 올렸다. 그러고는 천천히 돌아섰다. 그의 시선이 향한 곳에는 삼군의 군장인 별불가 초당의 왜소한 몸뚱이가 자리하고 있었다.

　서문숭의 입술이 슬쩍 벌어졌다.

　"초당."

　이제껏 무심을 유지하던 초당의 눈빛이 흔들렸다. 하지만 그것도 잠시뿐. 그는 허리를 숙이며 외쳤다.

　"초당이 명을 기다립니다!"

　서문숭은 초당의 굽은 등을 물끄러미 바라보았다. 과연 무슨 생각을 하는 것일까?

　서문숭의 입이 다시 열린 것은 한참이 지난 후였다.

　"왜 그랬나?"

　초당의 고개가 번쩍 들렸다. 진짜 어린아이처럼 천진해 보이는 그의 얼굴에는 영문을 모르겠다는 기색이 떠올라 있었다.

　"무슨 말씀이신지……?"

　서문숭은 그런 초당의 얼굴을 잠시 바라보다가 고개를 절레절레 흔들었다.

　"답지 않아. 천하의 초당답지 않아."

　그런 다음 다시 초당에게 물었다.

　"왜 그랬나?"

　초당은 고개를 푹 숙였다. 그러고는 갑자기 돌로 변한 듯 꼼짝하지 않았다.

　움직이지 않는 것은 초당만이 아니었다. 마치 만물이 정지해 버린 것 같았다. 하늘과 땅을 이어 주던 눈의 장막도 이 순간만큼은 멈춰 버린 듯한 착각이 들었다.

　그렇게 얼마의 시간이 흘렀을까?

초당은 천천히 허리를 폈다. 위패가 설치되는 순간부터, 아니 오늘 아침 무위관이 다시 열렸다는 소식을 전해 들은 순간부터 그의 작은 몸뚱이를 엄습하던 불안감이 현실로 나타난 것이다. 그의 앙증맞은 입술이 실룩거렸다.

"어떻게 아셨소?"

지금까지와는 판이한 말투요, 태도였다. 칠천 문도들의 얼굴에 놀라움의 기색이 물결처럼 번져 갔다.

"그래, 그래야 초당답지."

서문숭은 씩 웃었다. 이어 광명전 쪽으로 고개를 돌리더니 크게 외쳤다.

"아우, 이제 나오게나!"

다시 열린 광명전의 거대한 철문, 그 어둠침침한 그늘 속에서 세 사람이 새로이 모습을 드러냈다.

잿빛 무복을 입은 중년인과 허리가 굽은 마의 노인 그리고 보는 이의 눈을 휘둥그레지게 만드는 거구의 황삼 청년.

해일 같은 경악이 광명전 대광장을 휩쓸고 지나갔다.

세 명의 선두에 선 중년인, 그는 죽었다고 알려진 고검 제갈휘였던 것이다.

(3)

제갈휘의 신색은 죽었다 살아난 사람치고는 괜찮아 보였다. 비록 볼따구니가 눈에 띄게 홀쭉해지고 왼쪽 눈썹 위에는 처음 보는 흉터까지 매달고 있었지만, 깊은 눈빛과 차분한 입매에서 풍기는 장중한 기품은 예전과 다름이 없었다.

"군장님!"

부군장 종리관음을 위시한 일군 소속 무사들의 얼굴이 일그러졌다. 눈 녹은 물이 눈앞을 가린 것일까? 멀쩡하던 시야가 갑자기 뿌옇게 흐려지니 말이다. 그들은 광장을 포위, 감시하라는 서문숭의 명령마저 망각한 듯 격동에 찬 표정으로 오직 제갈휘 한 사람만을 바라보고 있었다.

　　그러나 가장 크게 놀란 사람은 누가 뭐래도 초당이 아니었을까?

　　지금 이 순간, 초당의 심장은 물에 빠진 새끼 노루처럼 팔딱거리고 있었다. 설마하니 제갈휘가 살아 돌아올 줄이야!

　　제갈휘의 시선이 천천히 움직였다. 초당과 제갈휘의 시선이 허공의 한 점에서 얽혔다. 경악으로 부릅뜬 눈과 오직 담담하기만 한 눈.

　　초당의 눈빛이 크게 출렁거렸다. 그는 뭐라 말하려 입을 열었지만, 침이 말라붙은 입술 사이에선 새된 바람 소리만이 흘러나올 뿐이었다.

　　먼저 말을 꺼낸 사람은 제갈휘였다.

　　"초 노사, 살아 돌아와서 미안하오."

　　말뜻은 조롱이 분명한데 말투는 차분하기 그지없었다. 그것이 더욱 모욕적으로 받아들여진 탓일까? 사람들은 초당의 작은 어깨가 사시나무처럼 떨리는 것을 볼 수 있었다.

　　"어때? 이 정도면 설명이 되겠나?"

　　서문숭이 초당을 바라보며 미소를 지었다. 사람의 혼백을 얼어붙게 만드는 싸늘한 미소였다.

　　초당은 어두워진 하늘을 올려다보았다.

　　"그랬나? 제갈휘, 그대가 살아 있었나?"

　　창자까지 묻어나올 것 같은 절절한 탄식이었다. 그럴 수밖에 없었다. 단 한 번의 실패로 수십 년 적공이 모래성처럼 무너진 셈이니. 하늘을 올려다보던 초당의 눈빛도 무너져 내렸다.

'소위 명숙 협객이라는 작자들이 대사를 그르친 게야. 하기야 누굴 탓할까? 그런 자들을 믿고 마음을 놓았던 내가 잘못한 게지…….'

초당은 천천히 고개를 내려 서문숭을 바라보았다. 그의 눈빛은 더 이상 어린아이의 그것처럼 해맑지 않았다. 강철처럼 단단하고 뱀처럼 차가운 눈빛, 바로 별불가 초당의 눈빛이었다.

서문숭은 초당을 향한 눈길을 떼지 않은 채 말했다.

"집법원주는 명을 받들라."

서문숭의 추상같은 호명이 있자, 도열해 있던 문도들로부터 한 남자가 앞으로 나왔다.

"명을 받들겠습니다!"

그는 무양문의 양원 중 법령의 입안과 해석, 판결 및 집행을 담당하는 집법원의 총책임자 진궁陳宮이었다. 전문 관료나 장인 위주로 구성된 양원에서는 드물게 일신에 지닌 공력이 절정에 이른 고수이며, 휘하에 부리는 백팔 명의 집법사執法士들도 일당백의 무인이라 했다.

서문숭이 말했다.

"본좌를 기만하고 문파를 배신한 죄. 해당하는 형벌을 고하라."

진궁은 즉시 대답했다.

"오체분시五體分屍입니다!"

진궁의 입에서는 머리와 사지를 몸통에서 떼어 내는 끔찍한 형벌의 이름이 흘러나왔다. 칠천 문도들은 그 형벌이 자신들에게 떨어지기라도 한 것처럼 목과 사지를 움츠렸다.

서문숭이 다시 말했다.

"동도불살同徒不殺의 교칙을 어긴 죄. 해당하는 형벌을 고하라."

"두 손을 자른 뒤 참수형에 처하는 것입니다."

동도의 피를 묻힌 손을 자르고 다시 목을 치는 형벌. 오체분시와 마찬가지로 극형에 해당하는 중벌이었다. 문도들은 다시 한 번 숨을 들이마셨다.

그런데 무슨 연유에서일까? 초당의 입가에는 기이한 웃음이 매달려 있었다. 그는 극형을 목전에 둔 사람이라고는 여기기 힘들 만큼 담담한 신색을 유지하고 있었다.

서문숭은 초당을 향해 엄히 물었다.

"초당, 죄를 인정하는가?"

초당은 고개를 저었다.

"인정 못 하오."

그 대답이 의외였던 듯, 서문숭의 짙은 눈썹이 꿈틀거렸다.

"인정 못 한다고?"

"그렇소. 나는 본디 황상의 명에 따라 백련교도를 가장해 무양문에 들어온 사람. 진정한 교도가 아니니 교칙이 적용되지 않으며, 진정한 문도가 아니니 문규 또한 적용될 수 없소."

초당의 대답은 막힘이 없었다.

"그래?"

감탄일까, 비웃음일까? 서문숭의 입술 꼬리가 살짝 비틀렸다.

"그러니까 이제 와서 관원에 걸맞은 예우를 해 달라는 건가?"

그러자 초당이 소리 내어 웃었다.

"하하하! 그것이 뭐가 중요하겠소? 내가 관원이라고 주장한다면, 문주께서는 나를 살려 주시겠소?"

"그럴 수야 없지."

"나는 본래 당신의 적이었소. 결코 당신과 무양문 그리고 백련교를 배신한 것이 아니오. 처음부터 우리는 단 한 번도 한편이 된 적이 없었으니까. 나는 그 사실을 밝히고 싶을 따름이오."

"적이라……. 그래서 본교의 법대로 처벌받지 않겠다, 이건가?"

"그렇소."

초당은 잠시 말을 끊고 서문숭의 얼굴을 똑바로 바라보았다. 그의 눈동자에 돌연 새파란 광망이 떠올랐다.

"나를 적으로 대우해 주시오."

서문숭은 잠시 말을 잊었다.

서문숭은 지닌바 공력이 신화경神化境에 이른, 고금을 통틀어 손꼽힐 만한 무학 대종사였다. 하물며 지금 이 자리에는 단일 문파로선 천하제일이라는 무양문의 칠천 문도들이 운집해 있었다. 그런 서문숭, 그런 무양문 앞에서 감히 누가 이처럼 당당히 적으로 대우해 달라 요구할 수 있겠는가.

비록 초당을 증오하는 마음이 골수에 사무친 서문숭이지만, 지금 이 순간만큼은 그 꿋꿋한 기상에 감탄할 수밖에 없었다. 서문숭은 천천히 고개를 끄덕였다.

"좋다. 적으로 대우해 주지. 하지만 조건이 있다."

"말씀하시오."

서문숭은 초당의 뒤에 도열해 있는 삼군의 무사들을 바라보았다. 그들은 자신들의 군장으로부터 비롯된 이 엄청난 사태에 숨도 제대로 못 쉴 만큼 얼어붙어 있었다.

"네 수하들을 모두 불러내라. 나는 불필요한 피를 보고 싶지 않다."

서문숭이 초당을 적으로 인정한 이상, 초당의 수하라면 서문숭의 적이요, 무양문의 적이요, 백련교의 적이었다.

초당은 한동안 말을 잊은 채 생각에 잠겼다.

죽었다는 제갈휘가 나타났다. 그것도 한 달간 잠적한 뒤에야. 제갈휘는 왜 자신의 생존 사실을 숨겼을까? 그것은 초당 본인에 대해 철저히 조사할 시간이 필요했기 때문이리라. 다시 말해, 그간 초당이 지켜 온 비밀들의 대부분은 이미 백일하에 드러났을 공산이 다분했다.

초당은 고개를 들었다. 구레나룻이 위맹한 서문숭의 각진 얼굴이 그의 대답을 기다리고 있었다.

문득, 많은 광경들과 많은 이야기들이 초당의 머리를 주마등처럼 스치고 지나갔다.

나이 스물 이전에 스스로 성기를 잘라 내면서 들어선 길이었다. 그리고 오십여 성상. 나라에 충성하고 황제를 받드는 마음만큼은 단 한순간도 버린 적이 없었다. 부귀영화? 그런 걸 원했다면 자금성 안에서 환관의 자리를 지키고 앉았지 이 살벌한 강호로 나오지는 않았을 것이다. 애당초 비각주 잠룡야의 제안을 받아들이지도 않았을 것이다.

하지만 이제는 다 끝났다. 이제 죽으면, 과연 옛사람들의 말처럼 그의 충성심은 만고에 남겨질까?

초당은 피식 웃었다.

'다 부질없는 일…….'

그러나 한 가지 중요한 일은 있었다. 명예로운 죽음은 살아온 인생까지도 명예롭게 단장해 준다. 적의 우두머리가 명예롭게 죽을 자리를 마련해 주는데, 그것을 저버릴 수는 없었다. 최소한 인간은 개처럼 죽어서는 안 되는 것이다.

"알겠소."

초당은 고개를 끄덕인 뒤 천천히 돌아섰다. 그의 눈앞에는 조금 전까지 그를 주군으로 받들던 삼군 소속 오백여 무사들이 도열해 있었다. 초당은 생각했다. 저승길 동무란 많다고 해서 좋은 것은 아니라고.

초당의 빨간 입술이 살짝 벌어졌다.

"부군장."

삼군의 부군장인 오행장 학곤의 준수한 얼굴이 시커멓게 변했다.

"가뢰야."

초당의 양자이자 쾌도의 달인으로 알려진 초가뢰의 고개가 툭 떨어졌다.

"삼사."

각기 사심과 사안 그리고 사아라는 이름으로 불리는 삼사는 삼군 내에서 손꼽히는 고수들이었다. 그들은 이 순간에도 챙 넓은 검은 방립으로 얼굴을 가리고 있는 탓에 그 심경을 전혀 헤아릴 수 없었다.

"다 끝났다. 이리들 나오너라."

학곤과 초가뢰는 구원을 청하기라도 하듯 주위를 둘러보았다. 하지만 그들에게 쏟아지는 것은 얼음장처럼 차가운 시선들뿐. 그들은 한동안 머뭇거리다가 어깨를 축 늘어뜨린 채 앞으로 걸어 나왔다. 그러나 삼사는 달랐다. 초당의 앞으로 걸어 나오는 그들의 걸음걸이는 마치 상이라도 받으러 나오는 사람들처럼 당당해 보였다.

초당은 우선 삼사를 향해 말했다.

"주인을 잘못 만나 천수를 다하지 못하게 됐구나."

가장 좌측에 서 있던 사심이 담담한 목소리로 초당의 말을 받았다.

"주인님이 아니라면 어차피 이십 년 전에 죽었을 목숨입니다. 죽는 순간까지 주인님을 따를 수 있게 되었으니 오직 기쁠 따름입니다."

이십 년 전 초당과 삼사 사이에는 무슨 일이 있었던 걸까? 그 일을 아는 사람은 그들 외에는 없었다. 그러므로 이제는 누구도 그 일을 알지 못할 것이다.

"고맙다."

초당은 세 사람의 손을 차례대로 잡았다. 이어 그는 시선을 양자인 초가뢰에게로 돌렸다.

"전아가 몇 살이라고 했지?"

"내달이면 열한 살입니다."

전아는 초가뢰의 아들이자 초씨 문중의 유일한 후손이었다. 초가뢰는 잔병이 많다는 이유로 아들을 아내의 친정과 가까운 하북에서 키우고 있었다.

"열하나라……. 몸이 약한 게 걱정이지만 어미가 있으니 잘 돌봐 주겠지."

초가뢰의 세모꼴 눈이 몇 차례 흔들렸다. 하지만 체념에 필요한 시간은 그리 길지 않았다. 둥지가 깨지는 데 알들이 무사하기를 바랄 수는 없는 일이었다.

초당은 이번에는 학곤을 바라보았다.

"부군장에겐 그저 미안할 뿐이군."

학곤의 표정은 기이했다. 우는 것도 아니고 웃는 것도 아닌 어정쩡한 표정이 그의 얼굴에서 진흙처럼 흘러내리고 있었다.

"군, 군장님, 제가 왜……?"

'왜 죽어야 하느냐?'는 말을 하고 싶었을 것이다.

초당의 입가에 쓸쓸한 웃음이 스쳤다. 학곤의 경우는 초가뢰나 삼사의 경우와 달랐다. 자신이 삼군장 자리에 오르고도 한참이 지난 뒤에 포섭한, 그래서 심복이라고 부르기에는 애매한 인물이기 때문이었다.

본디 학곤에게는 결정적인 약점이 두 가지 있었다. 하나는 얼굴값을 하는지 여색을 무척이나 밝힌다는 점이었고, 다른 하나는 무양문의 다른 간부들과는 달리 명존에 대한 맹목적인 신앙심이 부족하다는 점이었다. 오 년 전 어느 날, 학곤은 이 두가지 약점으로 인해 큰 난관에 빠지게 되었다. 당시 학곤은 네명의 마누라와 아홉 명의 자식들을 거느린 가장이었다. 그의 마누라라는 여인들이 하나같이 한때 잘나가던 기녀였음을 감안한다면, 그 씀씀이가 얼마나 헤픈가는 불 보듯 뻔한 일. 학곤은무양문에서 받는 녹봉으로는 도저히 가게를 유지해 나갈 수 없는 심각한 지경에 처하고 말았다. 게다가 엎친 데 덮친 격이라고, 그는 그해 겨울에 있을 부군장 진급 심사에서 자신의 이름이 누락되었다는 소식을 전해 듣게 되었다. 신앙심의 부족이 그이유였다.

학곤은 절망에 앞서 분노했다.

나 같은 사람이 왜 이런 곤경에 처해야만 하는가!

그런 그의 앞에 구세주처럼 나타난 사람이 바로 초당이었다.

초당은 우선 학곤에게 황금 백 냥을 조건 없이 내어준 뒤, 그를 삼군의 부군장으로 강력히 천거할 것을 약속했다. 학곤은 하늘에서 뚝 떨어진 이 횡재에 눈이 뒤집힐 수밖에 없었다.

황금 백 냥과 부군장의 직책이면 자신을 향해 제비 새끼들처럼 빼끔거리는 네 마누라와 아홉 자식들의 입을 채워 주고도 남을 터였다. 그러나 학곤은 바보가 아니었다. 그는 의심했다. 초당은 왜 자신에게 이런 은혜를 베푸는 것일까? 이 엄청난 행운의 이면에는 어떤 의도가 도사리고 있는 것일까?

그때 초당이 말했다.

─벼슬 한자리 하고 싶지 않나? 강호 문파의 간부 따위가 아닌 어인御印이 찍힌 어엿한 관직 말일세.

학곤은 귀가 솔깃했다. 그리고 이어진 초당의 제안은 생각보다 위험한 것은 아니었다. 관에 협조하는 대가로 종칠품 관직을 받는 것이 문파나 교단에 대해 그리 큰 배반은 아닐지도 모른다는 생각이 들었다. 듣자 하니 대내에서는 백련교도가 역심을 품지 않을까 불안히 여긴다던데, 그렇다면 역모가 있을 경우에만 협조를 해 주면 되는 일이 아니겠는가.

무양문이 제아무리 강성하다 한들 강호 문파로서의 한계마저 초월할 수는 없었다. 만약 역모설이 돌아 나라가 개입한다면, 그 엄청난 화를 일개 문파가 감당하기란 불가능했다. 실제로 그런 일이 벌어진다면 학곤은 누가 부추기지 않아도 스스로 밀고자가 될 수 있는 위인이었다.

학곤은 결론을 내렸다. 그는 자신에게 내밀어진 유혹의 손길을 뿌리치지 않았다.

초당은 짧게 한숨을 내쉰 뒤 말했다.
"솔직히 자네가 진정한 내 사람이라고는 말하기 어렵네. 하지만 이 자리에서 내 말을 믿어 줄 사람은 없는 것 같군. 미안하네."

"당, 당신……!"

학곤의 얼굴 근육이 푸들푸들 떨렸다. 코앞까지 밀려온 죽음의 냄새를 비로소 맡은 것일까? 그는 하얗게 질린 얼굴로 사방을 두리번거렸다.

"그러니까 자네도 이제 그만 단념……."

"안 돼!"

학곤은 잡아먹을 듯한 눈으로 초당을 노려보며 고래고래 악을 쓰기 시작했다.

"단념하라고? 이, 이 가증스러운 괴물아! 네가 그때 뭐랬어? 뭐? 관직을 지니면 문파에서도 어쩔 수 없을 거라고? 그런데 이제 와서 함께 죽자니, 내가 왜 너 같은 고자 놈과 함께 죽어야 한단 말이냐! 네 일을 해 준 것도 별로 없는 내가 왜!"

이어 학곤은 사방을 둘러보며 외쳤다.

"난 아니야! 난 문파를 배반하지 않았어! 저 괴물에게 물어봐! 난 아무 짓도 하지 않았어!"

하지만 피를 토하는 듯한 학곤의 항변은 누구 한 사람의 동정도 사지 못했다. 그는 자신에게 퍼부어지는 싸늘한 시선들로부터 그 사실을 깨달았다.

학곤은 시뻘게진 얼굴로 어쩔 줄 몰라 하다가 갑자기 풀썩 무릎을 꿇었다. 그가 바라보는 곳에는 그의 생사를 움켜쥔 절대자, 서문숭이 있었다. 그는 바닥에 이마를 내리찧으며 구슬픈 목소리로 애걸하기 시작했다.

"교주님, 속하, 간악한 초가 놈의 꼬임에 넘어가 죄를 범하고 말았습니다! 하지만 맹세코! 맹세코 저는 문파와 교단에 해를 끼치는 짓은 저지르지 않았습니다! 한 번만 기회를 주신다면 간뇌도지肝腦塗地해서라도 그 은혜에 보답하겠습니다! 한 번만, 단한 번만 기회를 주십시오!"

이마가 깨져 눈에 붉은 피가 점점이 뿌려지는 모습은 말 그대로 간과 뇌를 땅에 처바르는 듯한 광경이었다.

서문숭의 목소리가 학곤의 머리로 떨어졌다.

"네가 정녕 나를 교주로 인정하느냐?"

학곤은 절망의 나락에서 구원의 빛을 발견한 사람처럼 반색이 되어 고개를 들었다. 하지만 피범벅이 된 얼굴로 서문숭을 바라보았을 때, 그는 온몸의 힘이 쭉 빠져 버리는 것을 느꼈다. 서문숭은 거대한 얼음산이었다. 그 얼굴에선 한 올의 자비심도, 한 올의 관용도 발견할 수 없었다.

"그렇다면 자결해라."

서문숭은 짧게 말한 뒤 학곤으로부터 시선을 돌렸다. 이 말이 떨어진 순간 학곤의 운명은 결정되었다. 그러나 학곤은 도저히 그 운명을 받아들일 수 없었다. 스스로 목숨을 끊다니! 어떻게 태어나 어떻게 살아온 인생인데!

무사의 오기? 장부의 기개?

그런 거창한 것들을 떠올린 건 아니었다. 하지만 맥없이 앉아서 운명을 받아들일 수는 없었다.

학곤은 몸을 부스스 일으켰다. 납득하지 못하는 운명에는 순응할 수 없다는, 인간으로서의 마지막 자존심이 그의 몸을 일으켜 세운 것이다.

"최후의 간청입니다! 문주님의 손으로 속하를 직접 죽여 주십시오!"

학곤의 목소리는 비장했다. 하지만 서문숭은 그의 마지막 자존심마저 무참히 짓밟았다.

"네겐 그럴 자격이 없다."

학곤은 얼이 빠진 사람처럼 멍청한 표정이 되었다. 그러다가 돌연 하늘을 바라보며 광소를 터뜨렸다.

"으하하! 내가, 이 학곤이 그 정도 가치도 없는 졸자란 말인가! 으하하!"

학곤의 웃음소리가 칼로 자른 듯이 뚝 끊어졌다. 다음 순간, 학곤의 신형이 서문숭을 향해 쏜살같이 날아가기 시작했다.

쑤아앙!

본디 학곤과 서문숭 사이의 거리는 사 장 정도. 그리 가깝다고 할 수 있는 거리는 아니었지만, 학곤의 기세는 그 거리를 단숨에 없애 버릴 만큼 급작스러운 것이었다.

"당신의 손이 얼마나 비싼지 확인해 보겠다!"

시뻘건 물이 뚝뚝 떨어질 것 같은 외침과 함께 학곤의 쌍장이 금빛 찬란한 장영을 토해 냈다. 그가 수련한 오행장법 중 가장 강맹하다는 경금압귀장庚金壓鬼掌이 시전된 것이다. 그의 화후라면 능히 맨손으로 암석을 부술 수 있었으니, 천하의 서문숭이라도 태연할 수만은 없는 일이리라.

하지만 학곤은 끝내 서문숭의 손이 지닌 값어치를 확인할 수 없었다.

펑! 퍼펑!

"허억!"

학곤은 창백해진 얼굴로 허공의 한 곳에서 우뚝 멈췄다. 서문숭과의 거리를 일 장쯤 남겨 둔 지점이었다. 학곤은 자신의 앞을 가로막은 네 개의 희끄무레한 그림자들을 볼 수 있었다. 시체처럼 푸르뎅뎅한 낯빛에 수의 같은 칙칙한 장포를 걸친 네 명의 괴인들.

"너, 너희들은······!"

학곤의 눈이 부릅떠졌다. 서문숭이 공격받지 않으면 설령 자신들의 목숨이 위태로운 지경에 처해도 결코 손을 쓰지 않지만, 일단 손을 쓰면 상대를 어육으로 만들 때까지 결코 멈추지 않는다는 철벽의 호위 사망량!

학곤의 두 눈에 공포의 빛이 떠올랐다. 하지만 그는 사그라지는 투지를 억지로 끌어 올렸다. 어차피 살 생각은 버리지 않았던가!

"이얍!"

학곤은 두 손바닥을 합쳤다가 힘차게 뒤집었다.

화라락!

장심을 통해 뿜어 나온 병화분귀장丙火焚鬼掌의 열기가 무서운 기세로 사망량을 휩쓸어 갔다.

그러나 사망량은 허깨비였다. 이름만 허깨비가 아니라 정말로 허깨비였다. 만일 허깨비가 아니라면 지옥의 불길처럼 뜨거운 병화분귀장의 장세 속을 어찌 저리도 유유히 날아다닐 수 있단 말인가.

학곤은 사망량이 무엇인가를 꺼내 드는 것을 보았다. 작은 바퀴 같기도 하고 커다란 목걸이 같기도 한 둥그스름한 물건이었다.

그 물건이 학곤의 시선 속에서 증발했다. 다음 순간, 그의 양 어깨에 길쭉한 혈선이 새겨졌다. 얼마나 갑작스러웠는지, 두 마리 붉은 뱀이 허공을 가로질러 그의 어깨에 휘감긴 것처럼 보였다.

학곤은 멍청한 표정으로 자신의 어깨를 내려다보았다. 어떤 감각도 느낄 수 없었다. 혈선이 점차 벌어져 급기야 두 팔이 잘려 나갈 때까지도.

"으아악!"

고통 없이 두 팔이 잘렸다는 사실이 학곤을 더욱 두렵게 만들었다. 이것이 사망량의 독문병기 현빙권玄氷圈의 무서움이었다. 현빙권에는 그들이 평생 수련한 극음의 현빙공이 담겨 있었다. 그것에 당한 사람은 죽는 순간까지도 아무런 고통을 느끼지 못하는 것이다.

팟! 팟!

비명이 채 끝나기도 전, 학곤의 두 다리가 몸통으로부터 떨어졌다. 그리고 목덜미에 올가미 자국 같은 혈선이 휘감긴 순간, 학곤의 머리통은 한 줄기 선풍에 휘말려 허공 높이 솟구쳐 올랐다.

한 방울의 핏물도 없었다. 눈발에 섞여 날리는 붉은 얼음 조각들만이 하나의 생명이 사라졌음을 말해 줄 따름이었다.

"흉한 꼴이야, 흉한 꼴."

초당은 나직이 혀를 찼다.

학곤이 여섯 토막으로 잘리는 광경을 눈 하나 깜짝하지 않고 지켜보던 서문숭이 그런 초당을 향해 물었다.

"이들이 전부인가?"

초당이 침착한 목소리로 대꾸했다.

"물론 이들 외에도 노부를 위해 일해 준 아이들은 많소. 하지만 그들은 자신들이 왜 그런 일을 했는지 알지 못할 터. 무고한 피로 문주의 영명을 더럽히는 일이 없기를 바라오."

서문숭은 고개를 끄덕였다.

"받아들이마."

"고맙소."

초당은 서문숭을 향해 고개를 숙여 보인 뒤 몸을 돌렸다. 그의 시선 속에 가늘게 떨고 있는 초가뢰의 모습이 들어왔다. 후손을 볼 능력을 상실한 그로선 친자식처럼 아끼던 사람이기도 했다.

초당의 얼굴이 살짝 일그러졌다.

"잘 가라."

알록달록한 천으로 만든 초당의 소매가 흔들렸다. 초가뢰의 머리에 한 덩이 강맹한 기운이 둥글게 뭉쳐졌다.

퍽!

초가뢰의 천령개天靈蓋 부근에서 검붉은 핏물이 솟구쳤다. 초가뢰는 멍한 눈으로 초당의 얼굴을 바라보다가 허물어지듯 옆으로 쓰러졌다.

초당은 이어 삼사를 바라보았다.

삼사가 천천히 붉은 방갓을 벗었다. 그들의 입가에는 엷은 웃음이 매달려 있었다. 이십 년을 함께한 수하들이었다. 생명조차 아끼지 않고 자신만을 따라 주던 고마운 사람들이기도 했다.

초당의 얼굴이 또 한 번 일그러졌다.

"곧 따라가마."

초당은 쌍수를 흔들었다. 마단동자공의 막강한 공력이 그의 손짓에 따라 흘러나왔다.

퍼퍼퍽!

가벼운 파육음과 함께 삼사의 머리가 수박처럼 부서졌다. 삼사의 입가에 매달린 웃음들이 박제처럼 굳어지고, 붉은 선혈이 새하얀 눈밭에 후드득 뿌려졌다.

초당은 어깨를 축 늘어뜨린 채 눈밭에 쓰러진 네 구의 시신을 바라보았다. 무슨 생각을 하고 있는 것일까? 잠시 후 서문숭을 향해 천천히 몸을 돌리는 그의 눈가엔 한 방울 눈물이 맺혀 있었다.

초당은 작은 두 주먹을 가슴 앞으로 모아 정중히 포권을 올렸다.

"대내 비각 소속 정칠품 감찰어사 초당! 무양문의 서문 문주께 정식으로 도전하오!"

"허락한다."

서문숭은 엄숙한 목소리로 초당의 명예로운 죽음을 윤허했다.

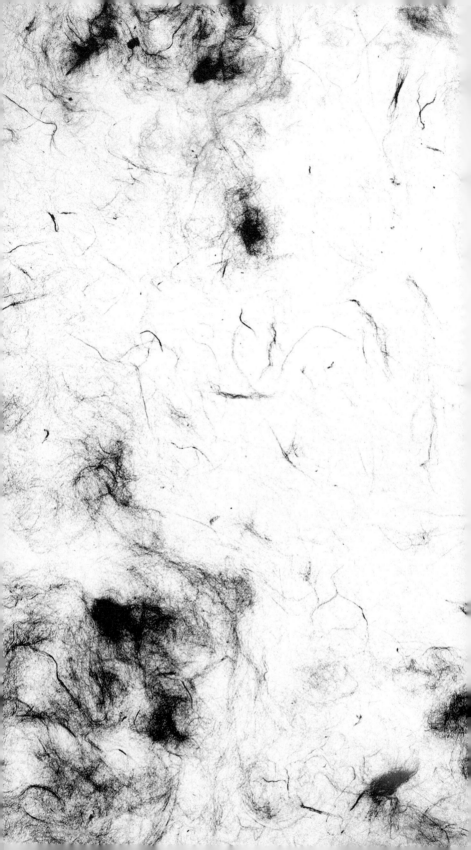

양종후예兩宗後裔

(1)

피부가 벌겋게 달아오를 정도로 뜨거운 물속에 고개를 처박고 있기란 쉬운 일이 아니었다. 그 점은 아무리 뛰어난 호흡법을 지닌 무인이라도 마찬가지였다.

푸하!

석대원은 고개를 힘차게 치켜들었다. 자유를 얻은 물방울들이 맑게 부서지며 욕실에 가득 찬 수증기 속으로 사라졌다.

석대원은 욕조 가장자리에 뒤통수를 기댔다. 젖은 머리카락이 촉수처럼 얼굴에 휘감겼지만 가녀린 물의 무게가 싫게 느껴지지는 않았다.

지난 수십여 일, 목욕은커녕 세수할 기회조차 변변히 가질 수 없던 바쁜 나날들이었다.

"후우!"

석대원은 천장을 향해 큰 숨을 토해 냈다.

가을이 끝나던 어느 날, 장성 인근의 소도시 곡리에서 펼쳐진 혈전.

내로라하는 백도인들에게 둘러싸인 제갈휘는 기진한 채 쓰러졌고, 석대원은 터질 듯한 분노와 혐오감에 휩싸인 채 싸움판에 뛰어들었다. 그리고 그는 변했다. 자유로움이 가득하던 두 눈은 지옥에서 기어 나온 마귀처럼 시뻘게졌고 여유가 흘러넘치던 얼굴은 철갑을 씌운 듯 딱딱해졌다.

소림의 광비 대사가 재앙의 불씨라 염려한 바 있던 그 위엄천만한 마기가 석대원의 영혼을 불사르기 시작한 것이다.

기광 과추운을 위시한 열세 명의 백도 명숙들. 그들 중엔 일당백의 고수가 아닌 자 없었고, 한 지방을 떨쳐 울리는 패주가 아닌 자 없었다. 하지만 그 놀라운 능력, 화려한 이력도 살기에 휩싸인 석대원 앞에서는 어떠한 의미도 지닐 수 없었다.

개방의 육결 제자이자 두 주먹이 질풍처럼 빠르다 하여 쌍풍開雙風丐라는 별호가 붙은 견위. 그는 평생의 절기로 여겨 온 개방의 파옥권으로 석대원의 갈비뼈를 으스러뜨리려고 했다. 하지만 석대원의 거대한 신형이 흐릿해진 순간, 모든 갈비뼈들이 수수깡처럼 부러져 나간 건 오히려 견위 쪽이었다. 혈옥수의 무서운 파괴력이었다.

발 쓰는 재간이 강동 땅에서는 으뜸이라 알려진 소주제일퇴蘇州第一腿 여풍관余楓觀. 그는 깃털처럼 표홀한 몸놀림과 쇠망치처럼 강맹한 발 차기로 석대원의 머리를 부수려고 했다. 하지만 석대원의 전면에 붉은 섬광이 번뜩인 순간, 그가 자랑하던 두 다리는 무릎 바로 위에서 잘린 채 땅바닥을 뒹굴게 되었다. 혈랑검법의 가공할 검기였다.

붉은빛으로 상징되는 이 끔찍한 혈겁을 피하지 못한 것은 비단 그들 두 사람만이 아니었다. 용봉단의 용사로 이름 높은 백리공白里共과 장독비莊獨臂, 다섯 자루 패도佩刀를 귀신처럼 잘 쓴다는 오사소야吳四少爺, 서북 일대에서 가장 호쾌한 창술을 지녔다는 금천신창禁天神槍 이벽경李碧敬……

모두 마찬가지였다. 그리고 백도인들의 주장이자 강호오괴의 대형인 기광 과추운도 그러한 범주를 벗어날 수 없었다.

머리 위에 가득한 수증기를 망연히 바라보던 석대원은 자신도 모르게 두 눈을 감았다. 모용풍의 절규가 귓가를 맴돌고 있었다.

─석 공자, 이럴 수 있소이까?

그날 석대원이 열두 개의 목숨을 황천길로 보내고 돌아섰을 때, 과추운은 상처 입은 짐승처럼 울부짖으며 그를 향해 몸을 날렸다. 그러나 석대원과의 첫 번째 격돌에서 이미 돌이킬 수 없는 내상을 입고 격퇴된 과추운이었다. 제갈휘를 상대하는 과정에서 예봉의 대부분을 소진한 그에게 산이라도 쪼개 버릴 듯한 위력적인 혈옥수는 감당 불가한 재앙이 아닐 수 없었다.

내상을 입기 전에도 당해 내지 못할 석대원을, 더욱이 열두 개의 목숨을 도륙하는 동안 걷잡을 수 없는 살기에 휩쓸려 더욱 무자비해진 석대원을, 지치고 상처 입은 과추운이 어찌 당해 낼 수 있으랴!

바닥난 진력으로 전개한 붕천십삼장은 대나무 하나 부러뜨리지 못할 정도로 미약했고 후들거리는 두 다리로 전개한 잠인행은 굼벵이에게 조롱을 살 정도로 느렸다.

　혈랑검이 허공을 갈랐다. 과추운의 오른팔이 어깨로부터 떨어져 나갔다. 이어진 혈옥수의 잔인한 공력이 과추운의 갈비뼈 일부를 산산이 으스러뜨렸다. 그때 석대원의 입가에는 귀신의 것을 닮은 오싹한 미소가 맺혀 있었다.

　바로 그때였다, 모용풍이 절규를 터뜨리며 석대원에게 달려든 것은.

　―석 공자, 이럴 수 있소이까? 형님에게만은, 과 형님에게만큼은 살수를 피해 달라고 내가, 이 모용풍이 그렇게 부탁했건만!

　모용풍은 석대원을 향해 고래고래 악을 질렀다. 그러나 당시의 석대원은 스스로 일으킨 살기에 영혼을 빼앗긴 한 마리 마귀에 불과했다. 살기의 대상은 모용풍이라고 해도 예외가 될 수 없었다.

　석대원의 왼손이 또 한 번 섬뜩한 홍광을 토해 냈다. 만약 그 기미를 눈치챈 한로가 모용풍을 다급히 잡아채지 않았던들 박학다식하기로 유명한 순풍이 모용풍은 이미 이 세상 사람이 아니었을 것이다.

　모용풍을 죽음의 위기에서 구해 낸 한로는 내공을 끌어 올려 힘껏 외쳤다.

　―소주, 정신 차리시오!

　도가의 견심공부堅心功夫를 익힌 한로의 일갈에는 불가의 사자후처럼 사기邪氣를 물리치는 힘이 담겨 있었다. 그 일갈이 석대원을 제정신으로 돌아오게 만들었다.

　그러나 때는 이미 늦었다. 상황은 극단까지 치달은 뒤였다.

한로와 제갈휘의 당혹해하는 눈빛, 모용풍의 경악에 찬 얼굴, 한 팔이 잘린 채 기식이 엄엄한 과추운 그리고 사지가 잘린 채 주변에 널려 있는 열두 구의 시신들.

모두 한순간의 살기가 만들어 낸 작품이었다.

─이게 아니야…….

석대원은 힘없이 중얼거렸다. 비록 스스로의 의지로 개입한 싸움이었지만, 이건 절대로 아니었다.

석대원은 아찔한 현기증을 느꼈다.

석대원은 천천히 눈을 떴다.

허공을 떠도는 수증기들은 여전히 탐욕스러운 혓바닥을 날름거리고 있었다.

어쩔 수 없지 않은가? 내가 아니었다면 그들은 형님을 죽였을 것이다!

석대원은 그날의 광경을 떠올릴 때마다 이 말을 몇 번이고 곱씹어야만 했다. 그렇게 해서라도 지긋지긋한 자기혐오에서 벗어나고 싶었다. 하지만…….

그것은 결과론이었다.

단지 결과론이었다.

당시의 석대원이 어떤 존재였는지에 대해서는 세상 누구보다 석대원 본인이 가장 잘 알고 있었다. 당시의 그는 그저 피에 굶주린 살인마였다. 제갈휘를 구하기 위함이었다는 말은 모든 것이 끝난 뒤 만들어 낸 자위책에 지나지 않았다. 아무리 부정하려 애를 써도, 당시의 그는 몸속에서 움튼 살기에 휘둘린 저급한 귀신에 지나지 않았던 것이다.

"빌어먹을!"

석대원은 물속 깊이 머리를 파묻었다.

언제부터인가 살기는 석대원에게 있어서 극복하기 어려운 거대한 업으로 자리 잡았고, 스물다섯 살 그의 영혼은 이러한 업까지 직시할 수 있을 만큼 성숙하지 못했다.

통통.

방문이 재미있는 소리를 냈다. '통통'이든 '똑똑'이든, 방문이 저 혼자 소리를 낼 리는 없으니, 누군가가 방 안으로 들어오고 싶다는 신호일 것이다.

석대원은 방문 쪽을 바라보며 당황한 목소리로 말했다.

"잠, 잠깐만⋯⋯."

이미 목욕을 끝내고 욕실을 나선 그였지만, 벗어 둔 황의가 너무 낡고 더러워서 입기를 망설이던 참이었다. 상체는 홀랑 벗은 데다 하체 또한 수건으로 대충 가리고 있었으니, 누구를 맞이할 수 없는 처지임에는 분명했다.

그런데 문을 두드린 사람은 석대원의 처지 따위는 아랑곳하지 않는 것 같았다.

끼익.

문이 살짝 열리고 얼굴 하나가 방 안으로 들어왔다.

"석대원?"

난데없이 이름을 불린 석대원은 어리둥절해졌다.

"맞구나, 와! 제갈 할아버지 말처럼 진짜로 크다!"

얼굴은 손뼉이라도 칠 듯이 좋아했다. 하지만 석대원은 별로 좋아할 수 없었다. 나무는 나이테요, 사람은 얼굴이라고 했다.

비록 방 안으로 들어온 것은 얼굴뿐이지만, 나이를 판단하는 데 얼굴보다 더 좋은 자료가 있을까?

친구라도 되는 것처럼 석대원의 이름을 불러 젖힌 얼굴은 기껏해야 예닐곱 살, 그것도 계집애의 것이었다. 예닐곱 살 계집애에게 함부로 이름을 불리고도 좋아할 어른은 드물 것이다.

그런 석대원의 마음을 알기라도 했는지, 새하얀 손 하나가 방 안으로 들어와 계집애의 머리통에 꽁, 소리 나게 알밤을 먹였다.

"관아야, 무례하게 굴면 혼난댔지?"

"아얏!"

알밤을 먹은 계집애는 한 손으로 머리통을 감싸 안았다. 그러자 툭, 소리와 함께 한 개의 지팡이가 방 안쪽으로 떨어졌다.

지팡이를 바라본 석대원의 눈빛이 기이하게 변했다. 길이가 두 자쯤 되는 지팡이는 한쪽 끝에 헝겊으로 친친 감은 삼각형 모양의 손잡이가 달려 있었다. 그는 이런 지팡이가 어디에 쓰이는지 알고 있었다.

"내 지팡이!"

관아라 불린 계집애는 손을 내밀어 방바닥에 떨어진 지팡이를 잡으려고 했다. 하지만 지팡이 없이 움직이는 것에 익숙하지 못한 탓인지 그만 중심을 잃고 앞으로 엎어져 버렸다.

"조심해!"

깜짝 놀란 석대원이 달려가 아이를 부축하려고 했다. 이때 아이의 몸이 번쩍 들려 방문 밖으로 사라졌다. 방금 전 알밤을 먹였던 새하얀 손이 아이의 허리를 능숙하게 감아 올린 것이었다. 이 일련의 상황은 반쯤 열린 방문을 사이에 두고 벌어졌고, 석대원으로서는 그저 어안이 벙벙할 뿐이었다.

"공자께서는 이 옷으로 갈아입으시지요."

방문 너머로부터 곱게 개켜진 백의 한 벌이 들이밀어졌다.

'이런!'

석대원은 자신이 아직 벌거벗고 있음을 깨달았다. 그는 황급히 백의를 받아 몸에 걸쳤다. 끼는 느낌이 없지는 않지만, 그래도 치수는 얼추 비슷해 행동에 큰 제약은 받지 않을 것 같았다. 게다가 그는 옷에 대해 그다지 신경을 쓰는 성격이 아니었다. 맞는 옷 구하기가 하늘에서 별 따기인 덩치를 지닌 죄였다.

석대원은 소매를 접어 팔꿈치까지 둘둘 걷어붙이는 것으로 새 단장을 끝냈다.

"험, 들어오시지요."

방문이 완전히 열렸다. 방문 밖에는 이십 대 초반으로 보이는 여인이 관아라 불린 계집애를 안고 서 있었다. 새하얀 이마와 곧게 빠진 콧날이 여인의 차분한 성정을 보여 주는 듯했다.

"석대원이라 하오. 새 옷을 주신 것에 감사드리오."

석대원은 수박처럼 큼직한 주먹을 모아 여인을 향해 들어 보였다. 여인은 가볍게 고개를 숙여 그의 포권에 답했다.

"목연木娟이에요. 이곳에서 호공당 부당주직을 맡고 있지요."

호공당의 부당주라면 비록 요직이라고 할 수는 없지만 고급 간부임에는 분명했다. 자신보다 두어 살은 어려 보이는 목연이 무양문 같은 거대 문파에서 높은 직책을 맡고 있다는 사실에 석대원은 호기심을 느끼지 않을 수 없었다.

그때 목연에게 안겼던 관아가 칭얼거렸다.

"목 이모, 나 내릴래. 빨리 내려 줘."

목연은 관아를 내려다보며 말했다.

"그 대신에 무례하게 굴면 또 혼내 줄 거야."

"알았어! 빨리 지팡이나 집어 줘."

관아의 한 손에는 아까 바닥에 떨어뜨린 것과 같은 모양의 지팡이가 한 개 들려 있었다. 하지만 바닥에 내리기 위해서는 두 개가 모두 필요한 모양이었다. 그러한 짐작이 석대원의 마음 한 구석을 아리게 만들었다.

목연이 바닥에 떨어진 지팡이를 집어 주자 관아는 익숙한 손길로 두 개의 지팡이를 겨드랑이에 끼운 뒤, 그것으로써 바닥을 짚고 섰다. 앙증맞은 치마 아래로 언뜻 비치는 관아의 두 다리는 바닥을 버틴 두 개의 지팡이 사이에서 맥없이 건들거리고 있었다.

또각. 또각.

경쾌하지만 누구도 경쾌하다 말할 수 없는 지팡이 소리와 함께 관아가 석대원에게로 다가왔다.

"안녕!"

관아는 고개를 들고 말했다. 사 척도 안 되는 꼬마가 칠 척이 넘는 거한의 얼굴을 보기 위해서는 고개를 있는 대로 뒤로 젖혀야만 했다.

"제갈 할아버지가 데려온 석대원이 아저씨 맞지? 내 이름은 서문관아西門瓘娥라고 해. 다들 아기씨라고 부르지만 아저씨는 관아라고 불러도 돼."

대부분의 복성이 그렇듯 서문 또한 흔히 볼 수 있는 성이 아니었다. 그리고 이곳이 무양문임을 감안한다면 매우 의미심장한 성이기도 했다.

석대원은 설명을 바라는 눈길로 목연을 바라보았다.

─관아는 문주님의 하나뿐인 손녀예요.

'서문숭의 손녀……'

목연의 전음은 석대원을 기이한 감정 속으로 밀어 넣었다.

혈통으로 논하자면 능히 강호 제일이라 할 수 있는 것이 바로 서문씨였다.

강남 제일의 문파 무양문.

추정 불능의 교세를 자랑하는 백련교.

그리고 더 이상의 설명이 필요 없는 무적의 고수 서문숭.

관아라는 아이의 배경은 이렇듯 막강했다. 하지만 그런 것들이 저 아이에게 무슨 의미가 있을까? 지팡이 한 쌍의 도움 없이는 한 발짝도 움직일 수 없는 아이에게.

관아를 바라보는 석대원의 눈빛이 어두워졌다.

—아이 앞에서 그런 내색을 하면 안 돼요!

목연의 날카로운 전음이 석대원의 귀청을 두드렸다. 석대원은 아차 싶어서 관아의 눈치를 살폈다. 관아의 조그맣고 동그란 얼굴엔 기이한 기색이 떠올라 있었다. 의심과 실망을 절반씩 섞어 놓은 듯한 기색이랄까?

"아저씨?"

얼굴에 나타난 기색과 비슷한 감정이 담긴 목소리였다.

"아저씨도 관아가 이래서 싫지?"

관아는 겨드랑이에 끼운 지팡이들을 번갈아 내려다보며 기어 들어 가는 목소리로 말했다. 석대원은 다급하게 손을 내둘렀다.

"아, 아니다, 관아야."

"모두들 똑같아. 관아는 다 알아."

관아는 쓸쓸한 목소리로 말했다. 석대원은 심장이 멎을 정도로 당황하고 말았다.

"아저씨는 관아가 싫지 않아!"

절절함이 녹아 든 목소리였지만 한번 떠난 아이의 마음을 되돌리기에는 턱없이 부족한 것 같았다.

"거짓말 마."

목발을 놀려 천천히 돌아서는 아이의 작은 어깨에는 세상의 슬픔이 모두 얹혀 있는 것 같았다.

관아가 누구의 손녀라는 것은 이제 중요한 문제가 아니었다. 석대원에게 있어서 예닐곱 살짜리 목발을 짚는 계집애의 마음을 우울하게 만들었다는 사실은, 십팔 층 지옥에 떨어져도 할 말이 없는 대죄와 다름이 없었다. 다시 말해, 체면이고 뭐고를 따질 상황이 아닌 것이다.

"관아야, 아저씨 좀 보렴!"

석대원의 말투가 확 달라졌다. 과장된 높낮이에 길게 끌어 주는 말꼬리는 영락없는 시장 바닥 약장수의 말투였다.

아무리 상심했다 한들 나이가 어디로 가는 것은 아니었다. 어린아이는 어쩔 수 없는 어린아인지라, 관아는 호기심을 이기지 못하고 뒤를 돌아보았다. 그 순간 아이의 표정이 이상하게 변했다.

"안녕하세요!"

말투도 우스꽝스럽지만 하고 있는 짓은 더욱 우스꽝스러웠다. 가랑이 사이로 집어넣은 오른팔은 다리 대신에 바닥을 짚었는데, 두 다리는 기묘하게 옆으로 들어 올려 목덜미를 감고 있었다. 기예단의 재주꾼이 곡예를 부리는 듯한 형상인데, 그 커다란 몸집으로 이런 자세를 만들 수 있다는 것 자체가 신기한 일이 아닐 수 없었다.

"그게 뭐야?"

관아는 호기심 어린 눈망울로 석대원에게 물었다.

'뭐냐고?'

석대원의 이마에 진땀이 배어 나왔다. 생각해서 한 것이 아닌, 어떻게 해서든 아이의 관심을 끌어 볼 요량으로 만든 자세에 불과했다. 뭔지 알 턱이 없었다.

"이, 이게 뭐냐 하면 말이지⋯⋯."

"코끼리란다."

목연이 가련한 청년 하나를 구했다. 관아의 시선은 자연스럽게 그녀를 향했고, 석대원은 관아가 듣지 못하게 안도의 한숨을 내쉬었다.

"코끼리?"

"그래, 코끼리. 관아도 그림으로 봤지? 코가 길쭉하고 귀가 이렇게 넓적하지."

목연은 양 손바닥을 귀에 대고 팔랑거렸다.

"정말?"

관아는 반짝이는 눈으로 석대원을 돌아보았다.

"그, 그럼!"

석대원은 목연의 말이 사실임을 입증하기 위해 목에 두른 두 다리를 코끼리 귀처럼 열심히 움직여야만 했다. 인간으로서는 차마 하기 힘든 고난도의 동작이지만 아이에게 웃음을 되찾아 주기 위해서는 어쩔 수 없었고, 다행히도 그는 덩치에 걸맞지 않게 유연한 몸을 지니고 있었다.

"정말이구나!"

관아가 마침내 활짝 웃었다. 다리를 못 쓰는 것 이외엔 특별한 구석이 없는 아이였다. 조금도 힘이 들어가지 않는 두 다리 탓에 남들이 자기를 귀찮게 여긴다며 우울해하지만, 조금이라도 색다른 일이 생기면 금방 본연의 천진함으로 돌아가는 평범한 아이인 것이다.

'성공이다!'

석대원은 눈물이 나올 정도로 기뻤다.

"잠시 후 환영 연회가 시작됩니다. 석 공자께서도 참석하시어 자리를 빛내 주시기 바랍니다."

목연은 그제야 이곳을 찾아온 목적을 밝혔다.

(2)

납덩이처럼 묵직한 앙금이 머릿속 밑바닥에 눌어붙은 것 같았다. 석대원은 지독한 불쾌감 속에서 눈을 떴다.

"으……."

어금니를 깨물 새도 없이 신음이 흘러나왔다. 이렇게 끔찍한 기상은 그날 가문의 뇌옥에서 겪은 것을 빼면 처음이었다. 숙취는 굶주린 들개처럼 그의 몸뚱이를 물어뜯고 있었다.

"소주, 깨어나셨소이까?"

늙수그레한 목소리. 그것의 주인이 한로임을 떠올리는 데에도 엄청난 노력이 필요할 만큼 석대원의 상태는 정상이 아니었다.

"쯧쯧, 이거나 드시오."

혀 차는 소리와 함께 하얀 물체가 눈앞으로 불쑥 들이밀어졌다. 석대원은 그 물체에 초점을 맞추기 위해 사시가 될 만큼 눈에 힘을 주어야 했다.

큼직한 사발. 하얀 사기로 만들어진 사발이었다. 그리고 그 안에는 뭔가 시원한 것이 담겨 있는 것이 분명했다.

산전수전 다 겪은 기녀처럼 몸뚱이에 착착 휘감겨 오는 현기증을 애써 떨치며, 석대원은 침상에 파묻힌 상체를 일으켰다.

사발 안에는 석대원의 예상대로 시원한 것이 담겨 있었다. 타는 듯한 목구멍을 적셔 준 액체는 숙취에 좋다는 꿀물이었다. 숨도 쉬지 않고 한 사발을 들이켜고 나니 정신이 조금 돌아오는 것 같았다. 침상 옆에 구부정하게 서 있는 한로의 모습도 그제야 제대로 보이기 시작했다.

"어젯밤에는 아주 소처럼 마시더구려. 무슨 짓을 했는지는 기억나시오?"

'어젯밤?'

석대원은 미간을 찌푸렸다. 기억이 분명하지 않았다. 돌이켜 보면 그렇게 무지막지하게 마신 것도 난생처음이었다.

처음에 제갈휘와 점잖게 대작한 것까지는 좋았다. 석대원의 주량도 평범한 것은 아니어서 두주불사斗酒不辭, 말술 정도는 쉽게 해치울 자신이 있었다.

하지만 호교십군 중 몇 사람이 끼어든 순간부터 석대원의 자신감엔 보이지 않는 금이 가기 시작했다. 그들이 소문처럼 만부막적萬夫莫敵의 고수들인지는 실제 겨뤄 보지 않았으니 알 도리가 없었다. 하지만 만부막적의 주당들인 것만은 분명했다.

서문숭이 껄껄거리며 다가와 잔을 내민 것은 그다음의 일이었다. 탁발승이 가지고 다니는 바리때처럼 큼직한 금잔이었던 것 같았는데…… 석대원이 기억하는 것은 거기까지였다. 그 후는 그믐밤처럼 깜깜했다.

'내가 뭘 했더라?'

애써 기억하려고 하니 머리가 지끈거리고 배 속이 메슥거렸다. 석대원은 가련한 몸뚱이를 더 이상 혹사시킬 엄두가 나지 않았다.

"모르겠군요. 이거나 한 그릇 더 갖다 주세요."

"쯧쯧."

또다시 혀를 찬 한로는 석대원이 내민 사발을 받아 들고 방문 쪽으로 걸어갔다. 그러다가 문을 나서기 전 뒤를 돌아보며 말했다.

"소주는 이제 큰일 났소."

걱정인지 비아냥거림인지 구분이 가지 않는 말이었다.

'무슨 뜻일까?'

하지만 석대원의 사고는 더 이상 이어지지 않았다. 쇠뭉치로 세게 얻어맞았을 때처럼 머릿속이 윙윙거리고 있었다.

석대원은 깍지 낀 손으로 머리를 감싼 뒤 무릎 사이에 파묻었다. 그러고는 양 팔뚝에 힘을 주어 머리통을 세게 조였다. 그러고 있으니 조금 나아지는 것 같았다. 물론 윙윙거리는 느낌이야 좀처럼 사라지려 하지 않았지만.

삐이이.

방문이 열리는 소리가 들렸다. 한로가 돌아온 것이려니 생각한 석대원은 고개를 쳐들지 않았다. 하지만 들어온 사람은 한로가 아니었다.

또각. 또각.

귀에 익은 소리였다. 석대원은 고개를 들었다. 그는 이내 한로의 것과는 비교할 수 없을 만큼 맑은 한 쌍의 눈과 마주할 수 있었다.

"괜찮아?"

서문관아였다.

"괜찮아."

석대원은 건성으로 대꾸하며 머리를 다시 무릎 사이에 파묻

었다. 평소의 그는 지장보살처럼 자애로운 사람이지만, 이 순간
의 그는 숙취에 신음하는 별 볼 일 없는 주정뱅이에 불과했다.

관아는 아이답지 않게 남의 눈치를 잘 살피는 아이였다. 말
라비틀어진 두 다리가 그렇게 만든 건지도 몰랐다. 관아는 석대
원의 상태가 말처럼 괜찮지 않음을 금방 알아차렸다.

"많이 아파?"

간만에 생긴 재미있는 친구였으니 어떻게 해서든 위로해 주
고 싶었으리라.

"이거 먹어 봐."

힘들게 침상으로 다가온 관아는 지팡이가 빠지지 않도록 겨
드랑이를 꼭 붙이며 한 손을 내밀었다.

석대원은 부스스 고개를 들었다. 서문관아의 나뭇잎처럼 조
그만 손바닥에는 손톱만 한 크기의 금빛 환약 한 알이 놓여 있
었다.

"이게 뭐……?"

"쉿!"

서문관아는 급히 석대원의 말을 막고서는 그의 귓가에 입을
바싹 갖다 댔다.

"아침마다 내가 먹는 약인데 몸에 좋은 거래. 오늘은 아저씨
줄려고 몰래 감춰 놨어."

석대원은 이 아이가 왜 이렇게 작게 속삭이는지 궁금했다.
그의 궁금증은 금세 풀렸다.

"관아, 오늘도 약을 안 먹었구나!"

문밖에서 여인의 엄한 목소리가 울렸다. 관아에게는 보모와
다름없는 목연의 목소리였다. 관아는 깜짝 놀라며 내밀었던 손
바닥을 오므렸다.

"약을 거르면 할아버지한테 이른다고 했지?"

"이, 이모!"

다시 들려온 목연의 질책에 관아는 울상이 되어 문 쪽을 돌아보았다.

"오셨으면 들어오시구려, 목 소저."

석대원이 말이 끝나자 목연이 방 안으로 들어왔다. 그녀는 방 안에 감도는 퀴퀴한 술 냄새에 잠시 눈살을 찌푸렸지만, 이내 관아에게 다가와 환약을 빼앗았다.

"벌써 몇 번째니? 약이 조금 써도 몸에 좋다 생각하면서 꾹 참으라고 했잖아."

"오늘은 써서 안 먹은 거 아냐."

"요것이?"

목연은 주먹을 쥐고 알밤을 때리는 시늉을 했다. 평소의 아이라면 이 대목에서 두 눈을 꼭 감고 자라처럼 목을 움츠려야 정상이었다. 하지만 오늘은 달랐다.

"정말이야! 아저씨 줄려고 안 먹은 거야!"

관아는 눈을 동그랗게 뜨고 때릴 테면 때리라는 식으로 고개를 발딱 치켜들었다.

목연은 서글서글한 눈으로 관아의 당돌한 얼굴을 바라보았다. 그녀가 아는 관아는 거짓말을 하고도 이렇게 우길 수 있는 뻔뻔한 아이가 아니었다. 결국 그녀는 주먹 쥔 손을 스르르 풀고 말았다.

"이모는 아무것도 모르면서 괜히 야단이야! 아저씨는 빨리 나아서 나랑 한 약속을 지켜야 한단 말이야!"

하지만 관아의 득의양양한 얼굴은 석대원의 한마디에 휴지처럼 구겨질 수밖에 없었다.

"약속? 무슨 약속?"

관아가 석대원을 돌아보았다.

"나랑 약속한 거…… 기억 안 나?"

관아의 두 눈에서는 금방이라도 눈물이 펑펑 흘러내릴 것만 같았다. 하지만 그렇다고 해서 없는 기억이 날 리는 만무했다. 석대원은 도움을 바라는 눈빛으로 목연을 바라보았다.

"공자께서는 어제 일을 기억 못 하시는군요."

목연은 어깨를 으쓱거리더니 설명을 시작했다. 그녀의 말인 즉슨, 어제 연회장에서 떡이 될 정도로 술에 취한 석대원은 관아를 어깨에 태우고 구름 타기 놀이를 했다는 것이다.

"제가 구름 타기를 했다고요?"

석대원은 인상을 찌푸렸다. 구름 타기란 그가 잘 아는 놀이였다. 어린 시절, 그의 아버지 석안은 자식들—그와 석대전 그리고 막내 석지란을 가리켰다. 형 석대문도 그런 혜택을 누렸는지는 알 도리가 없었다. 당시 석대문은 이미 의젓한 소년 영웅이었기 때문이다—이 칭얼거릴 때마다 하나씩 목말을 태우고 공중제비를 넘는 재주를 부리곤 했다. 반응은 세 아이가 전부 달랐다. 아전은 백짓장처럼 핼쑥해진 얼굴로 한동안 제대로 걷지도 못했고, 소란은 무섭다고 악을 빽빽 쓰며 석안의 구레나룻을 쥐어뜯었다. 즐거워하는 아이는 오직 석대원뿐이었다. 그는 석안이 공중제비를 돌 때마다 정말로 구름에 올라탄 듯한 짜릿함을 느꼈으니, 구름 타기라는 이름을 붙인 사람도 바로 그였던 것이다. 물론 그 구름을 가장 많이 탄 아이가 그였음은 당연한 일이었다.

그런데 어제 술자리에서 석대원이 서문관아를 목말 태우고 그 놀이를 했다는 것이다. 몸도 제대로 가누지 못할 정도로 대

취한 상태로 말이다. 게다가 날이 밝으면 또 해 준다는 약속까지 했다고 한다.

하나뿐인 손녀를 보배처럼 소중하게 여기는 서문숭의 기분이 어떠했을까? 차마 말리지는 못하고 속으로 얼마나 애를 태웠을지 보지 않았어도 짐작할 수 있는 일이었다.

"죄송합니다. 어제는 너무 취해 추태를 부린 것 같군요."

민망해진 석대원은 뒤통수를 긁었다.

"별말씀을요. 여독이 풀리지 않은 탓이겠……."

무슨 까닭일까? 목연은 갑자기 말을 멈추고 석대원의 얼굴을 멍하니 바라보았다. 마치 유령이라도 본 것 같은 표정이었다. 비록 안면을 익힌 지 하루밖에 되지 않았지만 목연의 성정이 얼마나 차분한지 잘 아는 석대원으로서는 무척이나 의외로운 일이 아닐 수 없었다.

목연이 그녀답지 않게 말까지 더듬거리며 물었다.

"서, 설마 석 공자께서는 그 약속도 기억 못 하시는 건가요?"

'약속? 또 무슨 약속?'

석대원은 거듭되는 약속 소리에 슬그머니 짜증이 일었다. 다른 누구에 대해서가 아닌 자기 자신에 대한 짜증이었다. 술에 취해 기억이 없는 상태에서 대체 얼마나 많은 약속을 남발하고 다닌 것일까?

"소저와도 무슨 약속을 했나요?"

짜증 때문인지 석대원의 목소리는 퉁명스럽게 들렸다.

"아, 아니! 저하고 약속하신 게 아니에요."

목연은 붉어진 얼굴을 황급히 좌우로 흔들었다. 사실 그녀는 석대원이란 남자에게 어느 정도 호감을 품고 있었다. 무양문이라는 닫힌 세계 속으로 어느 날 갑자기 뚝 떨어진 석대원은 그 자체만으로도 신비로운 존재였다. 게다가 관아를 친조카처럼 귀여워하는 목연이 아니던가. 석대원이 어제 관아에게 보여 준 마음은, 호감을 넘어 감사를 느끼게 할 만큼 훈훈한 것이 아닐 수 없었다.

그런 석대원과 어떤 약속을 했다면, 장담할 수는 없지만 아마도 목연이 싫어지는 않았으리라. 하지만 그녀가 언급한 약속은 그런 간질간질한 종류의 것이 아니었다. 무시무시하다는 표현이 오히려 어울리는 엄청난 것이었다.

"다행이군요."

석대원은 여인의 심리를 살필 수 있을 만큼 이성 경험이 풍부한 남자가 아니었다. 그는 목연의 혼란스러운 마음에다 대고 너무도 간단히 '다행이군요.'라고 말해 버렸다. 무안을 느꼈는지 목연의 얼굴이 더 붉어졌다.

'이상하다?'

서문관아는 그러한 목연을 바라보며 고개를 갸우뚱거렸다. 백설처럼 뽀얗던 목 이모의 얼굴이 왜 빨개진 것일까? 아무리 눈치가 빠르다 하더라도 일곱 살짜리 아이의 조그만 머리로 과년한 남녀 사이에 오가는 미묘한 감정을 모두 이해하기란 무리였다.

"그러면 소생이 대체 무슨 약속을 한 거죠?"

석대원이 목연에게 물었다. 하지만 대답은 방문 쪽에서 날아왔다.

"참으로 딱하시오."

방문 앞에는 하얀 사발을 든 한로가 서 있었다.

"아무리 취중이기로서니, 서문 문주 같은 사람과 비무를 약속하고 새까맣게 잊어버리는 사람은 천하에 소주밖에는 없을 거외다."

석대원의 입이 딱 벌어졌다.

한로가 아까 한 말대로 그는 이제 큰일 난 것이다.

오장과 뇌문에 엉긴 혼탁한 주기는 운공에 있어서 결코 작은 장애가 아니었다. 석대원은 운공을 통한 몰아의 삼매경에 들기 위해 다른 날보다 갑절이 넘는 시간을 소비해야만 했다.

후우! 후우!

석대원의 호흡이 조금씩 길어졌다.

들숨과 날숨의 간격이 벌어지면 벌어질수록 호흡은 더욱 고요해졌고, 육체를 억압하던 장애들이 하나씩 사라지기 시작했다.

그러던 어느 순간, 석대원은 드디어 자아가 사라지는 경지에 들었다.

스으으.

석대원의 몸이 가늘게 떨렸다. 속인들은 알지 못하는 새로운 종류의 환희라도 발견한 것일까? 그의 얼굴에 가을날 구름 같은 은은한 미소가 떠올랐다.

인간을 움직이는 속된 사고와 인체를 유지하는 속된 균형은 지금 이 순간 석대원에게는 전혀 적용되지 않았다. 그의 영육은 전혀 다른 우주 안에 존재하고 있었다. 그 우주를 움직이고 또 유지하는 법칙은 지상의 어떤 법칙보다도 올바르고 깨끗했다.

후우웁!

석대원은 아랫배 깊숙이 밀어 넣었던 한 모금의 숨을 흉강 쪽으로 천천히 끌어 올렸다. 대맥을 꽉 채우며 돌아다니던 진기가 점점 그 속도를 빨리하기 시작했다.

석대원은 이미 오래전 임독양맥任督兩脈이 타통打通된 상태였다. 운공이 일단 제 궤도에 오르자 진기는 거대한 강물처럼 도도하게 사지백해로 뻗어 나갔다.

잠시 후, 석대원의 머리 위로 증기와도 같은 허연 김이 어렸다. 허연 김은 생명이 있는 것처럼 보였다. 비단 생명이 있는 것처럼 보일 뿐만 아니라, 한껏 물이 오른 것처럼 역동적으로 보이기도 했다. 때로는 신령스러운 뱀처럼 똬리를 틀고 꿈틀거리기도 했으며, 때로는 비 온 다음 날 꽃봉오리처럼 충일하게 피어나기도 했다.

일 각쯤 지난 뒤, 허연 김은 나타날 때와 마찬가지로 신비하게 사라졌다.

하나의 탄생과 하나의 종말. 그것은 비록 사각의 작은 방에서 이루어진 역사였지만, 더러운 먼지로 가득 찬 인간의 세상에 속한 것은 아니었다. 그것은 석대원이 잠시 머물렀던 작은 우주, 그 청정의 흔적이었다.

이제 우주는 닫혔다. 세계의 통로 또한 사라졌다.

석대원은 눈을 떴다.

"끝났나?"

굵은 목소리가 인세로 돌아온 석대원을 반겼다.

"언제 오셨습니까?"

석대원은 반가부좌를 풀며 침상에서 내려왔다.

"조금 되었네. 한 노인이 특별히 들여보내 주더군."

침상 앞에서 석대원을 향해 싱긋 웃어 주는 사람은 다름 아닌 제갈휘였다. 그는 의자 하나를 돌려놓고 등받이에 턱을 괸 채 석대원을 바라보고 있었다.

"몸은 어떤가? 숙취는 좀 가셨나?"

운공을 하는 광경을 보지 않았으면 모를까, 이미 그것을 본 다음에야 이런 질문은 필요가 없었다. 이미 자신만의 우주를 만들고 소유할 수 있는 석대원이었다. 주독이 아니라 그보다 몇십 배 강력한 독이라 할지라도, 그가 이룬 조화지력造化之力 앞에서는 창해에 던져진 한 톨 좁쌀처럼 오그라들고 말 것이다.

"대충 사람 꼴은 된 것 같군요."

석대원은 자신을 내려다보며 어색하게 웃었다.

"어때? 자신은 있는가?"

"있을 턱이 없지요. 문주께서 어여삐 봐주시기만을 바랄 수밖에요."

제갈휘는 짐짓 눈썹을 찌푸렸다.

"그렇게 맥없는 소리는 곤란해. 칼을 잡았을 때의 문주를 술 잔을 잡았을 때의 문주로 생각하면 큰코다칠 걸세."

"겁주지 않으셔도 됩니다. 안 그래도 소제는 지금 충분히 겁에 질린 상태니까요."

하지만 지금의 석대원은 겁에 질린 사람처럼 보이지 않았다. 그 사실이 제갈휘의 입가에 미소를 만들어 주었다.

"내가 좋은 정보 하나 알려 주지."

"정보요?"

제갈휘는 얼굴을 석대원에게로 슬쩍 갖다 대었다.

"과거 나는 그걸 모르는 상태에서 문주의 칼을 상대하다가 하마터면 황천길에 오를 뻔했다네."

석대원의 안색이 침중해졌다. 제갈휘라면 당금 강호에서 초일류의 칭호를 들어 마땅한 고수 중의 고수였다. 그런 제갈휘를 황천길 문턱까지 몰아넣었다는 서문숭의 칼이란 과연 얼마나 무서운 것일까?

제갈휘가 계속 속삭였다.

"문주와 겨루다 보면 어느 때고 그의 칼이 무겁게 느껴지는 순간이 있을 걸세."

무겁게 느껴지는 순간…… 석대원은 잠시 그 말을 되새겨 보았다.

"그, 순간을, 조심하게."

제갈휘는 한 자씩 힘주어 말했다.

(3)

서문숭은 고개를 들어 하늘을 바라보았다.

첫눈이 내리던 어제와는 달리 쾌청한 날이었다. 겨우 유시酉時 (오후 여섯 시 전후) 언저리인데 서녘 하늘에는 은은한 노을이 감돌고 있었다. 겨울 낮이라는 게 원래 이랬다. 노루 꼬리처럼 터무니없이 짧은 것이다.

서문숭은 시선을 천천히 아래로 내렸다.

붉은 노을과 대조를 이루는 푸른 대숲, 그 짙푸름을 배경 삼아 유유히 서 있는 거구의 청년 석대원이 그의 시선에 들어왔다.

석대원은 눈처럼 깨끗한 백의를 입고 있었다. 그가 입은 백의는 배경을 이루는 대숲과 무척 잘 어울려서 그의 주위는 온통 푸른 기운이 넘실거리는 것 같았다.

그런데 방금 전 노을을 보았기 때문일까? 서문숭은 그 푸름 속에서 한 줄기 선명한 붉은 빛깔을 볼 수 있었다.

푸름과 붉음.

그 두 가지 색깔이 주는 이질적인 심상은 서문숭으로 하여금 긴 세월을 한순간에 뛰어넘을 수 있게 해 주었다.

사십여 년 전 곤륜산 무망애에서 열린 곤륜지회.

사흘 밤낮을 겨루어 승부를 가리지 못한 네 명의 절세 고수들.

하지만 서문숭은 네 명 중 오직 한 명만이 모든 이의 위에 우뚝 설 수 있음을 잘 알고 있었다. 그것은 장구한 역사를 자랑하는 백련무학白蓮武學에 대한 자부심으로도, 그리고 태산보다 높은 그의 자존심으로도 부정할 수 없는 사실이었다.

혈랑곡주!

오직 한 가지 검법과 오직 한 가지 장법만으로 무양문주 서문숭과 신무전주 소철 그리고 잠룡야 이악의 천종만기千種萬技를 상대한 괴인!

붉은 늑대 탈.

붉은 장포.

붉은 검.

그리고 붉은 손.

그날 이후 서문숭은 혈랑곡주라는 존재를 되새길 때마다 붉음을 떠올리게 되었다. 아니, 솔직히 말한다면 그것은 그의 의지와 무관했다. 그것은 악몽. 정체 모를 거대한 힘에 짓눌린 채 괴로워하다가 식은땀에 흠뻑 젖은 몸으로 깨어날 때, 그의 머릿속 한 귀퉁이에 끈끈하게 달라붙어 있는 악몽의 잔재 역시 붉음이었다.

이는 단순히 색깔의 차원이 아니었다. 하늘 끝에 있다는 거대한 벽이었다. 바다 끝에 있다는 끝없는 낭떠러지였다. 서문숭으로서는 도저히 극복할 수 없는 초월적인 마력이었다.

청년 서문숭은 절치부심했다. 어떤 존재에 위압당한 채 평생을 보내기에 그의 영혼은 너무나도 굴강했다.

단련, 또 단련.

수많은 해가 내딛는 발밑에서 저물었고 수많은 달이 휘두르는 칼끝에서 퇴색했다.

많은 사람들은 그러한 서문숭을 가리켜 '무공에 미친 남자'라고 불렀다. 하지만 그 남자의 이면에 도사리고 있는 붉음, 한 남자의 청춘을 완강히 옭아매어 남은 인생까지도 뒤바꿔 버린 그 귀신 들린 붉음을 볼 수 있는 사람은 아무도 없었다.

그리고 사십여 년이 지난 오늘.

서문숭은 드디어 그 귀신 들린 붉음을 이어받은 청년과 마주 서게 된 것이다. 저리도 푸른 기운에 휩싸여 서 있는.

"허허!"

웃음이 나오는 것은 무슨 까닭일까?

석대원은 온몸의 관절을 가볍게 움직여 보았다. 두 시진에 걸친 무아지경의 운공 덕분에 몸의 상태는 매우 양호했다.

문득 지난 반년간의 강호행이 떠올랐다.

길다고는 할 수 없는 시간이지만, 범인이라면 평생을 가도 만날까 말까 한 무인들이 석대원의 곁을 스쳐 갔다.

그중에는 구양현, 적송 같은 동년배 청년 영웅들도 있었고, 광비 대사, 모용풍, 과추운 같은 전설적인 노기인들도 있었으며, 진금영이나 여문통 같은 비각의 적당도 있었다. 모두가 한 시대 한 지역을 풍미했고, 또 풍미할 고수들이었다.

하지만 무공의 강약만을 놓고 논한다면 어떨까?

그들 중 검왕 연벽제와 고검 제갈휘를 능가하는 사람이 있을까?

석대원은 내심 고개를 저었다.

그 두 사람은 모용풍이 평한 새로운 오대고수 중에서도 수좌를 다툴 만큼 절세의 검객이요, 위대한 무인이었다.

석대원은 또 생각했다.

만약 그들 두 사람과 자신이 진검을 겨뤘다면 결과는 어찌 되었을까?

물론 승부란 바람난 과부처럼 종잡을 수 없는 존재였다. 제아무리 강한 고수라도 순간의 방심이라는 함정에 빠질 수 있고, 그 틈을 비집을 수만 있다면 촌부의 손에 들린 녹슨 낫에도 목숨을 잃을 수 있는 것이다. 승부의 의외성이란 바로 그 점에 기인한다.

그러나 객관적인 전력을 놓고 볼 때 석대원은 자신이 그들 두 사람의 상대로 부족함이 없을 것이라 자부했다. 그가 지난 십일 년간 해 온 수련은 실로 지옥을 헤매는 것처럼 혹독한 것이었기에, 그는 내공에 있어서도, 정력定力에 있어서도, 그리고 검법에 있어서도 그들에게 뒤질 이유가 없다고 믿었다. 뒤지는 것이 있다면 오직 실전 경험일 텐데, 그 격차는 빠르게 줄어들고 있었다.

아마 지금이라면?

석대원은 미소를 지었다. 연벽제와 제갈휘를 폄하하는 것은 아니지만, 그는 그들을 맞아 정말 보기 드문 승부, 명승부를 연출할 자신이 있었다.

그리고 이제 석대원은 새로운 상대를 맞이하려 하고 있었다.

석대원은 고개를 들어 연무장 맞은편에 산악처럼 꿋꿋한 자세로 서 있는 감청색 무복 차림의 노인을 바라보았다.

무양문주 서문숭.

백련교 사상 최강의 무인이라 알려진 그는 곤륜지회가 배출한 다섯 명의 절대자 중 한 사람이었다. 그것이 벌써 사십여 년 전의 일이니, 지금의 경지란 불문가지. 어쩌면 이미 무신武神의 반열에 올랐을지도 모른다.

만약 저 서문숭을 연벽제와 비교하면 어떨까? 또 제갈휘와 비교하면 어떨까?

모두 인간의 한계를 뛰어넘은 초인들이니 누구도 승부를 장담할 수 없겠지만, 석대원은 저 서문숭이 최소한 두 검객의 아래는 아닐 거라고 판단했다.

강호 출도 이후 최고의 상대를 맞아 긴장되지 않는다면 거짓말일 터. 하지만 두렵지는 않았다.

상대가 강하면 강할수록 끓어오르는 피!

전신 모공을 통해 확확 뿜어 나오는 투지!

그것이 무인이었다. 무인의 피요, 무인의 투지였다.

득! 으득!

석대원은 자신의 근육과 뼈마디가 울리는 기분 좋은 소리를 들을 수 있었다. 소나무 등걸 같은 목덜미에서 시작되어 가죽 부대처럼 부풀어 오른 어깻죽지로 이어지고, 다시 구렁이 같은 근육이 꿈틀거리는 팔뚝에 머물다가 웬만한 사람의 머리통만 한 주먹까지 이르는 활력의 선線들이 일제히 기지개를 켜고 있었다.

적당한 긴장감 속에서 최적의 상태에 도달한 육체.

너무도 맑고 투명해 존재감조차 느껴지지 않는 정신.

이 정도면 상대가 서문숭이라 할지라도 해볼 만하지 않을까?

"후후!"

웃음이 나오는 것은 무슨 까닭일까?

"그가 과연 문주님을 상대할 수 있을까요?"

조심스러운 목소리에 제갈휘는 천천히 고개를 돌렸다. 그는 곧바로 한 쌍의 고운 눈동자를 마주할 수 있었다.

눈동자는 미세한 떨림을 감추지 못하고 있었다. 눈동자의 주인이 나이답지 않게 차분한 심성의 소유자임을 아는 제갈휘로서는 흥미를 느낄 만한 일이 아닐 수 없었다.

'석 아우를 걱정하는 걸까? 얼굴을 익힌 지 하루밖에 지나지 않았는데도?'

제갈휘는 내심 고소를 지었다. 이번에 새로 얻은 의동생은 미욱해 보이는 덩치와는 딴판으로 여자 후리는 데에 남다른 소질이 있는 모양이었다. 그래서 그는 떨리는 눈동자의 주인, 목연에게 아는 바를 말해 주기로 작정했다.

"석 아우의 공부는 이미 내가 평할 수 없는 경지에 올라 있지. 지금 이 무양문 내에서 문주와 일대일로 비무를 할 수 있는 사람은 세 명 정도인데, 석 아우가 그중 한 사람이네."

목연의 얼굴에 불신의 빛이 어렸다. 호교십군 가운데 세 번째 서열을 차지하던 초당, 그 기경할 마공으로도 십 초를 버틸 수 없었던 것이 서문숭의 가공할 무위였다. 때문에 석대원이 서문숭을 상대할 수 있으리란 제갈휘의 말은 그녀가 아닌 누구라도 믿기 어려웠을 것이다.

하지만 제갈휘는 자신의 눈을 믿었다.

석대원은 이미 절정에 올라 있었다. 무슨 조화를 부렸는지는 알 수 없지만, 이십 대의 나이에 저러한 경지에 오른 사람은 고금을 통틀어 몇 되지 않을 것이다. 이십 대의 서문숭은 소림사의 당대 방장 대사를 격파할 만큼 강했지만, 그래도 지금의 석대원보다는 못할 것 같았다.

그때 석대원이 검을 뽑았다. 요사스러운 홍광이 일렁거리는 절세의 마검 혈랑검이었다.

서문숭 또한 칼을 뽑았다. 무양문주이자 백련교주를 상징하는 절세의 보도 방원도였다.

광명연무장을 둘러싼 모든 사람들이 숨을 죽였다. 숨 막히는 정적 속으로 마검과 보도가 발하는 광채는 갈수록 짙어지기만 했다. 비무는 그렇게 시작되었다.

선공은 석대원으로부터 비롯되었다.

"하아아앗!"

중간 마디가 길게 이어지는 창룡음蒼龍吟. 두 다리가 구름을 딛듯 표홀히 교차되고, 검자루 끝에 댄 검결劍訣(검을 쥐지 않은 손의 인지와 중지를 곧게 펴고 나머지 세 손가락을 구부리는 것)이 아래를 향한 반호를 그렸다.

스으읏!

손가락 사이로 고운 모래 가루가 빠져나가는 듯한 미세한 음향과 함께 혈랑검이 가늘게 떨렸다. 혈랑출세血狼出世. 손목의 회전으로 전사纏絲의 효과를 극대화하는 이 수법은 검 끝에서 일어나는 무수한 변화로 검로 자체를 감추어 버리는 묘용이 뛰어났다.

안개 같은 환상이 석대원의 상반신에서 피어오르는가 싶었는데, 혈랑검의 검봉은 어느새 서문숭의 목을 찌르고 있었다.

하지만 서문숭은 이미 그 자리에 없었다.

"훌륭한 수법!"

서문숭의 감탄은 석대원의 우측에서 들려왔다. 혈랑검법의 살기를 느끼는 순간, 바닥을 미끄러지며 몸을 피한 것이다. 최소의 움직임으로 최대의 효과를 거두는 것이 무학의 이치라면 그 전범典範 같은 몸놀림이 아닐 수 없었다.

'과연!'

석대원은 내심 고개를 끄덕였다. 변變과 쾌快가 조화된 혈랑출세의 예봉이 서문숭이 펼친 보법 한 가지에 너무도 간단히 무위로 돌아가 버린 것이다.

하지만 그렇다고 해서 기세가 꺾일 석대원이 아니었다. 상대는 무학 대종사라 할 만한 서문숭이 아니던가. 어차피 한두 걸음으로 넘기에는 너무나 높은 봉우리였다.

"차압!"

호쾌한 기합 소리와 더불어 석대원의 몸이 벼락처럼 돌았다. 두 다리가 회전하고, 허리가 회전하고, 어깨가 회전했다. 신체 부위에 따라 발생한 회전의 미세한 시차는 원심력의 급작스러운 증가를 가져왔다. 그 결과 석대원의 혈랑검은 반경 일 장에 달하는 시뻘건 원을 그려 낼 수 있게 되었다.

쾌애액!

검이 가르고 지나간 공간은 금방 부스러질 것처럼 얼어붙었다. 검신을 통해 뿜어지는 냉기가 그렇게 만들었다.

그런데 무슨 까닭일까? 서문숭의 방원도는 여전히 하단을 향해 고정되어 있었다. 서문숭은 오직 표홀한 보법 하나만으로 석대원의 사나운 공격을 피해 내고 있었던 것이다.

'봐주는 건가?'

석대원의 두 눈썹이 꿈틀거렸다. 순간, 한차례의 회전으로 그칠 것 같던 그의 거구가 팽이처럼 맴돌기 시작했다.

콰콰콰!

광풍이 여린 나뭇가지를 부러뜨리듯, 우렛소리가 거친 벌판을 질주하듯, 석대원은 시뻘건 검광에 휩싸인 거대한 수레바퀴가 되어 서문숭을 추격하기 시작했다.

"엇?"

서문숭의 입에서 처음으로 경호성 비슷한 것이 새어 나왔다.

다시 한 번 몸을 움직여 피하기엔 검세의 권역이 너무나 넓었다. 석대원의 이 연환 회전의 수법은 일견 단순히 후려쳐 베는 초식 같았다. 그러나 상상을 초월한 회전력과 보통 사람 두 배에 가까운 팔 길이가 상승작용을 일으켜, 천하의 서문숭조차도 쉽게 몸을 빼내기 어려운 위력적인 공격으로 승화된 것이었다.

혈랑검법의 절초인 무상륜無上輪이 바로 이것이었다.

'어쩔 수 없지.'

본디 서문숭은 석대원에게 몇 수 양보해 줄 작정이었다. 그것도 병기로써 방어하지 않고 순전히 몸만을 움직여 피하는 완전한 양보를 말이다. 혈랑곡주의 유진遺眞을 이었다 한들 이십 대 중반에 불과한 석대원이었다. 아무리 강하다 한들 자신과는 같은 선에서 비교할 수 없다고 여겼던 것이다.

하지만 이제 서문숭은 당초의 결심을 바꿀 수밖에 없었다. 어떤 기연을 얻었는지는 알 수 없지만, 석대원의 수련은 그의 양보를 필요로 하지 않는 수준에 올라 있었다.

당위성을 잃은 예의는 이미 예의가 아니라 모욕임을, 서문숭은 잘 알고 있었다.

"좋구나!"

탄성 같은 기합과 함께 서문숭은 방원도를 비스듬히 휘둘러 측신을 베어 오는 혈랑검을 막았다. 이미 뜻을 좇아 모든 것을 움직이게 하는 경지에 오른 그였다. 마음이 일어난 이상 힘과 기세는 부수적인 것에 불과했다.

빠앙!

거센 폭음이 터져 나오며 그토록 맹렬하던 혈랑검의 회전이 거짓말처럼 멎었다.

"흐읍!"

석대원은 몸뚱이 전체가 허공으로 퉁겨 오르는 듯한 느낌을 받았다. 맹렬히 회전하던 수레바퀴가 외력에 의해 갑자기 정지하면, 스스로의 회전력을 이기지 못하고 바큇살이나 축이 부러져 나가는 것과 같은 이치였다.

석대원은 황급히 천근추의 공력을 끌어 올려 불안한 신형을 안정시켰다.

"허!"

제갈휘가 탄성을 발했다.

"문주의 경지는 가히 심즉생心卽生에 심즉멸心卽滅이라 할 수 있겠군."

"그렇습니다."

곁에 서 있던 서문복양이 공손히 대답했다.

서문복양은 조금 전 서문숭이 펼친 도법이 무엇인지 잘 알고 있었다. 백련교가 낳은 개세절학인 천중도법, 그 칠 부 능선쯤에 자리 잡고 있는 '파괴의 경지'가 바로 저 도법이었다. 그리고 그것은 서문복양이 현재 애타게 바라보고 있는 경지이기도 했다.

서문복양은 자문했다.

'과연 나라면 아버지처럼 능숙하게 공력을 수발할 수 있을까?'

서문복양은 즉시 고개를 저을 수밖에 없었다. 그 경지의 경계를 오락가락하는 자신이었으니 애를 쓰면 흉내는 낼 수 있을지도 모른다. 그러나 그저 흉내만 낼 수 있을 뿐이었다. 젊은 화공의 객기 어린 붓질과 늙은 명인의 자유자재한 붓질은 절대로 같은 차원에서 논할 수 없었다. 부친에 대한 경외감과 자기 자신에 대한 부끄러움이 동시에 일어나는 것은 어쩔 수 없는 일이었다.

그때 서문복양의 품에 안겨 있던 서문관아가 손나팔을 만들어 외쳤다.

"코끼리 아저씨, 힘내!"

검주청劍走靑이요, 도주흑刀走黑이다.

검은 양인兩刃이요, 도는 단인單刃이다.

검은 경령輕靈을 묘용으로 삼고 도는 중건重建을 묘용으로 삼는다.

이처럼 검과 도, 두 가지 병기엔 각기 다른 장점과 단점이 있었다. 만일 어떤 사람이 그 두 가지 병기 중에서 하나를 택해 사용한다면, 장점을 최대로 살리고 단점을 최소로 줄일 수 있어야만 비로소 그 병기에 능당하다는 말을 들을 수 있을 것이다.

하지만 석대원의 혈랑검과 서문숭의 방원도에는 장단점의 한계라는 것이 존재하지 않았다.

혈랑검이 천 근 바위처럼 묵직하게 떨어지면 방원도는 강가의 물풀처럼 낭창하게 휘어진다. 방원도가 날짐승처럼 재빠르게 헤집으면 혈랑검은 철벽처럼 굳건하게 막아 낸다.

이미 두 사람의 수중에 들린 것은 검인 동시에 검이 아니며, 도인 동시에 도가 아니었다. 지난바 한계를 뛰어넘은 검은 뭐라고 불러야 할까? 또한 도는 뭐라고 불러야 할까?

너른 광명연무장은 차갑고 웅혼한 기운으로 가득한데, 두 마리 용이 구름 속에서 구슬을 다투듯, 두 마리 호랑이가 수림 속에서 먹이를 다투듯, 마검과 보도의 춤사위는 어느새 삼십 합을 넘어가고 있었다.

"대단하군, 대단해!"

좌응은 비무가 시작된 이래 계속 대단하다는 감탄사를 되풀이하고 있었다.

"뭐가 그리 대단하단 말이우?"

퉁명스러운 목소리로 이렇게 묻는 대머리 흉한은 무양문의 무쇠 소, 마석산이었다.

"저 석대원이란 청년 말일세. 나는 저 나이에 문주와 맞겨룰 수 있는 사람이 천하에 존재하리라고는 단 한 번도 생각해 본 적이 없다네."

"그렇수?"

마석산은 눈을 게슴츠레 내리깔고 연무장을 바라보았다. 물론 말인즉슨 백번 옳았지만, 그는 선뜻 좌응의 말을 인정하고 싶지 않았다. 아이처럼 유치한 시기심이 일었기 때문이다.

"뭐가 대단하다고? 문주가 봐주니까 그런 거지요."

마석산은 힝, 소리 나게 콧방귀를 뀌었다.

"그런가?"

시기심에서 비롯된 말이라는 건 잘 알고 있지만 좌응은 고개

를 끄덕였다. 마석산의 말이 아주 틀리지만은 않았기 때문
이다.

서문숭이 수련한 천중도법의 진정한 위력은 파괴의 경지가
아니었다.

이른바 무애의 경지.

그것은 일반적으로 말하는 역도와는 전혀 다른 차원의 힘을
사용하는 무공이었다.

좌응은 이태 전 그 경지를 직접 겪어 본 경험이 있었다. 직위
의 고하를 잠시 접어 두고 동등한 입장에서 진재실학을 겨루는
무위관에서의 일이었다.

그때 일을 떠올릴 때마다 좌응은 소태를 씹은 듯 씁쓸해지는
기분을 느꼈다. 명색이 호교십군의 두 번째 자리에 앉아 있는
그였다. 검의 빠르기로 말한다면 어느 누구에게도 뒤질 의향이
없는 그였다. 그런 그를 십여 합 만에 바닥에 메다꽂아 버린 그
무시무시한 거력이라니!

그것은 이미 세간에서 말하는 무공이라 불릴 수 없는 것이
었다. 하지만 석대원과 대치한 서문숭은 아직까지 그 경지를 드
러내 보이지 않았다. 까닭이 무엇인지는 알 수 없지만, 현재로
선 마석산의 말처럼 봐주고 있는 게 분명한 것이다.

만일 어느 순간인가 서문숭이 그 경지를 드러내면, 석대원은
그래도 당당히 버틸 수 있을까?

'어렵겠지.'

좌응은 작게 고개를 저었다. 그럼에도 불구하고 좌응은 어느
새 석대원을 응원하고 있는 자신을 발견할 수 있었다. 묘한 일
이었다. 기껏해야 하룻밤 술자리에서 통성명한 것이 두 사람 사
이 인연의 전부인데.

어쩌면 좌웅의 그러한 마음은 서문숭에 기인하는 것인지도 모른다. 좌웅에게 있어서 서문숭은 인간이 아니었다. 무학의 광대한 세계 속에서 서문숭은 어떠한 잣대에게도 자신의 크기를 가늠하도록 허락하지 않은 무량한 존재였다. 분하지만 좌웅이란 잣대에게는 그랬다. 하지만 자신이 그렇다고 해서 남 또한 반드시 그러리라는 법은 없지 않겠는가. 그래서 좌웅은 희망했다, 누군가 한 사람쯤은 서문숭의 거대함을 잴 만한 커다란 잣대를 지니고 있기를.

혹시 석대원이 바로 그 누군가가 될 수 있지 않을까?

서산을 물들이던 노을은 이제 피처럼 검붉은 빛깔을 띠고 있었다. 어둑한 야기가 대지에 천천히 깔리기 시작했다.

"불을!"

누군가가 짧게 명하자, 연무장 주위에 서 있던 수십 명의 백포 장한들이 일제히 횃불을 밝혀 들었다.

휘황한 빛을 받은 대숲은 신비스러운 광채를 머금어 가는데, 연무장 중앙에서 대치하는 두 자루의 병기는 여전히 냉엄하기만 했다.

촛! 츄웃!

혈랑검과 방원도가 질풍처럼 다섯 차례나 교차되었다. 병기끼리 부딪치지는 않아서인지 귀를 찢는 듯한 파공성 외에는 아무런 소리도 들리지 않았다.

하지만 서로 엇갈리며 뿜어낸 기세는 여지없이 상대편 병기를 휩쓸었으니, 그 흉험함과 급박함은 쇠를 맞대고 부딪칠 때와 비교해 조금도 뒤지지 않는 듯했다.

다섯 번째 검을 내질러 전신을 엄습하던 삼엄한 도기를 풀어 버린 석대원은 더 이상 허공에 머물지 못하고 땅으로 내려왔다.

"헛!"

땅으로 내려서면서도 시선을 서문숭에게 고정시켜 두었던 석대원은 어느 순간, 헛바람을 들이켜며 재차 후방으로 몸을 날렸다. 역시 다섯 번째 칼질을 마친 서문숭이 허공에서 몸을 뒤집으며 그를 향해 무서운 기세로 내리꽂혔기 때문이다.

까앙!

석대원이 조금 전까지 서 있던 연무장 바닥에는 보기에도 섬뜩한 도흔이 깊게 새겨졌다.

"좋은 신법일세!"

서문숭의 공격은 칭찬과 무관하게 이어졌다.

파바바!

방원도가 아래에서 위로, 다시 위에서 아래로 휘둘러질 때마다 시퍼런 불똥과 함께 번갯불 같은 도기가 석대원을 향해 치달려 나갔다.

"우와!"

"허어!"

푸른 번갯불들이 연무장 바닥을 치달리는 광경은 실로 보기 드문 장관이 아닐 수 없어서, 관전하던 사람들의 사이에서 물결 같은 탄성이 흘러나왔다.

하지만 그 보기 드문 장관을 가장 가까운 곳에서 바라보는 석대원은 탄성은커녕 숨조차 제대로 내쉬지 못했다. 까딱하다간 그 보기 드문 장관 속에서 엉망진창이 되게 생겼으니 탄성이나 뱉고 있을 여유가 어디 있겠느냔 말이다.

비룡번신飛龍飜身에 동자종약童子踵躍 그리고 천마행공天馬行空까지……

석대원은 세 가지의 신법을 연거푸 구사하고서야 간신히 번 갯불들의 범위로부터 벗어날 수 있었다.

"손 속이 매서우십니다, 문주."

석대원은 서문숭으로부터 오 장쯤 떨어진 곳에서 몸을 세우 며 말했다. 비록 입으로는 웃고 있지만, 중단으로 힘차게 뻗은 혈랑검은 그가 얼마나 긴장하고 있는지 여실히 보여 주었다.

"하하! 이 정도를 가지고 엄살을 부리면 되겠는가?"

서문숭은 말이 끝남과 동시에 바닥을 힘차게 찍어 찼다.

금리도천파金鯉渡穿波. 강물을 거슬러 솟구치는 잉어를 연상케 하는 장쾌한 몸놀림이었다. 그와 동시에 호기 실린 외침이 서문 숭의 입에서 튀어나왔다.

"이번엔 청면수靑面獸의 여덟 초라네! 받아 보게나!"

뻗어 낸 방원도의 끝에서 물결처럼 일어나는 도기는 수호전 의 영웅, 청면수 양지가 잘 썼다는 양가비전楊家秘傳의 연환 도 법이었다.

양가비전의 여덟 초 도법이라면 송대 이후 강호에 널리 알려 진 무공이었다. 검법으로 말하자면 육합검법六合劍法과 비슷할 까? 그러나 서문숭의 몸을 통해 펼쳐진 양가도법은 세인들이 알고 있는 것과는 위력 면에서 엄청나게 달랐다. 똑같은 도법이 라 하더라도 시전자의 능력에 따라 시정잡배의 칼질이 될 수도, 절대 고수의 절초가 될 수도 있는 것이다.

지금이 바로 후자의 경우인데, 석대원은 물러서려 하지 않 았다.

'까딱하다가는 기세를 잃는다!'

두 번 연속으로 후퇴한다면 꺾인 기세를 좀처럼 회복하기 힘 들 터. 상대가 서문숭이라면 더욱 그러했다. 석대원은 안색을 굳힌 채, 밀려오는 도세를 향해 오히려 한 발짝 전진했다.

기다렸다는 듯이 방원도의 끝이 좌우로 요동을 쳤다. 도 끝에서 뿜어진 날카로운 경기가 석대원의 상의 어깨 부분을 예리하게 잘라 냈다. 하지만 석대원은 이를 악물고 혈랑검을 굳세게 무찔러 나갔다. 그 결과 서문숭의 도초가 임중교표林中交豹에서 교상참호橋上斬虎로 바뀌는 순간, 석대원은 실낱같은 틈새를 발견할 수 있었다. 석대원은 그 틈새를 비집으며 한 발짝 더 전진했다.

모두 합쳐 봐야 석 자 남짓한 이 두 번의 전진이 석대원에게 반격의 전기를 안겨 주었다.

스으으!

석대원의 거대한 체구가 흐릿해지는가 싶더니 옆으로 길쭉하게 늘어나며 두 개로 갈라졌다. 순간, 두 명의 석대원으로부터 두 줄기의 시뻘건 검광이 뿜어 나왔다.

"이로일살二路一殺이구나!"

살을 저밀 듯한 예리한 검기가 양가도법의 연환 도초를 뚫고 들어오자 서문숭은 경호성을 토하며 다급히 좌측으로 피했다. 그러나 석대원은 집요했다. 어떻게 얻은 기회인데 쉬 놓칠까?

화라락!

서문숭의 머리 위로부터 수십 송이의 검화가 쏟아져 내렸다. 어느새 허공으로 몸을 띄운 석대원이 청풍화우淸風花雨의 검초를 전개한 것이다.

서문숭은 순식간에 빽빽한 검화의 그물 속에 갇히고 말았다. 이번만큼은 쉽게 피해 내기 힘들 것 같았다.

"허!"

짤막한 탄성과 함께 방원도가 수직으로 솟구쳤다. 그러다가 어느 지점, 조금 더 정확히 말하자면 서문숭의 머리 위 두 자쯤 떨어진 곳에서 세차게 진동하기 시작했다.

끼이익! 꽝!

요란한 금속성이 연달아 터져 나오며 석대원의 몸뚱이가 허공으로 붕 떠올랐다. 방원도에 실린 막강한 힘이 청풍화우의 검초를 봉쇄함과 동시에 이백 근에 달하는 석대원의 몸뚱이마저도 허공으로 날려 버린 것이다. 이것이 바로 극성에 이른 파괴의 경지였다.

하지만 석대원은 이미 다음 공격을 준비하고 있었다.

"하압!"

밀려 올라간 오른손을 힘차게 잡아채며 허공에서 한 바퀴 회전한 석대원은 가슴 앞으로 당겼던 왼손을 들어 아래를 향해 힘차게 후려쳤다. 목표는 방원도를 회수하는 서문숭의 얼굴이었다.

서문숭의 얼굴에 섬뜩한 홍광이 추락했다. 이것이 바로 귀신의 손, 혈옥수였다. 서문숭은 이것저것 생각할 겨를 없이 왼손을 들어 석대원의 붉은 손과 마주쳤다.

퍼억!

물이 가득 담긴 가죽 주머니끼리 부딪치면 이런 소리가 날까? 귓구멍을 답답하게 만드는 둔탁한 소리가 울렸다.

"으음!"

"헛!"

두 사람 사이에서 두 줄기 답답한 신음이 흘러나왔다.

석대원은 허공에서 여섯 번이나 재주를 넘은 후에야 연무장 바닥에 내려설 수 있었고, 서문숭은 세 걸음이나 물러선 후에야 뒤로 밀려나는 몸을 멈출 수 있었다.

열 걸음 정도 떨어진 곳에서 호흡을 가다듬는 두 사람.

두 사람 모두에게는 공통된 점이 두 가지 있었다. 하나는 의복의 왼팔 팔꿈치 부분이 너덜너덜하게 뜯겨 나갔다는 점이고, 다른 하나는 가슴을 쇠뭉치로 얻어맞은 듯한 충격을 받았다는 점이다.

한 치의 양보도 없는 막상막하의 접장이었다.

"혈옥수가 신무대종의 팔진수, 철포결의 무명장법과 더불어 천하에서 가장 무서운 세 가지 장공 중 하나라고 하더니만…… 과연 명불허전이군요."

서문숭은 기회가 닿을 때마다 혈옥수의 무서움을 이야기하곤 했다. 서문복양은 지금에야 그 이유를 알게 되었다.

"그런데 문주께서 쓴 장력은 뭔가? 작옥수斫玉手는 아닌 것 같고, 처음 보는 공력인데?"

제갈휘가 묻자 서문복양이 대답했다.

"광명심법 중 벽자결劈字訣이지요. 열두 가지 글자 중에서도 맹렬함이 뛰어난 비결입니다."

"십이자결十二字訣? 얘기는 들었네만 저런 위력이 있는 줄은 몰랐군. 자네도 익혔는가?"

"부끄럽습니다만, 아직 익히지 못했습니다. 광명심법이 팔 성 이상 올라야만 운용이 가능한 비결이라서요."

서문복양은 부끄러움을 느낀 듯 얼굴을 붉힌 뒤 말을 이었다.

"어쨌거나 내공으로 말하자면 저 석대원이라는 청년은 아버님과 비교하기 어려운 듯합니다. 벽자결이 비록 현묘한 수법이기는 하지만 그래도 혈옥수와는 비교할 수 없겠지요. 그런 벽자결로 혈옥수와 평수를 이루셨으니, 이는 두 사람 사이의 내공 차이를 보여 주는 증거가 될 수 있겠지요."

제갈휘는 대꾸를 피했다. 곡리혈사를 직접 경험한 그이기에, 그리고 석대원의 진정한 무서움은 귀신의 살기를 동반할 때에만 비로소 발휘된다는 사실을 알아 버린 그이기에, 한 번의 접장으로 두 사람의 내공을 평가하려 한 서문복양의 의견에 동의할 수 없었던 것이다.

곡리에서의 석대원이라면 천하의 서문숭이라 할지라도 저처럼 여유 있게 상대할 수는 없을 터였다.

바로 그때 서문숭의 자세가 바뀌었다.

서문숭은 방원도를 상단으로 겨누며 왼손바닥을 활짝 펴서 손잡이 끝에 갖다 댔다. 실처럼 가늘어진 그의 눈은 감은 듯 뜬 듯 구분이 가지 않는데, 곧게 편 허리와 어깨 넓이로 벌린 두 다리는 천 년 거목처럼 늠름해 보였다.

"드디어 제대로 할 마음이 생기셨는가?"

제갈휘는 턱수염을 쓰다듬으며 중얼거렸다.

자, 석 아우! 이제 어떻게 할 건가?

서문숭의 변화를 가장 먼저 느낀 사람은 삼 장 거리를 두고 대치하고 있던 석대원이었다.

뭐라고 꼬집어 설명할 수는 없었다. 지금까지 칠십여 합을 겨루는 동안에도 서문숭의 기파는 장중하고 위력적이었다. 방원도로 상단을 취하며 몸을 꼿꼿이 세운 지금도 그러한 기파는 여전했다. 그런데 달랐다. 서문숭을 둘러싼 공기의 흐름이 미묘하게 변한 것이다.

그와 동시에 석대원을 압박하던 기운도 미묘하게 변했다. 무거웠다. 마치 보이지 않는 거인이 그의 어깨에 꾸물꾸물 올라오는 듯한 기분이었다.

문득, 제갈휘가 해 준 말이 떠올랐다.

─문주와 겨루다 보면 어느 때고 그의 칼이 무겁게 느껴지는 순간이 있을 걸세. 그 순간을 조심하게.

석대원의 콧등에 작은 땀방울들이 송골송골 맺히기 시작했다. 그때 서문숭이 입을 열었다.

"이 수법은 내 평생의 심득이 담긴 거라고 할 수 있지. 자네의 사부도 겪어 보지 못한 것일세. 나는 이것을 무애경無礙境이라 명명했다네."

무애경. 막힘이 없는 경지란 뜻이다.

어깨의 거인은 그 무게를 점점 더해 갔다. 혈랑검을 쥔 석대원의 오른손에 지렁이 같은 힘줄들이 툭툭 불거지기 시작했다.

서문숭의 몸이 움직였다. 다리를 놀려 걷는 것이 아니었다. 무엇에 끌리기라도 한 듯 그냥 스르르 미끄러진 것이다. 석대원이 '어라?' 생각하는 사이에 삼 장이란 거리가 사라져 버렸다.

그리고 방원도가 떨어져 내렸다.

꽝!

칼이 공기를 가른 것뿐인데 고막을 먹먹하게 만드는 이 엄청난 폭음은 뭐란 말인가?

석대원은 섣불리 병기를 부딪칠 수 없었다. 무애경이 어떤 위력을 지니고 있는지 모르는 상태에서 모험을 할 수는 없었다. 석대원은 방원도가 그려 낸 궤적으로부터 반 장 정도 우측으로 몸을 피했다.

그런데 상황은 그렇게 간단하지 않았다.

"윽!"

석대원은 오른쪽 가슴에 떨어진 충격에 이를 악물었다. 도끼로 얻어맞은 듯한 지독한 고통이 밀려들었다. 그는 하마터면 혈랑검을 놓칠 뻔했다.

'이게…… 뭐지?'

고통과 경악에 휩싸인 석대원은 세 걸음을 물러섰다.

꽝!

방원도가 다시금 날아들었다. 빠른지 느린지 구분하기조차 어려운 괴이한 일격이었다. 석대원은 혈랑검을 휘둘러 막을 수 없었다. 어깨의 거인은 너무나도 무거웠고, 오른쪽 가슴의 통증은 숨쉬기도 거북할 정도였다.

"익!"

석대원은 이를 악물고 왼손을 들어 방원도의 측면을 쓸어 갔다.

채앵!

혈옥수의 사나운 공력에 방원도가 부르르 떨며 튕겨 나갔다. 그러나 석대원은 왼쪽 가슴이 갈라지는 듯한 극렬한 통증을 안은 채 재차 다섯 걸음을 물러서야 했다.

"우욱!"

술에 취한 사람처럼 비틀거리던 석대원은 배 속으로부터 솟구친 탁기를 토하기 위해 새우처럼 몸을 구부릴 수밖에 없었다.

꽝!

또 한 번 석대원의 머리를 짓눌러 온 폭음. 그 정체가 무엇인지는 굳이 확인할 필요도 없었다. 석대원은 죽을힘을 다해 혈랑검을 들어 올렸다. 그의 의지가 거인의 무게를 이긴 것인지, 혈랑검은 다행히 시기를 놓치지 않고 그의 면문을 방어해 줄 수 있었다.

하지만 이것을 과연 방어했다고 표현할 수 있을까?

쿵!

도와 검이 충돌한 순간, 석대원의 한쪽 무릎이 단단한 청석을 깨고 연무장 바닥에 틀어박혔다.

석대원이 현재 지닌 능력으로는 서문숭의 도에 실린 역도를 도저히 막아 낼 수 없었다. 검으로 막으면 검을 통해 전달되어 오고, 장으로 막으면 장을 통해 전달되어 오는 것이다.

"대단하군, 견딜 수 없을 거라 생각했거늘."

꽝!

말과 동시에 방원도가 네 번째로 날아들었다.

석대원은 바닥에 박힌 무릎을 빼내며 몸을 뒹굴었다. 폭음이 터지고 돌가루가 비산했다. 그가 조금 전까지 머물던 연무장 바닥은 폐허와 다름없이 변해 있었다.

삼 장이나 굴러간 뒤에야 몸을 일으킨 석대원은 무애경이란 이름이 지닌 진정한 의미를 깨달을 수 있었다.

막을 수 없으니 막힘이 없는 것이다!

"괜찮나?"

서문숭은 방원도를 아래로 내리고 석대원에게 물었다.

"괜찮습니……다…….."

하지만 혈랑검으로 바닥을 짚은 채 위태롭게 서 있는 석대원의 모습은 전혀 괜찮아 보이지 않았다.

"이쯤에서 그만두는 것이 어떤가?"

이것은 생사를 겨루는 결투가 아니었다. 각자의 무공을 충분히 발휘했으면 그것으로 족한 것이다. 서문숭은 더 이상 무애경을 운용해 석대원을 다치게 하고 싶지 않았다.

그러나 석대원은 승복하려 들지 않았다. 그는 혈랑검을 힘겹게 들어 올리며 말했다.

"무애경이 어떤 것인지는 잘 알았습니다. 하지만 소생에게도 아직 보여 드리지 않은 한 수가 남아 있습니다."

서문숭은 눈살을 찌푸렸다.

'젊음이란 어쩔 수 없는 것일까?'

이미 내공 면에서 격차가 있는 두 사람이었다. 비록 그리 크지 않은 차이지만 승부를 가르는 데에는 결정적인 요소로 작용할 수밖에 없었다. 그것은 두 사람의 공력이 모두 패도를 지향하기 때문이었다. 힘과 힘의 충돌이라면 보다 강하고 보다 무거운 힘이 이기는 것은 자명한 이치였다.

"좋아, 그러면 다시 한 번 가겠네!"

서문숭은 석대원의 호기를 거부하지 않았다. 그는 연무장 바닥을 가볍게 미끄러지며 석대원을 향해 진격해 들어갔다. 아직 휘두르지도 않았건만 방원도에 담긴 막강한 기세는 벌써부터 서문숭의 주위를 뒤덮어 가고 있었다. 무애경의 절정이었다.

석대원의 검이 움직였다.

그 속도는 너무도 느려 파리가 날아와 앉을 수도 있을 것 같았고, 그 기세는 너무 미약해 휘두르는 게 검인지 풀줄기인지 분간이 가지 않았다. 어찌나 처연한 일 검인지, 서문숭은 방원도로 끌어 올리던 무애경의 패도를 스스로 삼 할가량 지워 버리고 말았다.

하지만 결과는 모든 사람들의 예상을 빗나갔다.

후릉.

무애경의 막강한 역도가 혈랑검의 검신을 타고 스르르 사라져 버린 것이다. 마치 드센 바람이 갈대 줄기를 타고 미끄러지는 형국 같았다.

"엇?"

그러한 와중에서 도신을 타고 되돌아온 한 줄기 괴이한 반탄력이 서문숭을 당황하게 만들었다. 서문숭은 놀라지 않을 수 없었다. 자신의 패도적인 공력이 이렇게 어이없이 사라져 버린 경우는 처음이었다.

'처음이라고?'

그 순간, 서문숭의 뇌리를 섬광처럼 스치는 무엇인가가 있었다.

……처음이 아니었다.

미지의 공간으로 사라져 버린 자신의 공격과 도신을 타고 되돌아오는 나선형의 괴이한 반탄력!

익숙했다. 서문숭은 과거에도 이런 기분을 느낀 적이 있었다.

사고는 섬광처럼 명멸하는 기억의 조각을 추적하는데, 육신은 재차 방원도를 휘둘러 가고 있었다. 싸움에 임한 무인의 본능이었다.

꽈릉!

요란한 벽력성이 울렸다. 조금 전과는 달리 전력을 다한 일격이었다.

석대원의 몸이 주저앉을 듯 흐느적거리는 것과 동시에, 혈랑검이 아까의 굼떠 보이는 움직임을 다시 한 번 보이기 시작했다. 왼쪽 무릎 부근에서 비스듬히 올려치는 지극히 단조로우면서도 맥이 풀린 듯한 일 검이었다.

슈랑.

두 자루의 병기가 엇갈리며 아까보다는 조금 큰 소리가 울렸다. 순간 석대원은 상체를 휘청거리며 한 걸음 물러섰다.

"우웩!"

석대원은 한 모금 핏물을 토했다. 그가 입은 백의의 앞자락이 순식간에 붉게 물들었다. 그러나 그것은 아까 입은 충격의 후유에 불과했다. 이번에 서문숭이 전력으로 발출한 무애경의 대부분도 혈랑검의 검신을 타고 어디론가 사라져 버린 것이다.

서문숭은 어느새 석대원에게서 멀찌감치 떨어진 곳에 서 있었다. 그의 눈동자는 불똥을 떨어뜨릴 것처럼 활활 타오르고 있었다. 하지만 아래를 향해 늘어뜨린 방원도는 그런 눈빛이 분노나 투지에 의한 것이 아님을 말해 주고 있었다.

서문숭은 지금 시간을 거슬러 올라가고 있었다. 깨진 유리 조각들이 달라붙듯, 기억의 조각들이 끼워 맞춰지고 있었다.

언제였던가. 하늘 아래 오직 자신만이 우뚝할 뿐이라 자부하며 살던 홍안의 시절, 무양문으로 한 사람이 찾아왔다. 다 떨어진 음양관에 수수한 잿빛 도포를 입은 후리후리한 늙은 도사였다.

도사는 소철과의 대회전을 앞두고 있던 서문숭에게 무의미한 충돌을 피할 것을 권유했다. 서문숭은 물론 코웃음으로 거절했다.

거듭된 권유와 거듭된 거절, 도사의 온화한 미소, 하지만 도발적인 언행, 참지 못하고 비무에 나선 서문숭…….

서문숭이 일생에 걸쳐 무공으로 감복한 자가 있다면 그건 바로 혈랑곡주였다. 하지만 마음으로 감복한 자가 있다면 그건 바로 그 도사였다.

"뭔가 감추고 있는 것이 있군."

서문숭의 목소리는 가늘게 떨리고 있었다. 이 희대의 패도지 존도 마음속으로부터 솟구쳐 오르는 격동 앞에선 목소리를 떨 수밖에 없었던 모양이다.

석대원은 턱에 엉긴 핏물을 닦으며 혈랑검을 내렸다.

비무는 이제 끝났다. 두 사람 사이에는 한동안 아무런 말도 없었다.

얼마나 그리고 있었을까?

서문숭은 더 이상 참지 못하고 석대원에게 물었다.

"양종兩宗의 절기가 한 사람에게 이어지다니…… 자네는 천선자와 무슨 관계인가?"

무애경을 상대로 석대원이 사용한 무공. 그것은 석년 천선자가 청년 서문숭을 상대로 드러낸 바 있던 신비의 무공, 천선기天仙氣였던 것이다.

다음 권으로 이어집니다